KB267175

러/판
어드벤처

리/판 어드벤처 3
장민규 판타지 장편 소설

초판 1쇄 찍은 날 § 2003년 9월 3일
초판 1쇄 펴낸 날 § 2003년 9월 13일

지은이 § 장민규
펴낸이 § 서경석

편집장 § 문혜영
편집책임 § 유경화
편집 § 장상수 · 박영주
마케팅 § 정필 · 강양원 · 이선구 · 김규진 · 홍현경

펴낸곳 § 도서출판 청어람
등록번호 § 제1081-1-89호
등록일자 § 1999. 5. 31
어람번호 § 제1-0418호

주소 § 경기도 부천시 원미구 심곡1동 350-1 남성B/D 3F (우) 420-011
전화 § 032-656-4452 팩스 § 032-656-4453
E-mail § eoram99@chollian.net

ⓒ 장민규, 2003

값 7,500원

ISBN 89-5505-781-4 04810
ISBN 89-5505-778-4 (SET)

※ 파본은 본사나 구입하신 서점에서 교환하여 드립니다.
※ 저자와 협의하여 인지를 붙이지 않습니다.

장민규 판타지 장편 소설

럭/판 어드벤처

선택권 **3**

도서출판 청어람

❸ 선택권

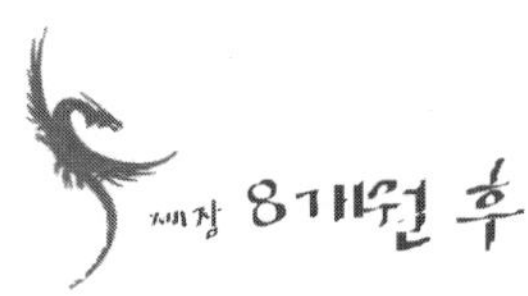

"부탁했던 대로 일주일 후에 NPC들이 복구될 거다. NPC 복구하는데 웬만큼 시간이 걸려야 말이지."

최준 형의 말에 고개를 끄덕이며 아이템 창에서 자그마한 꽃 한 송이를 꺼냈다. 여섯 장의 꽃잎을 활짝 열고서 연보랏빛 자태를 뽐내고 있는 염원의 꽃이었다.

"이거, 시엘라에게 전해줘."

최준 형이 그것을 조심스레 받아들며,

"네가 직접 전해주지 않는 거냐?"

"형이 해. 난 보고 싶지 않으니까."

"듀라님……."

고개를 푹 수그린 내 뒤로 실피가 다가왔다.

그런 그들에게 나는 계속해서 말했다.

"나, 게임 그만둘 거야."

"……!"

"듀라님!"

최준 형이 살짝 놀라는 것 같아 보였고 실피는 화들짝 놀라며 반문했다. 하지만 나는 이미 마음을 굳힌 상태였다. 게임에 미련은 남아 있었지만 더 이상 하고픈 마음은 생기지 않았다.

최준 형은 자신의 아이템 창에 내가 건네준 염원의 꽃을 넣으며 말했다.

"그래, 네 생각은 잘 알겠다. 당분간 쉬는 것도 좋겠지."

"그리고 실피는 형이 맡아줘."

"걱정 마라."

"듀라님! 가지 마세요! 듀라님이 가시면 저는…….."

외치는 실피를 뒤로하고 나는 로그아웃을 했다.

그렇게 게임을 접은 지 일주일 후.

게임을 접은 후로 나의 생활엔 꽤 많은 변화가 있었다. 공부에만 전념하게 된 것은 물론이고 밤새는 등의 폐인 짓거리는 더 이상 하지 않았다. 5년 전의 나로, 다시 밝디밝은 건전 청소년으로 부활한 것이다. 기분은 상쾌하지만 역시 그렇게 게임을 접었다는 게 찜찜한 건 사실이었다.

"어이~ 신성아아아~!"

막 교문에 들어서는데 용태가 다가와 다짜고짜 말했다.

"너, 도대체 무슨 짓을 했길래 그렇게 된 거야?!"

"……?"

이게 뭔 소릴 하는 거야? 내가 무슨 짓을 하다니?

"너, 카도라스 랭킹 순위에서 완전 나자빠졌다고! 알아? 중위권은 고사하고 최하위권 수준이야! 도대체 어떻게 된 거야? 지금 그것 때문에 유저들이 얼마나 의아해하고 있는데? 시린터도 그거 알아봐 달랬어."

카도라스 랭킹? 그러고 보니 어제 첫 발표가 났다고 들었다. 하지만 카도라스에 관한 연은 모두 끊어버린지라 그에 관한 소식은 하나도 듣지 못했다. 아마도 내가 아도니아 대륙에서 대량으로 병사 NPC들을 살상한 것 때문에 명성치가 깎여 버린 것이리라. 때문에 랭킹 순위도 하락했고.

나는 용태의 질문에 대충 둘러대며 본관 건물로 들어섰다.

"아마 게임 접은 지 꽤 돼서 그럴 거야. 신경 쓰지 마."

"아~ 게임 접어서 그렇구나… 뭣?! 게임을 접어? 무슨 소리야?! 야, 시신성!"

새로 3학년 교실을 배정받은 나는 조용히 교실을 둘러보았다. 2학년 때 같은 반이었던 친구들은 3학년으로 올라오면서 뿔뿔이 흩어지게 되었다. 때문에 나와 함께 같은 반으로 올라온 친구는 용태와 선미가 전부였다.

창가 쪽, 맨 뒷자리에 자리를 잡은 나는 창밖으로 시선을 돌렸다.

이제 고등학교 3학년이 되었다. 중국에 있을 세희도 고3이구나. 중국에선 잘하고 있을지…….

간만에 세희에게 연락해 볼 생각으로 품속에서 핸드폰을 꺼냈다. 그동안 세희하고는 거의 연락을 못했었는데 뭐라고 적어볼까?

＊　　　＊　　　＊

　이라스 북쪽 민가촌을 걸어가는 금발 머리 남성과 흑발의 여성은 최준과 실피였다. 한참을 걸어 그들이 도착한 곳은 자그마한 회색 집 앞.

　최준은 쥐고 있던 종이에서 시선을 떼고 눈앞의 집을 바라보았다.

　"이곳이군."

　"이곳에 안나 아주머니가 계시는 거예요?"

　실피의 물음에 최준은 말없이 고개를 끄덕이며 천천히 집 앞으로 다가갔다. 막 노크하려는 순간 옆에서 꼬마아이의 목소리가 들려왔다.

　"누구세요? 오빠하고 언니는?"

　나이는 대략 5〜6살쯤의 여자 아이. 그녀가 그 큰 눈을 말똥말똥하게 깜박이며 최준과 실피 앞에 섰다. 며칠 전까지 신성이에게 시집오겠다던 그 소녀, 그 모습 그대로인…….

　"시엘라!"

　실피가 감격에 겨워 시엘라를 와락 껴안았다. 밤새 몸이 타 들어가는 고통을 받으며 죽어가던 그녀가 이렇게 멀쩡하게 다시 나타난 모습에 실피는 눈물까지 글썽였다. 이제야 그녀의 무거운 어깨가 가벼워지는 느낌이랄까?

　시엘라는 갑작스레 나타나 자신을 껴안는 실피를 보며 고개를 갸웃했다.

　"언니는 누구세요?"

　"나? 나 정말 모르겠어, 시엘라?"

　"예, 모르겠어요. 그리고 제 이름은 시엘라가 아니라 피엘라예요."

기억을 잃은 건가? 그리고 이름도?

실피가 최준에게 시선을 돌렸다.

최준은 그녀의 눈빛을 파악하곤 주머니에서 담배 한 개비를 꺼내 물며 대답했다.

"초기화한 뒤 설정을 조금 수정했다. 그게 원칙이니까."

"그렇다면 지금의 시엘라는 그때의 시엘라가 아니란 말인가요?"

"그렇다고 볼 수 있지."

"……."

실피는 고개를 숙이며 침울해했다. 다시 만났는데 기억을 못하다니. 실피가 가지고 있는 시엘라 가족들과의 추억은 일주일밖에 되지 않았지만 그동안 상당한 정을 쌓았었다. 그녀로서는 시엘라가 예전의 기억을 가지고 있지 않다는 것에 상당히 서운하고 안타까울 수밖에 없었다.

최준은 담배를 한 모금 깊게 들이마신 뒤 다시 길게 내뱉으며 피엘라에게 말했다.

"후우~ 집에 어른들 계시니?"

"네! 계세요! 울 아빠하고 엄마하고 언니요!"

아빠? 전엔 아빠가 없었는데 이젠 아빠를 가졌구나. 실피는 그렇게 생각하며 자리에서 일어섰다. 그리고 우울하지만 반가운, 서운하지만 개운한 그런 기분이 한데 엉킨 말투로 입을 열었다.

"이제야 듀라님이 이곳에 오지 않겠다고 한 이유를 알겠어요. 저도… 괜히 온 것 같네요."

"……."

실피가 최준의 뒤로 돌아섰다. 한줄기 눈물이 그녀의 볼을 타고 흘러내리는 것을 최준은 볼 수 있었다.

"AI블록(인공지능 봉쇄) 부탁합니다. 듀라님이 절 필요로 하실 때 불러주세요. 북쪽 시계탑에서 기다리고 있겠습니다."

"……."

실피가 자리에서 텔레포트했다.

그녀가 사라지자 피엘라의 놀라는 소리가 뒤를 이었다.

"우아~ 그 언니 어떻게 된 거예요? 어떻게 갑자기 사라질 수 있었죠?"

그녀의 질문을 받은 최준은 대답해 줄 생각이 없다는 듯 담배를 땅바닥에 비벼 끄며 아이템 창을 열었다. 그리고 그곳에서 연보랏빛 꽃망울이 활짝 핀 아름다운 꽃 한 송이를 꺼냈다.

최준이 피엘라와 눈 높이를 마주하기 위해 무릎을 구부리며,

"이건 피엘라를 잘 알던 사람이 주는 거란다. 받으렴."

"우아! 되게 예쁜 꽃이에요! 미아 언니 꽃 가게에서도 본 적 없는 건데!"

피엘라가 그것을 받아 들며 예의 바르게 허리를 꾸벅였다.

"고맙습니다! 예쁘게 키울 거예요!"

최준은 피엘라의 머리를 쓰다듬으며 자리에서 일어섰다. 신성이가 부탁했던 일 처리도 했고, 이제 남은 건 실피의 AI블록뿐이었다.

최준이 자리에서 막 돌아서려는데 피엘라가 그 꽃을 이리저리 관찰하는 듯하더니 한마디 내뱉었다.

"그런데 이 꽃… 아주 옛날에 어디선가 본 것 같은데……?"

"……?!"

최준의 고개가 휙 돌아간다. 처음 보는 꽃이 아니었나? 염원의 꽃은 지금의 피엘라가 시엘라의 기억을 가지고 있을 때 신성이가 선물해 준

꽂이었다. 그런 걸 초기화 후에 기억할 리 없을 텐데? 설마 일반 NPC 프로그램에도 데자뷰 현상이라는 게 존재하나? 하지만 자가 지능을 가진 레어 NPC가 아니라면 일반 NPC에게 데자뷰 현상이란 게 존재할 리 없었다.

그럼 대체……?

"에헤헤! 착각인가? 오빠 가시게요? 안녕히 가세요!"

최준은 벙찐 얼굴로 피엘라를 바라볼 뿐이었다.

*　　　*　　　*

8개월 후.

그동안 신성이와는 연락을 많이 주고받았었다. 웬일인지 저녁때도 나에게 문자를 보내왔다. 신성이가 게임할 시간 아닌가? 라고 생각했지만 신성이와 연락을 주고받는단 생각에 별로 신경 쓰지는 않았다.

신성아, 오늘 기말고사 결과가 나와.

그러자 신성이에게서 곧 답장이 왔다.

오오! 그래? 꼭 잘 나왔으면 좋겠다. 공부 열심히 했잖아.

그래, 열심히 했지. 이번 시험 결과가 좋으면 삼촌한테 게임기를 돌려받을 수 있을지 모르고, 그럼 신성이를 다시 볼 수 있어.

이번 시험 결과가 좋으면 게임을 할 수 있을지 몰라. 카도라스 말이
야. 빨리 신성이를 보고

"콜록! 콜록!"
아으… 감기 기운이 아직도 안 떨어졌나? 머리도 좀 어지럽고, 열도
나는 것 같고. 빨리 성적표 받고 종례한 후 집에 가야겠다. 중국의 겨
울은 너무 추워서 꼭 감기에 걸린단 말야.
옆에 시아가 물었다.
"세희야, 괜찮아? 감기가 꽤 오래가는 것 같다? 약은 먹었어?"
끄덕―
시아의 물음에 고개를 끄덕이며 PDA에 문자를 마저 적어 신성이에게
보냈다. 시아가 걱정스러운 듯 내 이마에 손을 얹자마자 화들짝 놀랐다.
"세, 세희야, 이마가 불덩이 같아. 빨리 조퇴해야겠다."
곧 종례인데 조퇴는 무슨… 나는 고개를 저으며 신성이의 답장을 기
다렸다.
신성이의 답장을 기다리는 도중 성적표 뭉치를 한 다발 들고 나타난
담임 선생님이 보였다. 드디어 시험 성적표를 나눠 주는 시간이구나.
이번 시험의 결과가 어느 대학에 들어가느냐 하는 3학년 마지막 시험
이기 때문에 긴장될 수밖에 없었다. 더구나 내가 몇 개월 전부터 밤을
새가며 공부한 결과인데.
"이세희, 성적표 받아가거라."
선생님이 건네주신 성적표를 받아 들고 나는 크게 한 번 심호흡을
했다. 그리고 천천히 성적표를 펼쳐 보았다. 점수는…
평균 95점.

하아~ 다행이다. 이 정도면 신성이와 게임을 할 수 있어. 신성이
를… 볼 수… 있는…….

"……."

갑자기 주위 광경이 뒤틀리며 사물들이 빠르게 스쳐 지나갔다. 동시
에 터져 나오는…….

"꺄악! 세희야!"

"세희야!"

친구들의 비명 섞인 외침 소리와 함께 나는 자리에서 쓰러지고 말았
다.

＊　　　　＊　　　　＊

하교 길.

3학년 마지막 시험도 모두 끝났다. 성적은 그런대로 잘 나왔다. 대
전에 있는 웬만한 명문대에 들어갈 수 있을 정도. 어머니는 좋아라 하
셨지만 나는 뭐, 특별히 기쁘다고 생각지 않았다. 세희와 연락을 주고
받는 게 기쁘다면 더 기쁠까.

하교하며 세희에게 문자를 보내던 중,

신성아 오늘 기말고사 결과가 나와.

세희에게서 문자가 왔다. 오늘 기말고사 결과가 나온단다. 그동안
밤을 새가며 공부해 오던 세희였기에 기대가 클 텐데.

나는 진심 어린 마음을 담아 그녀에게 답장을 보냈다.

오오! 그래? 꼭 잘 나왔으면 좋겠다. 공부 열심히 했잖아.

잠시 후, 다시 세희에게서 답장이 왔다.

이번 시험 결과가 좋으면 게임을 할 수 있을지 몰라. 카도라스 말이
야. 빨리 신성이를 보고 싶다.

답장을 하려는 내 손이 뚝 멈췄다. 게임을 할 수 있다… 라고 했나?
카도라스를 접은 지 어언 8개월째다. 그동안 카도라스에 관한 소식
은 거의 접하지 않았다. 카도라스의 '카' 자만 나와도 귀를 막던 나였
으니까.
그런데 세희가 카도라스에 컴백한다고 한다. 세희는 내가 지금까지
카도라스를 하는 줄 알고 있다. 그동안 세희에게 카도라스에 대한 이
야기는 꺼내지 않았으니까. 간혹 세희가 카도라스 이야기를 꺼내면 대
충 얼버무렸고……. 이유야 게임을 접었다고 하면 세희가 무슨 일 있
냐며 걱정할까 봐서다.
만약 세희가 게임을 다시 한다면 나는 어떡해야 하지? 나도 따라서
게임을 해야 하나?

*   *   *

눈을 떠보니 외할아버지와 외할머니, 삼촌과 이모가 보였다. 그리고
시아도…

이게 어떻게 된 거지?

"세희야! 깨어났구나!"

나는 이 상황에 어안이 벙벙해져 눈만 깜빡일 뿐이었다. 내가 왜 여기 있는 거지? 아! 맞아. 학교에서 성적표를 받았던 때까지 기억난다.

그 후로 내가 집까지 어떻게 온지는 알 수 없지만, 어쨌든 집에 온 게 확실한 것 같은데…….

주위 분들은 내가 깨어나자 모두 안도의 한숨을 쉬었다. 그리곤 서로 몇 마디 주고받더니 내 방을 나섰다. 자리에 있는 사람은 나와 시아, 삼촌뿐.

나는 주머니를 뒤적여 PDA를 찾았다. 하지만 PDA는 보이지 않았다. PDA가… 그게 없으면 신성이에게 연락할 수가 없잖아!

"PDA 찾는 거야? 그거 내가 챙겨 가지고 왔어. 자."

시아가 주머니에서 PDA를 꺼내 나에게 넘겨주었다. 나는 그것을 황급히 받아 들며 PDA에 들어온 메시지를 확인했다. 하지만 신성이에게서 온 메시지는 없었다. 메시지가 안 왔을 리 없는데? 신성이에게 무슨 일이 생겼나?

시아가 한숨지으며 말했다.

"세상에, 열이 39도라니. 그동안 버틴 것만도 용하다. 휴우~ 너 쓰러진 뒤로 교실에서 얼마나 소동이 일었는지 알아? 아무튼 무사하니까 다행이다. 난 돌아갈 테니 몸조리 잘해. 삼촌도 안녕히 계세요."

시아까지 자리에서 나가자 방에 남아 있는 건 나와 삼촌뿐이었다.

삼촌은 손에 쥐고 있던 성적표를 나에게 건네주며 말했다.

"이제 고등학교 생활도 끝이구나. 하지만 이게 끝이 아니다. 대학교 공부도 소홀히 해선 안 돼. 그리고 시험에 대한 문제는 더 이상 들먹이지 않겠다. 내일 게임기를 돌려주겠지만 게임은 하루에 한 시간이다.”

삼촌이 그 말만 남기곤 방을 나갔다. 내일 게임기를 돌려주시겠다니… 드디어 신성이를… 신성이를 볼 수 있는 거야!

다음날 학교.

여느 때와 다르게 가벼운 발걸음으로 등교를 했다. 신성이를 만난다는 생각에 기분은 한껏 들떠 있었다.

아~ 마치 세상을 다 가진 것 같아.

“세희야, 몸은 괜찮아? 많이 나아졌어?”

시아의 물음에 고개를 끄덕여 답한 나는 PDA로 신성이에게 문자를 보냈다.

신성아, 드디어 오늘이야. 어젠 너무 설레서 밤잠도 설쳤어. 빨리 보고 싶다.

“세희, 또 신성 씨에게 문자 보내는 거야?”

신성이에게 문자를 보내는 도중 시아가 그렇게 물었다. 나는 고개를 끄덕이며 메시지를 적어 시아에게 보여주었다.

오늘 신성이랑 만나거든, 게임에서.

“아~ 신성 씨랑 만난다고? 그런데 신성 씨는 몇 달 전부터 게임을 접었던 걸로 아는데?”

에? 신성이가 게임을 접어? 그럴 리가. 신성이가 게임을 접을 리 없잖아. 나한테 아무 말도 없이. 나하고의 추억이 깃든 그곳을 그렇게 쉽게 버릴 리 없어.

＊　　　　＊　　　　＊

"하아아앗!"

나의 발차기가 상대방의 안면을 향하는 척하다가 옆구리 쪽으로 방향이 바뀌었다. 상대는 나의 공격 흐름을 미리 눈치 채고 있었다는 듯, 옆구리를 방어하며 역습 발차기를 날렸다. 나의 훼이크 기술을 쉽게 간파하고 막았다는 건 상대가 절대 만만하지 않단 것이었다.

파악—!

역으로 날아오는 옆차기를 양손으로 방어한 나는 상대의 품속으로 파고들어 멱살을 쥐고 업어치기를 먹였다. 태권도에서는 있을 수 없는 것이었지만 이렇게라도 하지 않으면 사부를 이길 수 없기 때문에 어쩔 수 없었다.

사부는 나의 업어치기로 땅바닥에 몸을 뉘일 뻔했지만 가볍게 중심을 잡고 일어서 나의 오른쪽 안면에 돌려차기를 먹였다.

퍼억—!

순간적으로 고개를 옆으로 돌려 충격을 완화할 수 있었지만 오른쪽 안면에서 느껴지는 그것은 뇌를 뒤흔들었다. 하지만 쓰러질 듯 몸을 휘청이면서도 상대의 가슴팍에 뒤돌려차기를 명중시켰다. 발차기가 정통으로 들어갔음에도 사부는 절대 흔들림이 없었다.

"칫!"

"차아앗!"

이어진 사부의 연속 발차기가 나를 몰아붙였다. 이렇게 나오자 겨우 2단짜리 태권도 실력인 나로서는 밀릴 수밖에 없었다. 치사하게 노네, 정말!

"제가 졌습니다!"

퍼억—!

말 떨어지기가 무섭게 왼쪽 안면에 발차기가 떨어졌고, 그것에 맞은 나는 땅바닥에 나뒹굴어 버리고 말았다. 기, 기권했는데 이건 무슨 짓?

"아, 미안하다. 내가 너무 흥분해서 말이다."

사부가 황급히 나에게 다가와 손을 내밀었다. 나는 맞은 부위를 쓰다듬으며 그의 손을 마주 잡고 몸을 일으켰다. 후우~ 아직은 사부한테 안 되나 보다. 매일 아침마다 뒷산을 오르며 무술을 연마(무슨 도 닦냐?)한 나였는데.

"실력은 많이 늘었구나."

"아직 멀었습니다, 사부에 비하면요."

"훗! 자식. 그런데 또 무슨 바람이 불어서 우리 도장엘 다 찾아온 거냐?"

"아, 별거 아닙니다. 다시 도장에 찾아올 수 없을 것 같아서요."

"허어~ 겨우 그거냐? 8개월 전에 홀연히 도장에 찾아와서는 한 달에 한 번씩 대련하던 녀석이. 그래, 여자 친구라도 생겼냐? 그래서 그 한 달에 한 번씩 찾아오는 것도 힘든 게냐?"

사부의 빈말 같은 물음에 나는 고개를 끄덕였다.

"네, 이제 여자 친구하고 바빠질 것 같거든요."

"뭐?! 정말? 허허! 그래, 좋을 때다."

너털웃음 짓는 사부의 앞에서 나는 무릎 꿇고 절을 했다. 나는 21세기 최고의 매너남이기 때문에 최대한의 예의를 갖춘 것이다.

"얼마 안 되는 시간이었지만 그동안 감사했습니다. 나중에 다시 찾아오는 날, 또 한판 붙는 겁니다."

"오냐~ 기다리마."

나는 자리에서 일어나 탈의실로 향했다. 오늘은 개교 기념일이기 때문에 특별히 서두르지 않아도 되었다. 시간도 남아도는데 세희보다 먼저 카도라스에 접속해 있을까? 오늘부터 게임을 할 수 있다며 그렇게 PDA로 문자를 보내던 세희였는데.

막 탈의실에서 옷을 갈아입던 중 옷 주머니에 들어 있는 핸드폰에서 메시지 소리가 울려왔다. 세희에게서 온 것이었다.

신성아, 드디어 오늘이야. 어젠 너무 설레서 밤잠도 설쳤어. 빨리 보고 싶다.

집으로 돌아와 침대 밑에서 썩어가고 있던 PX를 꺼냈다. 수북이 쌓인 먼지를 털어내고 나는 한동안 그것을 들고 생각에 잠겼다.

거의 8개월 만에 꺼내보는 것이었다. 그땐 다시는 이것을 꺼내지 않기로 결심했었는데, 결국 그 결심은 8개월 만에 무너지고 말았다. 사실 9개월(세희에게는 9개월) 만에 보는 낯선 곳에 세희 혼자 남겨놓는다는 건 내 맘이 편치 않았다. 언제 고스티스터나 소더러 A 같은 놈들이 나타나 세희를 해코지할지 모르기 때문이기도 했지만, 세희를 책임지기로 한 이상 지키기로 한 약속은 반드시 지킨다. 설령 시엘라 같은 일이 다시 발생한다 할지라도.

"좋아! 세희야, 조금만 기다려라!"

나는 PX 헬멧을 쓰고 게임에 접속했다.

새삼스러워 보이는 오프닝과 영영 잊어버릴 줄 알았던 아이디와 패스워드…

[아이디:sss0226/패스워드1:*********/패스워드2:*******]

그리고…

[로그인되었습니다]

카도라스 안내원의 목소리를 끝으로 나는 게임 속 세상에 다시 발을 내디뎠다.

＊　　　　＊　　　　＊

드디어 접속하게 되었다. 신성이와의 추억이 깃든 이곳. 이곳에서 신성이를 찾아보았지만 약속 장소도 아닌 곳에 신성이가 보일 리 없었다. 약속 장소는 만리장성 길드.

지금 시각이 7시 55분이니까 약속 시간까진 5분 정도 남아 있는 때였다. 늦기 전에 도착해야 할 텐데, 빨리 길드로 가자!

"……."

그렇게 한 발자국 내딛던 중 나는 곧 발걸음을 멈춰 세워야만 했다. 머리 속을 스치는 중대한 문제에 빠져 버린 것이다.

만리장성 길드가 어디 있지?

"……."

9개월 만에 접속해 보는 거라 까먹어 버렸다. 으으! 이 바보! 이러다 이 많은 인파들 속에서 미아가 되어버리는 건가? 간만에 접속하게 되었는데 신성이도 못 보고 로그아웃할 순 없어!

나는 조용히 목소리를 가다듬었다. 그리고 길을 지나가는 한 NPC에게 다가가 말을 걸었다.

"저, 실례지만 만리장성 길드가 있는 곳 좀……."

"……."

하지만 말을 받은 NPC는 날 힐끔 쳐다보더니 제 갈 길로 향했다. 왜 그러지? 내가 물어봐서 기분 나쁜가?

이번엔 지나가는 유저에게 말을 걸어보았다.

"실례지만 만리장성 길드가……."

"저리 비켜욧!"

"……."

나는 한동안 그 자리에 멍하니 서 있다가 다시 또 다른 유저에게 물었다. 하지만 다들 반응은 냉담하기만 했다.

빨리 만리장성 길드로 가지 않으면 신성이를 보지 못할 텐데. 어떡하지? 으으…….

그렇게 발을 동동 구르던 중 반가운 목소리가 들려온 것은 그때였다.

"역시 여기 있었구나, 세희."

"앗! 시아!"

말을 걸어온 사람은 시아였다! 아니, 닉네임으로 시에리라고 불러야겠지만. 이렇게 급할 때 때맞춰 와주다니! 나는 너무나 반가워 시아에게 달려가 그녀의 손을 꼬옥 붙잡았다.

"시에리! 마침 잘 와줬어! 만리장성 길드에서 신성이를 보려고 했는데 내가 만리장성 길드로 가는 길을 까먹는 바람에 길을 잃어버려서 그만 신성이가 날 못 보고 가는……."

"아아~ 알고 있어. 그렇게 횡설수설 설명하지 않아도 돼. 그럴 줄 미리 예상하고 왔지."

"고마워, 시에리!"

"어서 가자. 오전부터 신성 씨… 아니, 마듀라 씨가 와서 기다리고 계셨어."

"정말? 그렇게나 일찍 왔단 말야? 빨리 가자!"

세희를 기다리는 마음은 초조했다. 초조해서 한시도 가만있을 수 없었다. 시에리가 세희를 마중 나가겠다고 했을 때 같이 따라가는 거였는데.

응접실 소파에 앉아 안절부절못하며 세희를 기다리던 중, 광신저우 씨가 물었다.

"게임을 영영 접은 줄 알았네만, 다시 돌아온 이유가 뭔지 물어도 되겠나?"

나는 간단히 대답했다.

"세희 만나려구요."

"음~ 그래?"

광신저우 씨와의 문답을 끝으로 나는 자리에서 일어나 응접실 안을 이리저리 돌아다녔다. 크으! 도대체 세희는 왜 아직까지 연락이 없는 거야? 혹시 무슨 일이라도 생긴 건가? 또 그 삼촌인지 뭔지한테 해코지 당하는 건 아니겠지? 그래! 그럴 수도 있다! 그동안 들어본 바에 의하면 세희의 삼촌이 세희에게 아주 못된 짓을 일삼았다고.

여러 가지 추측을 해대는 중 광신저우 씨가 말했다.

"어이~ 가만 좀 있지? 정신없다."

"아, 지금 세희하고 재회하려는데 가만있을 수 있어요? 광신저우 씨
도 생각해 보세요! 오랫동안 사귀어온 애인하고 몇 년 동안 떨어져 있
다가 다시 재회하는 그 마음을!"

"난 이미 결혼해서 잘 모르겠는데?"

"결혼을 해도……."

"……."

…방금 광신저우 씨가 뭐라고 했지?

"…광신저우 씨, 결혼하셨어요?"

"그래."

"실례지만 지금 연세가……?"

"스물여섯이다. 아직 신혼이라네."

"……."

사람을 잡아먹을 것 같은 저 얼굴로 결혼을 하다니. 부인이 누군지
꼭 한번 보고 싶네.

나는 입을 다물며 조용히 소파에 앉았다. 그렇게 1분쯤 흘렀을까? 고
요한 적막감만이 주위를 가득 메우는 때였다. 아침부터 지금까지 11시
간가량을 기다렸다. 지금까지 지치지 않은 것만도 용하지. 지금 당장
세희가 저 문을 열고 나타난다면 11번을 키스하리라!

벌컥―!

"신성아!"

그때 문이 열리는 소리와 함께 세희가 방 안으로 들어섰다! 나는 부
리나케 고개를 돌리며 세희를 향했다! 온갖 미사여구를 갖다 붙여도
모자랄 정도의 경국지색(傾國之色)의 미모를 자랑하는 그녀!

9개월 전, 그 모습 그대로인…….

"세희야!"

아~ 어쩜 이리도 변한 것 없이 사랑스러울 수 있을까? 이리 와! 내가 11번 키스해 줄게!

(주)카마디.

"결국엔 돌아왔군요, 8개월 만에."

그것도 지 여자 친구하고 같이.

"하지만 8개월이란 공백은 무거운 거였어. 어쩌면 돌이킬 수 없을 정도로 늦었는지도 모르지."

시 부장님의 말씀에 고개를 끄덕인 나는 모니터링되어 보여진 신성이와 세희 양의 재회 장면을 보며 풋― 하고 웃었다. 짜식들~ 좋을 때다.

시 부장님에게 물었다.

"세희 양 말인데요. 어때요, 며느리로 삼으심이?"

"나야 뭐 좋지."

"그럼 신성이가 세희 양하고 지금 당장 결혼한다고 하면 허락해 주실 건가요?"

그 질문엔 시 부장님이 입을 다무셨다.

잠시 모니터링되어 보여진 세희 양의 모습을 지켜보던 시 부장님이 화면을 돌리시며 헛기침을 했다.

"지금은 사무 중이다. 그런 사적인 이야기나 할 때냐? 흠흠!"

속으론 좋으시면서 내숭은…….

그가 계속 말을 이었다.

"…수많은 마스터들이 나타났고, 그들 개개인이 신성이를 위협할 정

도의 실력을 가지고 있어. 신성이가 과연 그들을 어떻게 상대할지
는……."

"하지만 게임은 신성이만 하는 것이 아니잖습니까? 옆에 세희 양도
우리 프로젝트의 대상자로서 신성이와 함께 중요한 역을 맡은 인물입
니다. 그녀가 없었으면 신성이는 지금쯤 이렇게 게임에 컴백할 수 없
었을 것입니다. 지금의 신성이… 아니, 마듀라가 만들어지기까지 세희
양의 도움이 가장 컸다고 생각합니다."

시 부장님도 그렇게 생각하는 듯 내 말에 수긍하는 표정을 지었다.

나는 계속해서 말을 이었다.

"하지만 부장님이 말씀하셨던 대로 그동안의 공백이 상당했죠, 한창
전성기를 누릴 당시에 게임을 접어버렸으니. 아도니아 이벤트는 괜히
했나 생각합니다."

이번에도 시 부장님은 고개를 끄덕이며 수긍했다.

사실 아도니아 이벤트에서의 실험을 성공적으로 마치긴 했다. 그렇
지만 신성이가 죽인 NPC들 때문에 그 손실액이 엄청났다. 그 때문에
사장한테 욕 한두 번 먹은 게 아니고.

물론 내가 욕먹은 게 아니라 시 부장님이 말이다.

즈잉—

그때 자동문이 열리며 누군가 프로그램실로 들어섰다. 나는 무심결
에 고개를 자동문 쪽으로 돌렸고, 그곳에서 그 녀석을 발견할 수 있었
다. 성실 녀석, 이제 오는 건가?

나는 자리에서 일어서며 손짓으로 그를 불렀다.

"이제 오냐? 빨리 와서 인사드려라. 시 부장님, 애가 전에 말했던 그
특수 플레이어입니다."

성실이를 소개시키자 시 부장님이 자리에서 일어서며 그에게 손을 내밀었다. 성실이가 그의 손을 마주 잡으며 인사했다.

"안녕하십네까? 내래 평양에서 근너온 성실이라요."

"에?"

갑작스레 튀어나온 평양 사투리에 시 부장님이 적잖이 당황하며 날 돌아보았다. 그러고 보니 내가 설명하는 걸 깜빡했군.

"제가 자세한 설명을 안 했군요. 성실이는 평양에서 건너온 녀석입니다. 한창 표준어를 배우는 중이라 평양 사투리도 아니고 표준어도 아닌 말투를 쓰지요. 북쪽에선 꽤 알아주는 카도라스 지존이었습니다. 도합 12단의 격투 유단자죠."

시 부장님이 어안이 벙벙한 얼굴로 있다가 곧 웃으며 성실이에게 말했다.

"내가 북쪽 사람하곤 만나본 적이 없어서 말이지, 조금 당황했네. 이름이 성실이라고 했나? 특이한 이름이구만. 얼마나 성실하면……."

"하하! 룡담도 잘하심네. 시 부장님이 남쪽의 카도라스 디죤의 아바디라고 들었습네."

"에? 아… 신성이를 말하는 건가? 하하! 그래, 신성이가 내 아들이란다."

"우아~ 이로케 실제로 만나뵙게 될 줄은 꿈에도 몰랐시요. 어쨌든 잘 부탁드리겠습네."

"어, 그래."

그들이 대화를 주고받는 것을 끝으로 나는 자리를 나섰다. 곧 중국으로의 세미나 출장이 있었다. 준비할 것이 많기에 일찍 퇴근하려는 것이다.

돌아서는 나에게 시 부장님이 물었다.

"이번 출장 준비 때문에 가는 거냐?"

"네, 이번이 저에겐 첫 출장이니까요. 사장님이 절 믿고 추천해 준 자린데 소홀할 순 없죠."

"아~ 그런가? 떠나는 날이 언제지?"

"이번 주 토요일입니다, 일요일에 돌아오지만. 저 없는 동안 성실이가 제 일을 대신 맡아서 할 겁니다. 신입 사원이라고 함부로 부려먹지 마십쇼. 성실이는 어디까지나 제 사원이니까요."

"허허! 이게 날 뭘로 보고? 빨리 퇴근이나 해라."

"신체 조심히 살펴가십쇼."

한창 세희와 대화를 나누던 중 세희는 그동안 글로써는 전하지 못했던 말들을 수도 없이 나에게 말했고, 나는 최대한 열심히 그녀의 말을 들으며 장단을 맞춰주었다. 9개월 만에 만나는 여자 친구다. 뭐든 예쁘게 보이고 사랑스러워 보일 수밖에 없었다(팔불출).

한동안 은하수를 사이로 떨어졌던 견우와 직녀 같은 한 시간의 만남을 보내던 중 세희가 시간을 보며 화들짝 놀랐다.

"앗! 9시 5분이다. 신성아, 미안해. 나 가봐야 할 것 같아."

"에? 왜 벌써 가?!"

"응. 나 하루에 한 시간밖에 게임을 못해, 삼촌이 그렇게 정해서. 약속을 어기면 삼촌이 게임기를 도로 뺏어가 버릴 거야."

삼촌. 지금 내 머리 속에 박혀 있는 세희 삼촌의 이미지는 딱 이것이다.

세희의 자유를 빼앗은 사람.

아니, 자기가 뭔데 세희를 강제로 공부시키고 게임기를 뺏어간단 말인가? 뿐만 아니다. 아침 6시에 기상, 저녁 8시까지 집에 귀가할 것. 용돈은 한 달에 한 번씩 주므로 아껴서 쓸 것, 복장은 교복과 정해진 옷 외엔 착용하지 말 것, 학교 갔다 오면 무조건 공부할 것. TV 시청, 게임, 오락 등은 불가. PDA만 봐줌 등등… 이런 말도 안 되어 처먹는 규칙을 세운 게 다 그 삼촌이란 작자다.

완전 창살없는 감옥에 갇힌 신세로 9개월을 보낸 세희다. 처음엔 반항도 해보았지만 말을 못하는 세희의 반항이 제대로 될 리 없었다. 반항도 제대로 못해보며 세희가 당했던 그 곤욕을 생각하면 눈물이 앞을 가릴 정도다. 어흐흐흑!

"신성아, 내일 보자."

"…세희, 잠깐만."

"응?"

막 로그아웃하려는 세희를 멈춰 세운 나는 잠시 뜸을 들였다. 꼭 묻고 싶었지만 PDA 같은 글로써 전하기는 좀 그런 말이 있었다. 분명 세희도 중국에서의 생활이 싫을 것이리라.

나는 그렇게 생각하며 그녀에게 물었다.

"세희는 지금의 생활에 만족해?"

"……."

세희는 말없이 생각에 잠겼다.

조용히 그녀의 대답을 기다리는 도중 세희가 밝게 웃으며 입을 열었다.

"나는 한국에서… 신성이와 지냈던 시간이 더 즐거웠어."

그녀의 대답은 내 기대에 절대 어긋나지 않는 것이었다. 그리고 나

는 그녀의 말로써 내 의지를 더욱 확고히 할 수 있었다. 세희를 떠나보
낸 그날부터… 아니, 그 이전부터 생각하고 있었던 것을.

"그래. 내일 보자, 세희야."

PX 헬멧을 벗으며 길게 숨을 내뱉었다. 그리고 책상 위에 놓인 핸드
폰을 들고 아버지의 핸드폰 번호를 눌렀다.

뚜우우— 뚜우우—

철컥—

「네. (주)카마디 프로그램 부 부장 시성진입니다.」

아버지가 핸드폰을 받자마자 나는 다급한 목소리로 외쳤다.

"아버지! 큰일 났습니다! 지금 어머니께서 매우 위독하세요! 지금 방
에서 피를 토하시며 발작 중이십니다! 체어노제에 걸린 듯 입술이 파
라시고, 지금 숨넘어가기 직전……!"

「뭐, 뭣?! 우리 유희가 어떻다고? 시, 시, 시, 시, 신성아! 치, 침착해
라! 지금 어머니 모시고 빨리 병원으로……!」

"아버지가 빨리 집으로 오세요!!"

탁—

마지막엔 크게 외치며 핸드폰 플립을 닫아버린 나는 득의의 미소를
지었다. 아버지는 어머니께서 조금이라도 잘못되면 엄청나게 흥분하
시기 때문에 이렇게 겁을 줘버리면 내일쯤 집으로 돌아오시게 되어 있
다.

어차피 아버지에게 거짓말한 것은 죄송하다고 한마디 하면 되는 거
니까. 그리고 세희를 위한 일이니 용서하시리라.

"세희야! 조금만 기다려라! 아버지한테 반드시 허락을 받고 말겠어!"

"신성아, 무슨 일 있니?"

아래층에서 어머니의 목소리가 들려왔다. 내가 너무 크게 외쳤나?

"아무것도 아니에요. 주무세요."

다음날.

학교에서 돌아와 보니 아버지와 어머니께서 거실 소파에 앉아 날 기다리고 계셨다. 평소 아버지께서 집에 들어오실 때는 설날, 추석이 아니라 어머니의 생일과 결혼 기념일이다.

아무 날도 아닌 오늘 이렇게 모습을 드러낸 것은 특별한 경우라 할 수 있겠다.

아버지께서 말씀하셨다.

"신성아, 왜 거짓말을 했느냐?"

나는 조용히 가방을 벗고 아버지의 앞, 소파에 앉았다.

"평범한 방법으로는 오시지 않을 거라 알고 있습니다. 그래서 그렇게 한 것입니다. 바쁜 와중에 실례가 되었다면 죄송합니다."

"…그래서 부른 이유가 뭐냐? 별거 아닌 일로 날 부른 건 아니겠지?"

별거면 죽여 버릴 기세구만. 그러게 사람 말을 그렇게 쉽게 믿어버리면 안 되지, 아무리 아들 말이라도.

"저에겐 아주 중요한 일입니다. 아버지와 어머니의 허락이 없으면 할 수 없는 일이죠."

아버지와 어머니가 서로 얼굴을 마주 보시다가 다시 나에게로 시선을 돌렸다. 빨리 말해 보라는 눈빛.

나는 얼굴을 굳히며 입을 열었다.

"제가 이제 19살입니다. 몇 달만 지나면 20살, 성인이 된다는 말입니다. 더 이상 미성년자가 아니란 말이고, 이제 누군가를 책임질 수 있는 권리가 생긴다는 말이죠."

"음~ 그래, 그렇구나."

본론으로 넘어가서,

"아버지와 어머니께서는 세희를 어떻게 생각하십니까?"

그러자 어머니께서 말씀하셨다.

"어떻게 생각하다니? 몇 번 봤는데, 그냥 참하고 착하다는 거?"

세희에 대한 생각은 긍정적인 것 같으니 다행이다. 아버지도 그렇게 생각하시는 것 같고.

나는 진짜 본론을 꺼냈다.

"저, 세희 책임지겠습니다."

"……."

"……."

뭐, 뭐야? 왜 갑자기 썰렁해지는 거야? 내가 잘못 말하기라도 했나? 뭐, 어때서 그래?

잠시 두 분 다 말이 없던 중 아버지께서 떠듬떠듬 입을 여셨다.

"세희 양을 책임지겠다는 건 세희 양과 결혼… 을 하겠다는 말이냐?"

"그렇게 되는 거죠."

"……."

그렇게 충격인가? 솔직히 내가 생각해도 이르긴 이르지… 만! 그치만…

"허락을 안 하셔도 저는 제 마음대로 합니다."

"…하긴, 네 고집이라면 그럴 수 있겠지. 하지만 한 여자를 책임진다는 것은 남자로서 매우 막중한 임무다. 너는 세희 양을 죽을 때까지 책임질 자신이 있느냐?"

"그런 자신도 없었다면 지금 이렇게 아버지를 부르지도 않았습니다. 세희를 떠나보낸 9개월 전… 아니, 그전부터 지금까지 생각해 온 것입니다. 허락해 주십쇼. 저 낯선 중국 땅에서 곤욕을 치르며 살아가는 세희를 그냥 내버려 둘 수 없습니다."

아버지께서는 진지하게 생각에 잠겼다. 어머니도 마찬가지였다.

그렇게 10분 정도? 길다면 길고 짧다면 짧은 시간이었지만 나에겐 그 시간이 지독하게도 길게 느껴졌다. 그 지독하게 긴 침묵을 끝으로 아버지께서 입을 열었다.

"세희 양은 어떻게 데려올 생각이냐? 중국에 있다면서."

이건 허락의 뜻인가? 아직 속단하긴 이르지만 나는 씨익 미소 지으며 학교에서 돌아오는 길에 미리 끊어온 비행기표 세 장을 꺼냈다.

"제가 직접 중국으로 가서 친척들의 동의를 받아내 세희를 데려오겠습니다."

"그럼 세희 양을 어떻게 책임질 테냐? 우리가 하나도 도움을 주지 않겠다면?"

"아직 미성년자인 이상, 성인이 되어 직업을 가질 때까지만 도와주십시오. 그 후엔 제가 알아서 하겠습니다. 그리고 세희를 한국으로 데려오면 전에 세희가 살던 집으로 가서 독립하겠습니다. 오늘이라도 당장 독립할 수 있습니다."

내 비장한 각오에 아버지께선 의미 모를 미소를 지었다.

"자식, 다 컸구나."

"그럼 허락해 주십쇼."

"그치만 그런 건 그리 쉽게 생각할 문제가 아니다. 조건 세 가지가 있다."

조건? 무슨 조건? 우리 그냥 결혼하게 해주세요!

"첫째, 너와 세희 양의 20살 생일이 지난 후에 혼인 문제를 생각해 볼 것. 둘째, 세희 양을 데려온 후 너와 세희 양의 행실을 보고서 혼인 허락 여부를 짓겠다. 셋째, 성인이 되면 모든 가정 생활은 너와 세희 양이 알아서 해라. 우리는 하나도 도움을 주지 않겠다. 생활비, 세금 문제 등등… 알겠지?"

허어~ 그런 조건이라. 첫 번째 조건은 그저 생일이 지나길 기다리기 만 하면 된다. 내 생일은 2월 26일이고 세희 생일은 2월 28일이니까(약 네 달 정도 남았다). 그리고 두 번째와 세 번째 조건은… 한번 해볼 수밖 에 방법이 없나?

나는 힘차게 고개를 끄덕였다.

"그렇게 하겠습니다."

"그리고……."

"……?"

"최준이가 내일 북경으로의 출장이 있다. 같이 따라가거라, 그 편이 더 안전할 테니. 내일 최준이가 네 학교 쪽으로 가도록 하겠다."

아, 잘됐군. 최준 형이랑 같이 간다면야.

"그럼 부탁드리겠습니다."

나는 아버지, 어머니와 몇 마디 더 나눈 후 내 방으로 올라갔다. 허 락을 받고 나자 마음은 한결 후련했다. 이제 세희에게 이 소식을 전할 일만 남았구나.

8시 10분.

막강이의 선실 안.

8시에 만나기로 되어 있었는데 10분 더 늦은 세희가 게임에 접속했다.

"아, 듀라야. 먼저 와 있었구나?"

"이제 오는 거야?"

"응, 삼촌 심부름 때문에 좀 늦었어."

삼촌 심부름? 들을수록 열받네! 지가 뭔데 세희를 시다바리 용으로 써? 세희가 지 종이야? 쪼다야? 꼬붕이야? 나는 끓어오르는 화를 누그러뜨리며 그녀에게 본론을 꺼냈다.

"음음… 실리… 아니, 세희야. 오늘 아주 중대한 할 말이 있는데."

"응? 무슨 말인데?"

그걸 대놓고 말하자니 조금 쑥스럽지만 나는 얼굴을 붉적이며 조용히 말했다.

"나… 세희하고 같이 살고 싶은데 괜찮지?"

"……."

"어, 어이… 세희야."

왜 다들 내가 책임진다고 하면 멍~ 해지는 걸까? 내가 그렇게 믿을 놈이 못 되나?

세희가 잠시 패닉 상태에 빠졌다가 되물었다.

"구체적으로 말해 봐. 무슨 소린지 잘 모르겠어."

"그러니까 세희를 책임지고 싶다고."

"……."

"싫어?"

"……."

세희는 아무 말도 하지 않고 고개를 숙였다. 여기서 세희가 '싫어'라고 하면 나는 중국으로 갈 수도 없고 완전 쪽박 차야 한다. 아버지하고 어머니한테 어울리지도 않는 진지 모드로 말까지 해놨는데. 설마 세희한테 차이진 않겠지?

잠시 고개를 숙였던 세희가 몸을 떨었다.

"신성아, 그 말 진심이야?"

"물론이지! 내가 거짓말을 왜 하겠어? 세희는 싫어?"

"난 말도 못하는 바보인데… 할 줄 아는 거라곤 아무것도 없는데. 신성이가 날 좋아할 수 있겠어? 나는… 자신없어."

"그런 건 아무 장해가 되지 않아! 세희가 말을 못해도 좋아. 아무것도 못하고 내 도움만 받아도 좋아. 단지 고통받는 게 싫어. 사랑하니까, 사랑하는 사람이 고통받는 게 싫어. 그래서 지켜주고 싶어."

"정말이지? 그 말 진심인 거지? 흐흑! 나는… 신성이가… 흑! 신성이가 날 잡아주기만을… 기다리고 있었는데……."

내 눈앞에 언제나 가녀렸던 그녀가 결국 울음을 터뜨리고야 말았다. 이런 경사스런 날에 울어선 안 되지. 이제부턴 세희의 눈에서 눈물 흘리지 않게 할 건데.

나는 세희의 눈물을 닦아주며 그녀를 꼬옥 감싸 안았다.

"세희야, 울지 마. 내가 내일 중국으로 데리러 갈게."

다음날 학교.

아버지, 어머니께도 허락을 받았고 세희의 승낙도 받았다. 이제 남은 것은 세희의 외가 쪽 어른들이다. 과연 그들을 어떻게 설득시킬 것인가? 지금 상황으로썬 한 가지 방법밖에 떠오르지 않았다. 다시 깡폐인(깡 센 폐인)으로 변신해서 세희를 달라고 무조건 개기는 수밖에. 가장 문제가 되는 것은 보수적인 성격으로 널리 알려져(?) 있는 세희의 삼촌이다. 삼촌이 과연 세희와의 결혼을 허락해 주실 것인가? 아무래도 허락 안 해줄 것 같다. 허락 안 해주면 어찌해야겠는가?

세희 데리고 도망쳐야지 별수있나.

"신성아, 오늘 요 앞 분식집에 떡볶이 먹으러 같이 가지 않을래? 정말 맛있다는데!"

내 대각선 앞자리에 앉아 있는 신유리, 강태민의 애인이라는 그녀가 나에게 꼬리를 살랑이며 떡볶이로 날 유혹했다(표현이 부적절하긴 하지만…). 지 남자 친구하고 반이 떨어지더니 이젠 나한테 꼬리를 친다. 하지만 나는 이미 책임질 이가 있는 몸. 다른 아낙네에게 한눈 팔면 안 되는 것이다. 그동안 유리하고는 자주 대화를 주고받던 사이였지만 이제 세희를 옆에 두면 떨어뜨려야 했다.

나는 퉁명스런 어투로 내뱉었다.

"안 가."

"에? 정말로 안 갈 거야? 내가 사줄게, 같이 가자!"

어허~ 자고로 아낙네라는 것은 여성의 품위와 정조를 지킴으로써 사회 기반과 집안을 다지는 기둥이 되어야 하거늘. 사내를 먹을 것(여러 가지 이유로)으로 유혹하면 그게 진정한 여성이라고 할 수 있겠는가?

나는 여전히 퉁명스런 어투로 '흥! 가서 태민이나 유혹하시지?' 라고 하면 싸대기 맞을 것 같기에 말을 돌렸다.

"태민이하고 같이 가. 태민이 놔두고 왜 나하고 같이 가려고 하나?"

“오늘 태민이는 친구들하고 약속이 있대. 응? 같이 가자~”

“왜 꼭 나야? 다른 친구들도 많잖아.”

“으음~ 오늘은 멋진 남자 친구의 호의를 받으며 가고 싶은걸?”

“……”

지지배가 보는 눈은 있어 가지고.

잠시 주위를 둘러보던 나는 나 대신의 적임자를 발견했다. 물론 나보단 인물도 뒤떨어지고 단세포지만.

“멋진 남자 친구라면 여기 있네. 어이~ 용태야, 유리가 떡볶이 사 준댄다.”

그러자 내 옆에서 엎드려 자고 있던 용태가 몸을 벌떡 일으키며 발광을 했다.

“오오옷! 유리! 드디어 태민이를 버리고 나에게 마음이 온 것이야?! 아유~ 지지배, 내가 좋으면 좋다고 말로 할 것이지. 떡볶이 같은 걸로 유혹을 하고 그래? 아유~ 귀여워~”

“그, 그게 아니라… 그게 아닌데……”

용태가 떡볶이 먹으러 같이 가준단 것 때문인지 기쁨의 눈물까지 흘리는 유리였다. 남자 친구가 그렇게 좋다니. 의리 하난 있는 여자로구나, 짜식!

“그럼 주번 남아서 청소하고 즐거운 주말 보내도록.”

“수고하셨습니다!”

우르르르르르― 르르르―

종례를 마치고 재빨리 가방을 싼 내가 교실을 후딱 뛰쳐나가려 할 때 선미가 날 불렀다.

"시신성! 너 주번이잖아!"

저것이 지금 사나이의 대업(?)에 끼어들려고 하는 것인가?

"오늘만 봐줘라!"

"야! 너 이번 주 동안 매일 빠졌다고!"

선미의 말들을 대충 뒤로 흘려들으며 재빨리 본관 건물을 빠져나온 나는 교문까지 뛰어갔다. 교문에 다다랐을 때 교문 저편으로부터 흰색 오토바이를 몰고 오는 최준 형이 보였다.

오토바이를 몰고 오면서 최준 형이 외쳤다. '신성아, 오토바이에 타' 라는 말을 함축적인 의미로 부여하는 그 한마디.

"타!!"

부르르르룽— 르르르르—! 끼이이익—!!

최준 형이 브레이크와 핸들을 절묘히 활용해 오토바이를 120도 회전시킴과 동시에 나는 즉시 자리에서 뛰어올라 오토바이의 뒷좌석에 올라탔다. 이름하여 오토신공(Auto神功)!

우리들의 멋진 콤비 플레이에 여학생들은 꺅꺅 비명을 질러대며 오빠를 외치고 있었다. 지지배들이, 나 멋진 건 알아가지고. 나는 머리카락을 한번 휘날리는 팬 서비스도 잊지 않고 지체할 것 없이 공항으로 달렸다.

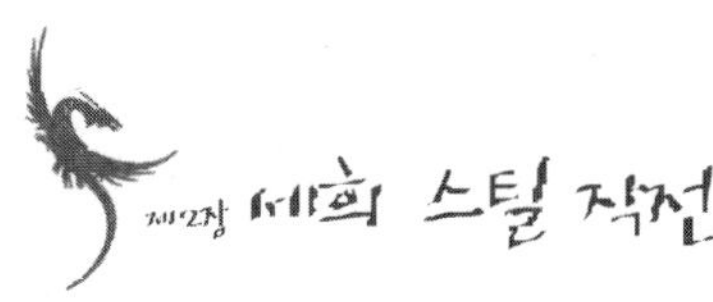

비행기를 타고 북경 공항에 도착한 시각은 오후 1시였다. 공항에 도착한 최준 형은 주위를 둘러보더니 무언가를 발견한 듯 그쪽으로 다가 갔다. 최준 형이 향한 곳은 양복 차림의 중국 사내 앞이었다.

최준 형이 유창한 중국어로 말했다.

"실례합니다. 한국의 (주)카마디에서 왔습니다. 마중 나오신 에딕스 직원 분이신가요?"

"아, 도착하셨군요. 인사드리겠습니다. (주)에딕스, 이벤트 개발진 차장 왕정평이라고 합니다."

최준 형과 왕정평이 서로 명함을 주고받으며 인사를 나눴다. 둘의 대화를 유심히 지켜 듣던 나는 도대체 알아들을 수가 없어 벙찐 얼굴을 할 수밖에 없었다. 쏼라쏼라 하고 그냥 지나가 버리는데 어떻게 알아듣는단 말인가? 학교 필수 과목에 중국어가 있었긴 하지만, 그것은 오직 시험 보기 위해 알아둔(소위 번개 치기) 것뿐이고, 회화를 알아들을 정도는 아니다.

그런데 최준 형이 꼴에 중국어를 할 줄 아네? 학교 성적은 바닥을 기었던 걸로 기억하는데.

왕정평의 안내를 받아 호텔에 도착한 우리들은 일단 호텔에서 짐을 풀었다. 내 짐이라고는 책가방이 전부였다. 대충 침대에 책가방을 내팽개친 나는 최준 형의 옷 짐 속에서 옷을 골랐다. 교복 입은 꼴로 세희를 만날 순 없으니까.

"어이~ 내일 세미나에 입고 갈 회색 양복은 건들지 마라. 한 시간 동안 다림질해서 빳빳하게 만든 거다."

꼴에 옷발 좀 받겠다고.

그나저나 겨우 하루 자고 올 건데 옷을 뭐 이리도 많이 챙겨왔는지 모르겠네. 나는 입고 있던 교복을 벗고 검은색 캐주얼 정장을 골라 입었다. 그리고 집에서 챙겨온 왁스를 살짝 발라 머리 모양을 잡은 뒤 입 안 세정제를 뿌리고 만반의 준비를 갖추었다.

거울로 본 나의 모습, 완벽해! 이 정도면 친척들에게 첫인상은 좋게 보이겠지?

"형, 그럼 갔다 올게!"

그러자 최준 형이 침대에서 벌떡 일어서며 주먹을 불끈 쥐었다.

"좋아! 깡페인의 명예를 걸고 친척들을 클리어하도록!"

"오오옷~!"

"오늘로서 세희 양은 네 것이다!"

"아자!"

"파이티이잉~ 오—!"

"오—!"

좋아! 세희 스틸 작전 실행!

*   *   *

아침부터 초조해서 견딜 수 없었다. 오늘 신성이가 중국으로 온다고 했는데 신성이 핸드폰으로 아무리 문자를 보내도 답장이 없었다. 지금쯤 신성이는 어디에 있을까? 북경 공항에 도착했을까?

막 수업을 끝마치고 시아와 함께 집으로 돌아가는 길이었다.

"그게 정말이야? 신성 씨가 오신다는 게?!"

시아의 말에 고개를 끄덕인 나는 PDA에 글을 적어 보여주었다.

만약에 신성이가 내 친척들의 허락을 받으면 나는 다시 한국으로 돌아갈지 몰라.

"뭐? 그게 정말이야? 아~ 아쉽다, 세희야."

시아와 이런저런 대화를 나누며 교문에 가까워졌을 때, 교문 앞에 학생들이 꽤 많이 모여 있는 것을 발견할 수 있었다. 뭐지?

*   *   *

최준 형에게 빌린 오토바이를 타고 핸드폰으로 북경 지리 정보를 찾아 이리저리 돌아다니는 중이었다. 워낙 급하게 중국으로 오다 보니까

은행에서 중국 화폐를 발급받지 못했다. 때문에 택시를 타는 것은 불가능했다.

그렇게 오토바이를 몰고 북경 시내를 돌아다니길 15분 정도.

"도착이다!"

드디어 세희가 다닌다는 신자이 고등학교에 도착했다! 그런데 무슨 고등학교가 이렇게 커? 우리 대전고교에 5배 크기는 되겠다.

교문 앞에서 세희를 기다리기로 한 나는 오토바이에서 내려 학교 건물을 바라보았다.

디디디디디— 딩딩딩!

그때 마침 학교 종이 울렸다. 학교 종이 울리고 얼마 지나지 않아 학교 건물에서 학생들이 빠져나왔다. 수업이 모두 끝난 모양이다.

학생들이 교문을 나설 때쯤,

"오늘 진페이가 나에게 고백을 했지 뭐야? 호호!"

"우아~ 정말? 좋겠다, 얘~ 호호!"

여학생들이 교문을 나서며 수다 떠는 소리가 들렸지만 무슨 말인지 알아먹을 수 없었다. 하하 호호 하는 건 알아들을 수 있겠는데 말이야.

그렇게 교문을 나서는 학생들 중에 세희를 찾던 도중,

"……?"

수군수군— 소곤소곤—

몇몇 학생들이 날 힐끔힐끔 쳐다보며 씹고 지나가는 것이 아닌가? 아니, 몇몇은 자리를 지키고 날 유심히 관찰하고 있었다. 뭐, 나의 수려하고 잘난 외모 때문이리라… 라고 생각했지만 남자 녀석들도 모여드는 것으로 보아 이 오토바이 때문인가 하고 생각됐다.

크~ 마치 동물원의 원숭이가 된 듯한 기분.

"꺄아! 꺄아아~"

"꺄꺄~"

그런데 날 보며 비명을 지르는 저 여자애들은 무엇인고.

"쟤, 마디우라 아냐?"

"야, 마띠우라는 한국 유저라구. 우리 나라에 있을 리가 없잖아?"

마디우라, 마띠우라 그러는 남자애들은 뭐냐? 말이라도 통했으면 이리도 답답하진 않았을 텐데. 마치 날 욕하는 것 같잖아! 하지만 여기서 '뭘 야려?' 등의 말을 지껄였다간 다구리 맞는다는 걸 알기에 나는 말 없이 오토바이에 몸을 기대었다.

"……!"

그렇게 몸을 기대는 순간 무엇인가 내 눈을 스치고 지나갔다! 바로 오토바이 뒷좌석에 매달린 책 한 권. 이것은?!

중국어 기초 회화.

크으! 최준 형 대단하다. 존경심이 물씬물씬 솟아오르려고 해. 오토바이를 몰면서 중국어 공부 할 정도로 중국어에 미쳐 있었다니! 사고 나서 죽을라구.

나는 황급히 책을 뒤적여 문장을 찾았다. 다행히도 중국어 위에는 병음(영어로 쓴 발음)과 성조(음의 高低昇降)가 정확히 적혀 있었다. 나는 그 책에서 '~어디 있는지 아니?' 란 단어를 찾았다. 이것을 '세희 어디 있는지 아니?' 라고 바꿔 써먹으려는 것이다.

이걸 어디다 써먹을까나? 나는 주위를 둘러보며 타깃을 정했다.

뚜두두두두(시선 돌아가는 소리)―

정했다!

목표물: 전방 60도 위치. 나보다 한두 살 어려 보이는 평범한 중국 여학생. 상당히 귀여움.

나는 그녀에게 두어 발자국 다가가 조용히 물었다.
"저기……."
"꺄아아아! 꺄꺄!"
"저, 저기……."
"꺄아아~"
"잠시만 시간 좀……."
"꺄아! 꺄아아!"
"……."

무슨 말을 못하게 하네. 내가 무슨 치한이야? 강간범이야? 왜 그래? 내가 뭘 잘못했는데 다짜고짜 비명을 질러? 중국에선 세희가 어디 있는지도 못 묻는단 말인가?
"신성 씨!"
그때 내 뒤로 누군가가 날 부르는 소리가 들려왔다. 나는 조건 반사적으로 고개를 돌렸고, 그곳에서 세희와 시에리를 발견할 수 있었다. 9개월 만에 보는 세희의 실제 모습(가상의 모습이 아님을 뜻함)!
"세희야!"
"……!!"
나와 세희는 인파들 사이를 헤쳐 나가며 서로에게 달려가 껴안… 진 않고 마주했다. 이렇게 중국 땅에서 세희를 만나 보다니! 나도 모르게 껴안으려 했던 걸 참았다. 역시 게임에서 만나는 것보다는 현실에서 만나는 게 뭔가가 있다고 할까?

내 손을 잡고 흔들며 방방 뛰는 세희의 모습은 가히 천사가 내 품에 안겨 애교를 부리는 것 같은 형상을 불러일으켰다. 그러기도 잠시, 세희가 PDA에 글을 적어 보여주었다.

언제 온 거야? 얼마나 걱정했는 줄 알아? 핸드폰도 받지 않고.

"아, 그게… 비행기 안에선 핸드폰을 사용할 수 없잖아. 그리고 오토바이 타는 도중엔 핸드폰 벨 소리도 안 들리고. 크으! 그나저나 세희는 중국 교복도 어쩜 이리 잘 어울리냐?"

내 칭찬에 세희가 얼굴을 붉히며 내 가슴을 살짝 밀쳤다. 그녀의 눈빛에 담긴 뜻은,

'농담도…….'

이런 것 같다.

나는 정색을 하며,

"진심이야. 정말로 예뻐. 세희는 뭘 하든, 뭘 입든 다 예쁘니까."

그렇게 세희와 한창 수다를 나누는 중 세희의 뒤에서부터 누군가가 다가왔다. 그 검은색 생머리를 가슴께까지 가지런히 내린 모습에 밀가루와 요구르트를 섞어 장인의 손을 거친 듯 아름다운 이목구비를 가진 초미소녀. 우아~ 시에리는 게임으로밖엔 보지 못했는데 실물로 보니까 더 예쁘다.

그녀가 나에게 꾸벅 인사를 했다.

"안녕하세요, 시신성 씨. 시아 인사드려요. 게임 아이디 시에리, 아

시죠?"

이중 내가 알아들은 것은 '안녕하세요, 시신성, 게임 아이디, 시에리' 뿐이었다. 지금 시에리가 무슨 소릴 하는 걸까?

잘은 모르겠지만 나도 마주 인사했다. 물론 한국어로.

"안녕하세요, 시에리 씨. 본명 시신성입니다. 게임 상에서도 예뻤는데 실물로 보니까 더 예뻐 보이네요. 하하!"

웃는 내 앞으로 시에리가 세희에게 중얼거렸다. 세희는 내가 했던 말을 PDA로 옮겨 적어 시에리에게 보여주었고, PDA에 적힌 그 통역을 본 시에리는 잠시 얼굴을 발갛게 물들이더니 다시 세희에게 말했다.

"세희야, 즐거운 시간 가져. 방해꾼은 이만 사라져 줘야겠네?"

세희가 고개를 가로젓는 것을 보며 시에리가 웃으며 말을 이었다.

"난 집에 일이 있어서 급히 가봐야겠다. 그럼 다음에 보자."

"……."

끄덕―

시에리의 말뜻을 알아들었는지 세희가 고개를 끄덕였다. 세희는 시에리가 무슨 말을 했는지 다 알아들었단 말인가? 대단하다! 난 하나도 못 알아들었는데.

시에리가 나에게 또 허리를 꾸벅 숙이며 인사했다.

"그럼 세희와 즐거운 시간 가지세요. 전 이만 가보겠습니다."

나는 멀뚱히 서 있다가 세희에게 물었다.

"세희야, 방금 시에리가 뭐라고 말한 거야?"

그러자 세희가 PDA에 글을 적어 보여주었다.

즐거운 시간 되래. 이만 가겠대.

"아~ 안녕히 가세……."

내가 마주 인사했을 땐 이미 시에리는 저 건너편으로 사라진 뒤였다. 헤어지는 인사도 못하다니… 여자 친구한테 빌붙어서 통역받고 내가 지금 뭐 하는 짓이라니? 비참하다.

그때 세희가 내 옷깃을 잡아당기며 나에게 전할 뜻이 있다는 듯 주위를 둘러보았다. 그제야 나는 학교 학생들이 나와 세희의 주위를 둘러싸고 있는 것을 알 수 있었다. 뭘 구경났어? 왜 다들 모여 있어?

나는 세희를 데리고 그 자리를 황급히 빠져나왔다.

학교를 빠져나와 세희의 외갓집에 도착했다.

세희의 외갓집은 학교에서 그리 멀리 떨어지지 않은 곳에 있었는데 동양풍의 3층집으로 우리 집의 거의 두 배 이상으로 컸다. 엄청난 부자인가 보군.

이곳에 세희의 외가 쪽 친척들이 모두 모여 있단 말이지? 막상 문 앞에 들어서니 긴장된다.

집 앞에 들어선 나는 우선 크게 한 번 심호흡을 내쉬었다. 드디어 결전의 날이 밝았다! 그동안 벼르고 벼르던 그날! 친척들과 맞짱 뜨는 날!

실행에 앞서서 일단 작전 대상물을 짚어보자.

목표물:이세희

제거물:삼촌

최후 보스 공략물:세희의 외할아버지

작전명:세희 스틸 작전

완벽해!

나는 하늘에 대고 불끈 주먹을 쥐어 보인 뒤 세희와 함께 집 안으로 들어섰다.

그 넓고 넓은 정원을 지나 집 안에 들어서자 곧바로 거실이 보였다. 그 거실에 모여 있는 세희의 친척은 중년 남자와 중년 여자, 할머니가 전부였다. 제거물 1호기 삼촌과 최후 보스 외할아버지는 자리에 없는 것 같다.

나와 세희가 집 안에 들어서자 중년 아줌마와 아저씨가 나에게 다가왔다.

"누구시죠? 세희와 아는 분?"

나는 동방예의지국의 한 사람으로서 허리를 90도 각도로 깍듯이 숙이며 예의 바르게 인사를 올렸다.

"안녕하십니까. 시신성, 인사드리겠습니다. 세희가 한국에 있었을 때의 남자 친구였습니다. 지금도 그렇구요."

"에? 그게 무슨 소리죠? 한국에 있었을 때의 남자 친구라니? 세희야, 이게 무슨 소리니?"

중년 아줌마… 세희의 이모로 보인다. 이모께서 세희에게 묻자 세희는 고개를 숙이며 나에게 모든 것을 맡기겠다는 뜻을 전했다.

나는 깡페인의 위력을 발휘해 당당히 외쳤다.

"세희를 데리러 왔습니다. 세희의 외할아버지를 뵙고 싶습니다."

"에엣?!"

"그, 그게 무슨 소린지?"

"외할아버지를 불러주시지 않겠다면 세희를 저에게 주시는 것으로 알고 데려가겠습니다."

"어험! 낯선 손님이 세희를 데려가겠다니. 그게 무슨 소린가?"

그때 무거운 위압감이 느껴지는 목소리가 거실 전체를 울렸다. 목소리가 들려온 쪽으로 시선을 돌리자 희끗희끗한 머리에 반듯한 금테 안경, 짧은 턱수염을 기른 60대 후반의 할아버지를 발견할 수 있었다. 저분이 세희의 외할아버지? 풍기는 위압감부터 다르시군.

"안녕하십니까, 시신성이라고 합니다."

"음~ 그래. 무슨 소린지 여기 앉아 얘기해 보게. 세희를 데려가겠다니?"

"그럼 실례하겠습니다."

나와 세희는 외할아버지가 내어준 자리로 조용히 걸어갔다. 2층 계단에서 누군가가 내려온 것은 그때였다. 검은 뿔테 안경에 날카로운 눈매를 가진 30대 초반의 사내.

세희가 그를 보자마자 내 손을 꼬옥 붙잡았다. 내 손을 잡은 그녀의 손이 살며시 떨리는 것으로 보아 나는 단번에 짐작할 수 있었다.

문제의 삼촌이다!

"손님이 왔나 보군. 세희… 친구냐?"

끄덕―

삼촌의 물음에 세희가 고개를 끄덕였다.

이어서 그의 불호령과 같은 호통이 떨어졌다.

"벌써부터 무슨 연애질이야?! 너, 정신이 있는……."

"해코지는 그만 하고 자리에 앉으시죠."

"……?!"

삼촌의 말을 막으며 나는 그를 지그시 노려보았다. 잠시 둘의 눈이 허공에서 마주치며 스파크가 일었다. 하지만 그 눈길을 먼저 피해 버린 건 나였다. 그래도 나보다 연장자인데 감히 눈을 부라릴 순 없는 노릇 아닌가? 삼촌은 따꺼운 눈초리로 날 잠시 노려보더니 외할아버지의 옆에 조용히 앉았다. 거실 한가운데에 놓인 탁자를 중심으로 나와 세희는 그 둘과 마주 보는 형상으로 앉게 되었다. 옆에 외할머니와 이모부, 이모님은 저 거실 끝자리에 앉게 되었다.

자리를 잡고 앉은 나는 먼저 본론을 꺼냈다.

"세희를 한국으로 데려가려고 왔습니다."

그러자 외할아버지에 앞서 삼촌이 반발했다. 듣던 대로 급한 성격에 다혈질이었다.

"누구 맘대로 세희를 데려가겠다는 건가? 보아하니 학생인 것 같은데 벌써부터……."

"세희의 삼촌… 분이시죠?"

"……!"

내가 슬쩍 노려보며 말하자 삼촌이 말을 끊었다. 내 위압감에 눌린 것이리라. 쉽게 쪼는 걸로 보아 웬만큼 상대가 될 것 같군.

나는 그의 앞에서 몇 소리 지껄였다.

"그동안 세희를 상당히 못살게 굴었다고 들었습니다."

"뭣? 어디서 그런 막말을 지껄이는 겐가?"

"언제부터 언제까지, 이렇게 하고 저렇게 해라, 게임하지 말아라, 공부해라. 그런 규칙을 만든 사람이 삼촌이라고 들었는데요? 삼촌이 세희의 자유를 속박하면서까지 그렇게 세희를 동여맬 필요가 있었습니까?"

"무슨 소린가?! 당장 나가! 더 이상 말할 가치도 없군! 내가 세희를 못살게 굴었다고? 세희의 자유를 뺏어갔다고? 하! 말이 되는 소릴 하게! 갑자기 찾아와서는 세희를 데려가겠다니! 완전 도둑놈 심보가 아닌가?"

어어? 은근히 말을 돌려?

"저에게서 세희를 뺏어간 친척 분들도 매한가지 아닙니까?"

"뭐야?!"

"지금까지 삼촌의 횡포 때문에 세희가 얼마나 힘들었는지 알기나 하십니까?"

"세희가 그랬나? 세희가 그랬냔 말이다! 이세희!"

"세희에게 해코지하실 생각 마십시오! 전처럼 세희의 따귀라도 올려붙일 생각이시면 저도 가만있지 않겠습니다."

"뭐, 뭐야?!"

"……?!"

세희도, 외할아버지도, 삼촌도 모두 눈을 크게 뜨며 나에게 시선을 집중했다. 역시 이 자리에 이 사실을 아는 건 세희와 삼촌뿐이었나 보다. 시에리가 했던 말이 맞았어.

나는 계속해서 말을 이었다.

"다시 한 번 말씀드리지만 삼촌은 세희의 자유를 침해할 권리가 없습니다."

"그럼 자네는 있단 말인가?"

"물론이지요."

"어째서?"

나는 세희에게로 고개를 돌리며 물었다.

"세희야, 이곳에 있는 게 좋아, 아니면 나랑 같이 한국에서 사는 게

좋아? 전자 쪽이라면 삼촌 옆에 가서 앉고 후자 쪽이라면 내 팔을 꼬옥
붙잡아.”

“…….”

세희의 선택은 금방 이루어졌다.

나는 세희에게서 느껴지는 체온에 싱긋 미소 지으며 삼촌에게 승리
의 미소를 지었다.

“보셨죠? 세희가 절 택했습니다. 저를 따르겠단 소리죠. 그 말인즉,
세희는 삼촌의 말을 따를 필요가 없어진다는 말입니다.”

“완전 억지가 아닌가? 세희가 자넬 택했다고 해도 세희를 한국으로
데려갈 수는 없어! 아버지께서 허락을 안 하신다면!”

쳇! 결국엔 외할아버지까지 끌어들이는 건가? 이 집안은 저 외할아
버지가 우두머리다. 내가 아무리 삼촌하고 입씨름해 봤자 그를 설득시
키지 못하면 말짱 꽝이란 소리다.

하지만 외할아버지는 일단 나중에 상대하기로 하고, 우선 삼촌이 더
시급하다. 삼촌부터 떨궈내야 외할아버지하고 대화가 되지. 좀만 더
몰아붙이면 끝날 것도 같은데.

“그러니까 삼촌의 말씀은 무조건 세희를 못 주겠단 말이군요.”

“그렇다! 나는… 아니, 우리는 너에 대해서 생판 모른다. 그런데 갑
자기 불쑥 튀어나와서 세희를 데려간다니 말이 되는가?”

“그 기분 이해합니다. 갑자기 웬 도둑놈이 튀어나와서 하나뿐인 손
녀, 조카 달라는데 저라도 삼촌 같은 반응을 보였겠지요. 하지만 저도
생각없이 세희를 달라는 게 아닙니다. 더 이상 세희를 이런 곳에 구속
시키고 싶지 않아서 돌려달라는 겁니다.”

“말이 되는 소릴 해라! 구속이라고? 세희가 원한다면 나도 몇 시간

정도의 자유는 줄 수 있어! 아니, 이미 한 시간 동안 게임을 할 수 있는 자유까지 주었다!"

몇 시간… 정도의 자유를 줄 수 있다고? 하! 어이가 없다. 이런 작자가 삼촌이라니.

나는 터져 나오는 조소를 참아내며 잠시 숨을 골랐다. 여기서 끝내 버리자.

"삼촌, 새겨들으십시오. 타인의 자유를 인정하지 않는 사람은 자신의 자유도 논할 수 없습니다. 세희의 자유를 단순히 몇 시간 정도로 재면서 준다 안 준다 하는 것은 있을 수도 없는 일이거니와 있어서도 안 되는 일입니다. 설령 있다 해도 제가 용납할 수 없습니다. 아시겠습니까?"

"……!"

"……."

삼촌은 아무 말도 못하고 날 노려보기만 했다. 반발하고 싶겠지만 내 언변이 너무나 완벽한 나머지 할 말을 잃은 것이리라.

"후우~"

나는 들리지 않게 조용히 한숨을 내쉬었다. 정말 힘든 상대였다. 무조건 세희를 못 준다 식으로 나오니 나로서도 진땀 뺄 수밖에.

이마에 흐르는 식은땀을 훔쳐내며 조용히 세희를 바라보았다. 세희는 여전히 조마조마한 표정이었지만 긴장을 늦춘 듯 입가엔 안도의 미소가 배어 있었다. 그래, 조금만 기다려라, 세희.

"……."

이번엔 세희의 외할아버지에게 시선을 돌렸다. 외할아버지는 내가 삼촌과 입씨름할 때부터 눈을 감고 생각 중이셨다. 과연 외할아버지를 공략할 수 있을 것인가?

잠시의 정적을 깨고 그가 눈을 뜨며 마침내 입을 열었다.

"세희를 사랑하는가?"

그의 입에서 나온 말이었다.

그의 말에 나는 물론이고 세희, 삼촌, 자리에 있는 모든 분들의 눈이 동그랗게 떠지며 외할아버지를 향했다. 분명 사랑하느냐고 물었다. 보통은 생각없이 '네!' 할 수 있는 질문이었겠지만 문제는 그 다음에 이어질 외할아버지의 질문이었다.

나는 대답을 하기에 앞서 곰곰이 생각해 보았다.

사랑.

사랑엔 무한정 많은 뜻과 철학, 정의가 존재한다. 단순히 연인을 좋아하는 것만으론 사랑이라고 표현할 수 없다. 나는 뭐라고 대답해야 하지?

"……."

내가 아무 대답도 하지 않자 세희가 내 옆구릴 쿡쿡 찌르며 나에게 눈빛을 보냈다. 무슨 걱정 있냐는 눈빛. 나는 잠시 망설이다 곧 대답했다.

"세희를 사랑합니다."

나는 대답을 마치곤 외할아버지와 시선을 똑바로 마주했다.

외할아버지께서 다시 질문을 해왔다.

"왜 세희를 사랑하지?"

결국엔 이런 질문이 나오고야 말았다.

왜 세희를 사랑하는가?

이에 대한 대답은 아직 찾아내지 못한 상태였다. 단순히 사랑한다고? 그건 대답이 될 수 없다. 역시 깡폐인적으로 대답할 수밖에 없는 건가?

　외할아버지의 질문에 잠시 망설인 나는 입이 가는 대로 주절거렸다.

　"세희를… 처음 만난 것은 1년 8개월 전, 제가 대전으로 전학왔을 때였습니다. 처음엔 세희가 말을 못한단 것에 호기심 내지 동정심에 다가갔었다고 저는 지금에서야 솔직히 말할 수 있습니다. 그렇게 세희와 함께한 1년이란 시간 동안 저는 세희가 실어증이란 것에 아무런 장애도 느끼지 않고 세희와 함께 웃고, 울고, 즐거워하고, 기뻐하며 지냈습니다. 가상 공간 안에선 세희도 말을 할 수 있었기 때문에 저는 세희에게 아무 거부감을 느낄 수 없었지요. 저는 그 가상 공간 안에서 세희와 점차 가까워지며 사랑이란 것을 느꼈습니다. 이것이 제가 세희를 사랑하는 것임과 동시에 그 이유입니다. 외할아버지께서 말씀하신 대답엔 뭐라고 명쾌한 확답을 내릴 수 없습니다. 지금은 말이지요."

　"……."

　외할아버지는 조용히 눈을 감고 생각에 잠기었다. 나는 내 생각을 모두 말했다. 대답이 조금 어정쩡하긴 했지만 나는 내 말에 한치의 후회도 없었다.

　이제 외할아버지의 선택만이 남은 것이다. 조용히 외할아버지의 대답을 기다리는 도중 세희가 내 손을 꼬옥 붙잡았다. 그녀의 체온이 내 손을 통해 느껴짐으로써 긴장이 약간이나마 해소되는 느낌이었다.

　하지만 나는 무릎을 꿇은 부동자세 상태로 외할아버지만을 향했다. 그렇게 10분 후, 긴 침묵을 깨고 외할아버지께서 입을 열었다.

　"그 정도론 세희를 사랑한다는 것에 대한 확답이라고 할 수 없네."

　그러자 세희의 얼굴에 낭패감이, 삼촌의 얼굴엔 득의의 미소가 번졌다. 내 대답이 그렇게 어정쩡했나? 하지만 이렇게 포기할 순 없어!

“자네에게 다시 묻겠네.”

외할아버지께서 다시 말씀하셨다. 나는 바싹 긴장하며 그의 질문을 귀담아들었다.

“자네, 세희를 책임질 수 있는가?”

“……?!”

이건 쉬운 질문이다. 내가 세희를 책임지겠다고 하면 세희를 데려갈 수 있단 말이 아닌가? 갑자기 이런 질문을 꺼내신 의도가 무엇일까? 날 시험해 보려고? 아니면 진심?

“…대답하게.”

이유야 어찌 되었든 나는 대답을 해야 한다. 그리고 그에 대한 대답은 이미 준비되어 있었다.

“책임질 수 있습니다.”

내 당돌한 대답에 삼촌은 기가 막힌다는 표정을 지었고, 외할아버진 표정의 변화가 없었다.

세희만이 살며시 웃으며 고개를 끄덕이는데, 외할아버지께서 고개를 끄덕이시며 말씀하셨다.

“좋네. 세희의 생일날, 세희를 왜 사랑하느냐는 질문을 다시 하겠네. 그때까지 질문에 대한 답을 생각해 내게. 세희를 데려가 보살피게.”

“……?!”

“아, 아버지!”

외할아버지께선 그 말만 남기곤 자리에서 일어섰다. 나는 잠시 멍한 상태로 앉아 있다가 세희가 날 껴안는 것을 느끼며 퍼뜩 정신 차렸다. 방금… 세희를 데려가도 좋단 소리를 들은 거 맞지?

“하지만 이걸로 끝난 것이라곤 생각하지 말게. 내가 한국으로 찾아가는 그날, 확답을 말하지 못하면 세희를 도로 데려오겠네.”

“알겠습니다.”

“아버지! 그게 무슨 소립니까? 세희를 다시 보내다니요!”

“어흠!”

삼촌의 반발에도 외할아버지는 헛기침을 한번 할 뿐 방으로 돌아가셨다. 이걸로 외할아버지 공략을 성공적으로 마친 셈인가?

“후우~”

길게 숨을 내뱉은 나는 자리에서 일어났다. 거의 30분가량을 무릎 꿇고 앉아 있어서 그런지 다리가 상당히 저려왔지만 그런대로 견딜 만했다. 문득 옆 자리를 바라보자 세희는 무릎 꿇고 앉은 자세로 일어서질 못하고 있었다. 너무 긴장해서 그런가?

내가 손을 내밀자 세희는 내 손을 잡고 자리에서 일어섰다. 일어서자마자 몸이 휘청하는 걸 받아내며 나는 세희의 귀로 조용히 속삭였다.

“이제 돌아가는 일만 남았어, 세희야.”

끄덕—

세희는 밝게 웃은 채로 날 꼭 껴안았다. 아~ 이대로 이 순간이 영원히 계속되었으면.

이렇게 분위기 좋은 이때, 초를 치는 인간이 꼭 있기 마련이다.

“세희를 데려간다고? 웃기는 소리 마라!”

흥분한 삼촌이 세희의 팔을 잡아끌었다. 세희는 팔목을 붙잡히곤 짧게 신음을 질렀고, 나는 깜짝 놀라며 세희의 팔목을 붙잡은 삼촌의 팔을 붙잡았다.

“이게 무슨 짓입니까?”

“이 도둑놈 같으니라고! 당장 이 집에서 썩 꺼지지 못해?!”

“삼촌이 절 뭐라 부르시든 상관없습니다. 하지만 세희를 건드리는 건 용서할 수 없습니다.”

“뭐라?!”

나는 강제로 삼촌의 팔을 세희에게서 떨어뜨렸다.

“조카에게 너무한단 생각 안 드십니까? 왜 그렇게 세희를 강요하는 겁니까? 세희는 자신의 인생이 따로 있다구요! 삼촌은 세희를 구속할 자격이 없단 말입니다!”

“네가 뭘 알아? 세희는 지금 자신의 길을 못 찾고 있어! 나는 그것을 바로잡아 주려는 것뿐이다!”

“말 같지도 않은 소리 하지 마십시오! 지금 삼촌이 원하는 것은 세희를 명문대를 졸업시키고 집안 좋은 곳에 결혼시키려는 것 아닙니까? 그게 세희의 길입니까? 그런 재미없는 인생이?”

“뭐, 뭣?! 뭐라고?! 그럼 게임기 가지고 히히덕거리는 건 뭐냔 말이냐? 그 아무 이득도 되지 않는걸?!”

“최소한 삼촌이 생각하는 그런 재미없는 인생보단 낫습니다.”

“말 같지도 않은 소리 마!”

“말 같지도 않은 소리 하는 건 삼촌입니다! 이제 그만 억지 부리십쇼! 추해 보입니다!”

“너, 너!”

말을 떠듬거리는 삼촌을 무시하며 나는 세희를 이끌고 이모부와 이모에게로 다가갔다.

그리고 그들에게 허리를 꾸벅 숙이며 사과했다.

“소란을 피워 죄송합니다. 빨리 이곳에서 사라지지 않으면 더 소란스러워질 것 같군요. 내일까지 세희의 이민과 전학에 관한 수속을 부탁드립니다. 그리고 세희의 짐도 내일까지 보내주십시오. 집 주소는…
여기 제 연락처입니다.”

“그, 그렇게 하겠네.”

“그럼 전 이만. 안녕히 계십시오.”

나는 그 길로 세희와 함께 집을 빠져나왔다.

그렇게 집을 빠져나와 호텔로 돌아온 시간은 오후 3시경이었다.

“신성아! 축하한다! 성공했구나!”

돌아오자마자 최준 형이 날 껴안으며 반겼다. 나는 힘이 하나도 없었기 때문에 그가 하는 대로 껴안길 수밖에 없었다. 세희를 되찾아오겠다고 큰소리치며 출발했을 땐 깡페인 에너지 300%였는데 돌아와 보니 1%도 채 남지 않아 있었다. 지금 내가 서 있는 것만도 기적인 것이다.

“형, 나 힘들다. 껴안지 마라.”

“아, 그냐? 그럼 대신 세희 양과 진한 포옹을……!”

최준 형이 세희에게 양팔을 벌리며 다가가자 나는 그 순간 뇌 속에 탑재된 여성 희롱 변태 감지 센서의 능력을 빌어 신체 능력이 500% 이상 향상되었다. 최준 형의 머리를 잡고 침대 위에 안면을 박아버린 나는 책가방과 교복을 챙기곤 세희와 함께 호텔을 빠져나왔다.

최준 형이 세희를 껴안았으면… 으! 상상하기도 싫어! 세희가 그 때문에 엄청난 충격을 받을 뻔했다. 최준 형은 여자만 안으면 바로 더듬으니까.

*　　　　*　　　　*

센세, 어느 퍼브 안.

"그게 정말입니까, 쥬성 씨?"

"그래. 터릿 대륙에서도 그렇고, 가니아 대륙에서도 그렇고, 꽤 많은 유저들이 신성이를 목격했대. 뿐만 아냐. 세희를 봤다는 사람도 있더라. 그것 때문에 며칠째 홈페이지가 떠들썩해. '지존들 부활하다' 라고……."

"허어~"

마듀라 씨와 실리 양이 8개월간의 공백을 깨고 게임에 다시 돌아왔다?

둘 모두 게임을 접었을 때 사람들은 많은 의문을 가졌었다. 최전성기 때에 갑자기 게임을 접은 이유가 뭐냐는 것 때문이었다. 실리 양이야 중국으로 이민을 간 후로 연락이 끊겨 그에 관한 자세한 사항은 들을 수 없었지만 마듀라 씨는…….

용태 씨와 선미 씨에게 알아보려고도 했지만 끝끝내 마듀라 씨가 입을 다무는 바람에 아직 그 이유는 밝혀지지 않았다.

과연 게임에 다시 돌아온 이유가 뭘까?

"설마… 다시 지존의 자리를 노리려는 건 아니겠죠?"

농담처럼 물은 내 말에 용태 씨가 인상을 굳혔다.

"어쩌면… 그럴 수도. 내가 학교에서 물어볼게."

"그럼 부탁합니다. 쥬성 씨."

만일 마듀라 씨가 카도라스 지존을 꿈꾸고 돌아온 거라면… 이미 늦었는지도 몰라.

한편 마듀라와 에실리스가 게임에 돌아왔다는 소리에 시린터를 포함해 잔뜩 겁에 질려 버린 마스터 유저들은 급히 이에 대한 대책을 세우기 시작했다. 길드를 이루며 집단 생활을 하는 마스터 유저들은 마듀라를 상대로 싸우자라는 의견을, 개개인으로 나다니는 유저들은 마듀라를 피해 다니자, 혹은 무시하자로 가지각색이었다. 아직 그들이 제대로 움직이지도 않은 상황에 이 정도라니… 역시 마듀라, 에실리스라는 이름값은 큰 것이었다.

하지만 그 누구보다도,

"마듀라가 게임에 돌아왔다?"

소더러 A는 특히 더 신경이 쓰일 수밖에 없었다. 영영 게임을 접을 줄 알았던 그가 돌아오다니. 이대로 돌아오지 않았으면 좋았을 것을!

그가 턱을 괴곤 혼잣말처럼 중얼거렸다.

"그럼 어쩔 수 없는 건가?"

다시 맞붙을 수밖에…

소더러 A의 앞, 꽉 막힌 밀실 안에 굵직한 목소리가 울려 퍼졌다.

"하지만 나서지 않아도 녀석은 무너질 것이다. 우리 조국의 마스터 유저들이 마듀라를 가만두지 않을 테니까."

목소리의 주인공은 고스티스터 야마모토 타케루였다.

현재 수많은 마스터 유저를 배출해 내고 있는 일본. 일본의 마스터 유저는 현재 중국과 한국의 마스터 유저를 합친 수보다 25배 이상 많았다. 타케루는 그들을 생각해서 한 말이었다.

그의 말에 소더러 A가 고개를 끄덕였다.

"그래, 그럼 좀 더 지켜볼까?"

제3장 독립

"중국 다녀왔습니다."

왠지 좀 어색한 인사말이지만 중국에서 있었던 시간은 고작해야 네 시간 정도였다.

집에 도착하자마자 아버지와 어머니는 나와 세희를 반갑게 맞이해 주셨다. 하지만 재회의 기쁨도 잠시, 나는 가족들과 함께 곧바로 가족회의에 들어갔다.

"전에 말했던 대로 세희와 함께 독립할까 합니다."

회의의 주제는 독립에 대한 것이었다. 집과 생활비 문제는 이미 다 해결되었다. 집은 세희가 전에 살았던 집(옆집)이 있고, 생활비는 대학교 들어가자마자 아버지 회사(카마디)에 취직해서 벌면 된다. 그동안에는 아버지와 최준 형한테 받아먹어야 되겠지만.

아버지께서 물으셨다.

"신성아, 자신은 있느냐? 아직 어린 나이에……."

"걱정하지 마십시오. 옛날 사람들은 저보다 더 어린 나이에 결혼하고도 잘 먹고 잘살았다는데요 뭐."

"정말 자신있는 거냐? 신성이, 세희?"

"물론입니다."

끄덕—

나와 세희는 힘차게 긍정의 뜻을 표했다. 이미 우리 둘은 마음을 굳힌 상태였다. 그 누가 우리 둘을 막을쏘냐?!

아버지와 어머니는 서로를 마주 보시다 이내 고개를 끄덕였다.

"그래, 잘 알겠다. 내일부터라도 독립하거라."

다음날 일요일.

세희의 이모부로부터 전화가 온 것은 오전 10시경이었다.

「전학 수속 밟았으니 내일부터라도 당장 학교에 나갈 수 있을 거다. 그리고 세희의 짐은 소포로 보냈으니 지금쯤 도착할 거다.」

"고맙습니다, 이모부님. 그런데 세희의 삼촌은 별말없었나요?"

「말도 마라. 얼마나 헤집고 다녔는지 지금 집 안이 아주 난장판이다. 다음에 신성 군 만나면 씹어 죽일 기세더라구.」

아, 그런가? 다음에 만날 땐 몸에 철판이라도 걸쳐야겠군.

띠리리리리리— 띠리리리리리리—

때맞춰 현관 벨이 울렸다. 세희의 짐이 도착한 거겠지?

"세희의 짐이 도착한 것 같군요."

「그래? 그럼 전화 끊겠네. 다음에 다시 연락하도록 하지. 그럼 세희 잘 부탁하네.」

"네, 안녕히 계십쇼."

오늘 당장 독립을 시작한 나와 세희는 새로운 집으로 이사(바로 옆집이지만)오면서 먼저 집 청소부터 시작했다. 세희가 떠난 9개월 전부터 지금까지 단 한 번도 청소를 안 한 집이라 묵은 먼지가 정말 엄청났다. 나와 세희만으론 도저히 엄두를 낼 수 없을 정도였기에 아버지와 어머니까지 합세하게 되었다.

우선 가구들을 모조리 빼내고 먼지를 닦는 것부터 시작했다. 방이 네 개, 화장실이 두 개, 부엌, 거실, 다용도실, 베란다 등등등… 이것들을 청소하는 데 무려 열 시간. 열 시간 동안 방바닥만 죽어라 닦아댄 나는 허리가 끊어질 것 같아 미칠 지경이었다.

"헉헉! 무슨 집이 이렇게 넓어?"

하지만 쉴 틈 없이 다음은 생필품, 개인 짐 등을 정리하는 데 세 시간이었다. 그렇게 오전 10시부터 시작한 청소는 밤중이 다 되어서야 겨우 끝낼 수 있었다.

완전 중노동이 따로 없구만.

"후우! 끝났다!"

풀썩—

침대에 풀썩 누워버린 나는 잠시 눈을 붙였다. 이제야 부모님들의 손을 벗어나 독립(혼자 하는 건 아니지만)을 하게 되었다. 이곳에서 나는 세희를 책임지며 살아가야 하는 것이다.

세희를 데려오고부터 묻는 거지만…

"나… 잘할 수 있을까?"

잘할 수 있을 거야.

나는 다시 한 번 자문자답하며 다짐했다.

이제 얼마 안 있으면 게임만 할 수 없다. 대학에 입학하면 곧바로 카마디에 입사 시험을 보고 취직해야 한다. 회사에 가장 많은 영향력을 행사하고 있는 우리 아버지와 최준 형의 빽으로 회사에 취직은 그리 어렵지 않을 것이다.

문제는 세희다.

세희가 과연 날 믿고 따라올 수 있을까?

"……."

나는 침대 위에서 몸을 일으켜 세희의 짐을 찾았다. 다행히도 세희의 짐 속에는 PX와 PX 헬멧이 무사히 들어 있었다. 내가 맨 처음 세희를 만났을 때 선물로 줬던 것. 문득 그때가 생각난다. 내가 이걸 줬을 때 세희는 손을 저으며 사양했었는데.

똑똑—

그때 문밖에서 노크 소리가 들렸다. 아마도 세희겠지. 아버지와 어머니는 집으로 돌아가신 상태였고, 세희가 짐 받으러 내려온 댔는데.

"들어와, 세희야."

대답하자마자 문이 열리며 세희가 내 방으로 들어섰다. 세희는 방금 샤워를 마쳤는지 머리카락은 촉촉이 젖어 있었고 피부는 뽀송뽀송한 모습이었다. 평소의 청순한 이미지와 달리 그 어느 때보다 섹시해 보이는 그녀의 모습. 그녀로부터 퍼져 나오는 은은한 샴푸 향기가 방 안을 가득 채우며 동시에 내 가슴은 두근두근 요동질 쳤다.

세희가 이토록 예뻐 보인 적이 있었던가?

"세희……."

세희의 손을 확 잡아끌며 그녀를 침대 위에 눕혔다. 이어서 그녀의 위로 올라간 나는 세희와 마주 보는 형상이 되었다. 묘하게 흘러가는 분위기… 침대에 눕혀진 세희는 그 묘한 분위기를 이기지 못하고 갓 시집온 새색시마냥 얼굴을 발갛게 물들이며 고개를 돌렸다.

부끄러운… 건가?

"……."

나는 그녀의 얼굴 선을 살며시 매만지며 고개를 다시 정면으로 돌렸다. 그녀는 거부하지 않았다. 살포시 덮인 그녀의 기다란 속눈썹과 무언가를 원하는 듯한 그녀의 앵두 같은 입술. 나에게 모든 것을 맡기겠다는 듯 거부하지 않는 그녀의 몸.

주위는 내 마른침 넘어가는 소리와 심장 요동질 치는 소리 빼곤 아무 소리도 들리지 않았다.

두근두근—

"……."

옷깃 스치는 소리에 이어서 나는 오른손으로 세희의 손을 살며시 쥐고 반대 손으로 그녀의 머리를 살짝 들어 올렸다. 그리고 조심스런 손동작으로…

PX 헬멧을 씌워주었다.

"…세희, 게임할 거지?"

"……."

눈만 멀뚱히 껌뻑이는 세희를 바라보며 나는 세희의 PX를 가동시켰다. 나도 따라서 PX 헬멧을 착용한 뒤 세희와 침대에 나란히 누워 카도라스에 접속했다.

다음날 월요일.

"신성아아아아~!"

용태가 내 이름을 외치며 교실에 들어섰다. 저 자식이 X팔리게 누구 이름을 함부로 부르고 방방 뛰어?

"너, 카도라스에 컴백했다며?!"

교실을 쩌렁쩌렁하게 울릴 정도로 그가 큰 소리로 외치자 반 친구들의 시선이 순식간에 나에게로 쏠렸다. 웬만하면 조용히 지내고 싶었는데 다 들통나 버렸구만. 하여간 저 입싼 용태 녀석이 문제라니깐!

내 대각선 앞자리에 앉아 있던 신유리가 나에게 물었다.

"그게 정말이야, 신성아? 게임 안 한다고 하지 않았어?"

"그게… 다시 컴백하게 됐네."

"와아! 정말 잘됐다! 같이 게임할 수 있는 거 아냐?"

"그렇지."

유리와 대화를 주고받는 내 옆으로 용태가 끼어들었다.

"왜? 어째서? 8개월 만에 게임에 돌아온 이유는?"

난 다시 게임하면 안 되는 법이라도 있냐? 다들 왜 이래?

"그냥!"

"설마 다시 지존 자리를 탈환하기 위해서?"

"지존은 무슨! 그냥 세희하고 게임하려고."

"세희하고 게임?!"

아, 용태는 모르겠구나. 아니, 용태뿐 아니라 다들 모르겠군. 세희가 한국으로 돌아왔다는 거. 그리고 오늘 전학을 온다는 것도.

때맞춰 담임 선생님과 세희가 교실에 들어섰다.

"오늘 새로운 전학생을 소개하겠다. 중국에서 한국으로 다시 돌아온 이세희라고 한다. 전에 이 학교에 다녔었다는데 혹시 아는 사람 있나?"

그러자 반 학생들의 입이 떡 벌어졌다. 이 자리에서 세희를 모르는 친구는 없었다. 우리 학교 넘버원 퀸카였는데 모를 리가 없지.

"그럼 세희의 자리는 어디가 좋을까… 이런, 남는 자리가 없구나."

자리를 찾는단 선생님의 말씀에 나는 당장 옆 자리에 앉아 있는 용태를 발로 차버렸다. 이게 언제 내 짝꿍이었다고?

이어서 손을 번쩍 들어 올리고 외쳤다.

"선생님! 저의 베스트 프랜드 용태가 세희를 위해 기꺼이 자리를 양보하겠답니다!"

"그래? 신성이는 성적도 우수하고 행실도 바른(?) 우등생이니까 세희를 많이 도와줄 수 있을 게다. 세희야, 괜찮겠니?"

끄덕—

고개를 끄덕이며 긍정의 뜻을 전한 세희는 내 옆 자리에 앉았다. 나와 눈을 마주치자마자 싱긋 웃는 그녀의 모습에 나는 혼이 나가 버려 옆에서 궁시렁거리는 용태의 불만도 들리지 않을 정도였다. 언제나 느끼는 거지만 어쩜 미소가 저리도 투명할 수가 있을까?

어쨌든 집에서나 학교에서나 나와 세희는 붙어 있는 사이가 되었다. 역시 붙어 있어야 안심이 된다니까.

세희의 전학 수속도 마쳤겠다, 집으로 돌아와 어제 못했던 게임을 이어서 오늘은 카밀리베아 군도로 향했다. 하지만 그전에 앞서 카밀리베아 군도에 대한 정보 보고서를 뽑았다. 나 없는 동안 정보 길드도 많이 썩었지. 어떻게 정보료가 8백 골드나 되냐고!

아무리 귀한 정보라 해도 보통 5백 골드를 넘기지 않는다. 그런데 8백 골드라는 것은…

"정보 길드 NPC들도 많이 썩었구나."

하지만 그것까진 그렇다 치자. 국제 유가 상승에 따른 주식 폭락 사태로 인해 실업자가 속출하고 있는 상황이니까. NPC들도 먹고살려는데 내가 뭐라고 할 순 없지. 내가 말하고자 하는 건 그런 돈 문제가 아니라 센세와 그룬드를 제외한 나머지 4개 섬에 대한 정보가 거의 없다시피 하다는 것이다. 제대로 된 정보도 없으면서 8백 골드라니! 실업자가 되어도 마땅한 NPC들 같으니!

"썩었어! 썩었어!"

"그래, 많이 썩었지."

"많이라는 말도 부족해. 엄청나게 썩었어. 도대체 나 없는 동안 카도라스 NPC들 수준이 어느 정도까지 썩은 거……."

나는 말을 하다 말고 뒤를 돌아보았다. 지금 이곳은 막강이의 선실이었다. 세희는 밥 차린다고 게임에서 나갔으니 배엔 나밖에 없어야 했다. 그런데 이 목소린…

"최준 형!"

"그래, 나다."

언제 귀신같이 온 거지?

"여긴 어쩐 일이야?"

"어쩐 일은? 내가 너한테 온 이유야 뻔하지 않겠냐?"

또 이벤트 소식 전해주려고 왔나?

"이 몸이 친히 이곳까지 행차한 이유는 아주 중요한 걸 전해주기 위해서다. 세희 양이 접속하면 전해주지."

뭐길래 세희가 접속하면 준다는 거야? 레어 아이템이라도 되나?

"…아! 최준 오빠 오셨어요?"

때맞춰 세희가 게임에 접속했다.

세희가 접속하자마자 최준 형은 우리 둘을 자기 앞에 세워놓곤 선실 침대에 털썩 주저앉았다. 우리 배가 자기 집 안방이라도 되는 마냥.

"독립했다고 들었는데 잘들 지내고 있냐?"

"어. 그러니까 빨리 물건 전해주고 사라져."

"자식이 급하긴. 자, 받아라."

최준 형이 꺼낸 것은 수정 목걸이 한 쌍이었다. 각각 검은색 수정과 하얀색 수정이 박힌 것이었는데… 설마, 이걸 커플 목걸이라고 주는 건가?

"형, 고작 준다는 게 그 목걸이야?"

"떽끼! 고작이라니! 이건 유니크 아이템이다."

유니크 아이템?! 저 목걸이가?

나는 당장에 세희의 손까지 이끌며 최준 형의 앞에 손을 내밀었다. 유니크 아이템이라는데 모양이 무슨 상관이겠는가?

"유니크 아이템이라니까 딱 행동이 달라지는 거 보게. 자, 각각 하나씩이다. 이 검은색 목걸이는 신성이 것. 하얀색 목걸이는 세희 양 것."

"오오!"

"고맙습니다! 최준 오빠!"

유니크 아이템. 유일무이한 아이템이란 뜻으로 게임 내에 손꼽아 줄 정도밖에 없는 희귀한 아이템이다. 그 가치는 레어 아이템보다 높은 것으로 아이템에 유니크 딱지만 붙어 있으면 무엇이든 백만 골드 이상의 값어치를 지닌다. 그런 걸 두 개나 가졌으니 무려 2백만 골드를 공짜로 얻은 셈이 되는 것이다.

하지만 돈은 얼마든지 있으니 이걸 팔 생각은 없다. 문제는 이것의 능력이란 말인데…….

"형, 이거 무슨 능력을 가지고 있는 거야? 유니크 아이템이라면 특정한 능력이 있지 않아?"

"능력? 있고말고. 그것의 능력은 싸우면 싸울수록 캐릭터의 능력이 빠르게 상승된다는 것에 있다."

우오오옷! 캡이다! 능력을 향상시켜 주는 목걸이라니!

"말해 둘 것이 있는데, 그 목걸이가 낼 수 있는 캐릭터 능력의 한계점을 벗어나 버리면 그 목걸이의 수정체가 자동으로 부서진다. 그럼 그걸로 목걸이의 능력은 상실되지. 그리고 그 목걸이가 깨졌을 때, 너희들은 지금의 몇 배 이상의 힘을 낼 것이야."

몇 배 이상의 힘?!

"그럼 굉장한 거잖아? 이런 굉장한 걸 줘도 되는 거야?"

"물론 안 되지. 사실 이건 결혼한 커플 유저들에게 주어지는 커플 아이템이다. 아직 결혼은 안 했지만 이건 너희들의 독립을 축하한다는 의미에서 특별히 주는 거야. 하지만 그거 받았다고 자만하진 마라. 그 목걸이의 능력으로 너희들이 몇 배 이상 강해졌다 해도 그보다 더 강한 유저들이 지금 카도라스엔 널리고 널렸으니까."

몇 배나 강해진 우리들 앞에 그보다 더 강한 자들이 있다고? 말이 되는 소릴 해야지. 지금의 나와 세희는 8~9개월 전까지만 해도 지존이었다. 설마 그 8~9개월 새에 유저들의 수준이 높아졌다면 얼마나 높아졌을까?

"후유~ 이렇게 말로 설명해선 못 알아들을 거다. 직접 그들을 만나지 못한다면. 지금의 신성이와 세희 양, 너희들을 상대할 유저는 카도라스에 쌔고 쌨어. 그들이 모두 너희에게 칼을 겨누고 있고. 지금 너희들이 향하고 있는 카밀리베아 대륙에 말이다."

최준 형은 그 말만 남기곤 자리에서 사라졌다. 로그아웃한 듯 보였다. 하지만 최준 형의 말은 도저히 이해할 수가 없었다. 그렇게 강하다는 유저들이 왜 우리에게 칼을 겨누고 있는가?

"역시 개소리겠지."

천하무적 마듀라, 에실리스 패밀리한테 누가 감히 칼을 들이대?!

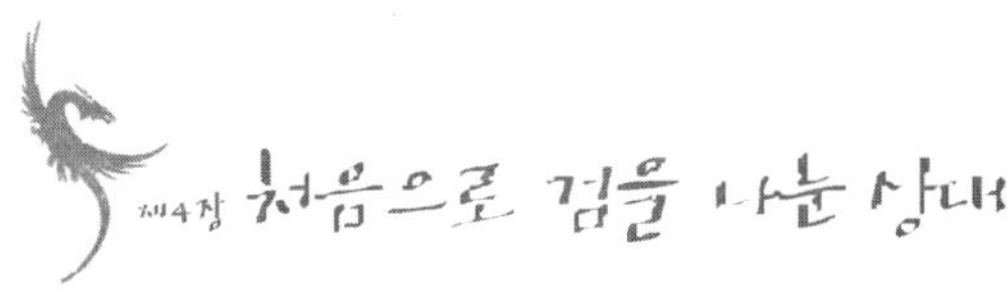

제4장 처음으로 검을 나눈 상대

5시간여의 항해 끝에 카밀리베아 군도 센세에 도착할 수 있었다. 센세는 마의 군도라는 명성에 어울리지 않게 상당히 밝은 이미지의 섬이었다. 섬 중앙에 있는 대도시 센시에는 대로변 시장 거리에서 거래를 하려는 수많은 NPC와 유저들로 북적였고, 하늘을 빛 샐 틈 없이 메우고 있는 부양선들도 그 수가 엄청났다.

하지만 이런 광경은 터릿 대륙 벤제우에서도 봐왔던 것이기에 별 감응은 오지 않았다. 단지 이 많은 인파들 사이에서 어떻게 길드를 찾느냐 하는 걱정만 들 뿐.

용태에게서 센시에에 길드가 있다고만 들었는데.

거리를 둘러보던 세희가 물었다.

"이렇게 많은 인파들 사이에서 길드를 찾을 수 있을까?"

"글쎄… 아! 맞아! 퍼브에 가면 길드가 있을지도."

“퍼브?”

“응, 카도라스에 있는 모든 퍼브는 막강대전고 길드의 지부잖아?”

“……”

나와 세희는 센시에서 가장 큰 퍼브로 향하기로 했다… 가 다시 발걸음을 멈췄다.

가장 큰 문제에 부딪친 것이다!

“퍼브가 어디 있지?”

내가 멀뚱히 세희에게 묻자 세희가 방긋 웃었다.

“내가 사람들한테 물어볼게!”

자신만만하게 외친 세희는 지나가는 한 여성 유저에게 다가가 말을 걸었다.

“실례합니다. 퍼브 가는 길 좀 가르쳐 주시겠어요?”

“저리 비켜욧!”

하지만 그 여성 유저는 세희에게 신경질을 부리며 사라졌다. 세희는 그렇게 돌아서는 여성 유저에게 시선을 향하다가 다시 지나가는 한 여성 NPC에게 말을 걸었다. 하지만 그 여성 NPC도 전의 여성 유저와 같은 반응이었다.

그 후로 세희는 지나가는 여자들에게 몇 번이고 길을 물었지만 계속해서 무시당했다. 완전 동네북이구만.

열두 번째 무시당한 세희가 거의 울먹일 듯한 표정을 지으며 다가왔다.

“미안해, 듀라야. 사람들이 안 가르쳐 줘. 전에도 이런 적이 있었는데. 내가 싫은가 봐. 다들 왜 그러지?”

그야 세희의 미모에 질투나서 다들 퉁명스럽게 대하는 거지.

어쩔 수 없이 내가 나서야겠군.

"그럼 이번엔 내가 해볼게."

그렇게 말하며 길거리를 지나다니는 여성 유저들을 포착했다. 세희만한 미소녀 어디 없나 하고 둘러보는데 역시 있을 리가 없었다. 지금껏 세희만한 미소녀는 딱 두 번 보았으니까. 첫 번째로 만리장성 길드의 시에리. 크으! 처음 시에리를 봤을 때 중국 여자들은 다들 시에리만큼이나 예쁜 줄 알고 있었다. 그런데 뭐, 꼭 그런 것만도 아니더라.

두 번째는 강태민의 여자 친구라는 신유리. 스타일은 촌티나지만 뭐, 좀 꾸민다면 세희를 위협할 정도의 미소녀이긴 하다. 내 취향은 아니지만.

이쯤 잡생각은 접어두고 나는 한 여성 유저를 포착했다. 내 또래에 꽤 귀여운 소녀였다.

좋아! 결정했어!

"음음… 저기, 실례합니다. 이곳에서 가장 큰 퍼브를 찾습니다만……."

"흥! 일없어요!"

"……."

…저런 쌍할 계집을 보았나?! 감히 날 무시해? 세상에 나 같은 호남아를 무시하다니! 언제부터 카도라스 여성 유저들의 눈이 이렇게 높아졌지?

멀뚱히 날 바라보는 세희의 시선을 느끼며 나는 큰소리쳤다.

"이런 경우 딱 한 가지 이유밖에 없어! 쟤, 레즈인 거야! 분명해!"

"……."

"이번엔 반드시 성공한다! 아자!"

나는 큰소리치며 주위를 둘러보았다. 그리고 곧 목표물을 포착할 수 있었다. 나이는 대략 15살 정도에 변강쇠를 연상케 하는 외모의 여자. 아니, 변강쇠로도 모자란다. 그 넓디넓은 운동장 같은 면상 안에 눈, 코, 입이 체육 대회를 벌이고, 여드름이 관중이 되어주는… 그런 얼굴이었다. 외모로 남을 평가하는 건 나쁜 짓이지만 이건 엽기다.

하지만 인상을 구기거나 할 순 없었다. 그건 상대 여성에게 좋은 첫인상을 줄 수 없기 때문이다. 그리고 전에 무시당한 걸로 볼 때 첫인상의 중요성을 깨달았다.

나는 미스릴 강판으로 얼굴을 도금하고 입가에 꽃미소를 걸친 뒤 하얀 머리카락을 한번 쓸어 넘기며 그녀에게 다가갔다.

"실례합니다만 이곳에서 가장 큰 퍼브가 어디 있는지 물어도 될까요, 레이디?"

그러자 상대는 날 한참 동안이나 멍하니 바라보더니 얼굴을 발그스름하게 물들이며 대답했다. 부끄러워하며 수줍어하는 모습이 역겹다. 아으! 그냥 싸대기 한 방 후려갈기고 싶구만!

"저쪽 대로가로 돌아가시면 돼요. 제가 직접 길을 안내해 드릴까요?"

"아닙니다. 좋은 정보 감사합니다. 그럼 전 이만."

"아, 잠시만요! 실례지만 닉네임이라도 가르쳐 주세요!"

감히 나의 성스럽고 고귀한 닉네임을 가르쳐 달란다. 이런 것들은 빨리 떼어버려야지 안 그러면 계속 쫓아다닐 게 분명할 터. 하지만 무슨 수를 써서 떼어버린단 말인가? 대충 둘러대고 토껴? 아니, 그럴 순 없다. 나는 21세기 최고의 매너남이니까.

그럼 무슨 수를…….

"……?!"

맞아! 그런 방법이 있었지?! 순간 마른하늘에 날벼락이 떨어지듯 뇌리 속을 번쩍 스쳐 지나가는 이 기가 막힌 아이디어에 나는 이 아이디어를 떠올린 나의 뇌를 손수 꺼내 칭찬해 주고 싶은 충동을 느꼈다!

그냥 순순히 닉네임을 밝히면 되지 않은가?

"술타르. 제 닉네임입니다. 그럼 안녕히……."

퍼브 안은 대낮부터 술을 마셔대는 성인 유저부터 시작해 술을 나르는 점원 NPC들, 코끝에 느껴지는 술 냄새로 가득했다. 퍼브는 꽤 넓었고 사람도 상당히 많았지만 어째서인지 막강 길원 친구들은 한 명도 보이지 않았다.

40대 중반쯤에 머리가 까진 퍼브 주인 NPC가 다가왔다.

"손님들, 무얼 찾으십니까? 자리는 저쪽에 있습니다만?"

"여기에 혹시 제 또래 정도의 애들 못 보셨습니까? 이삼십 명씩 떼거지로 몰려다니는 애들인데요."

"음~ 혹시 2층에 그분들을 말씀하시는 겁니까?"

2층에 그분들? 퍼브가 2층이었군.

나는 세희를 데리고 퍼브 2층으로 올라갔다.

계단을 오르고 보자, 역시나…….

길원 친구들이 주스 홀짝이고 있는 것을 발견할 수 있었다.

"신성이 말이야, 오늘 세희가 전학 왔을 때 날 자리에서 차버리고 세희를 그 자리에 앉히지 뭐야? 그리고 지들끼리 닭살짓을 떨드라고. 참내, 보고 있던 내가 다 닭이 되는 것 같더라."

이 방약무인(傍若無人)한 막말을 지껄이고 있는 주인공은 뭐, 말 안해도 알듯이 용태다. 나는 천천히 그에게 다가가며 오른손 손바닥을 장전시켰다.

내가 퍼브에 들어선 것을 눈치 챈 길원들이 내 이름 외치려고 하는 것을 제지하며…

"신성이 말이야, 세희하고 갈 때까지 간 거……."

빠아악—!!

쿵!!

"꾸엑!"

용태의 뒤통수를 시원하게 갈겨 버린 나는 손바닥으로 원 쿠션, 테이블에 투 쿠션을 박고 괴상한 비명을 지르며 기절하는 용태에게 욕지거릴 내뱉었다. 이 자식이 어디서 감히 지X스런 망언을?!

"쌍할! 이것들이 지금까지 군기 빠져라 잘도 놀았겠다? 시린터!"

"옛! 부마스터 시린터, 여기 대령했습니다!"

"네가 진정 죽고 싶은 게로구나! 나 없다고 길드를 이 지경으로 만들어놔?!"

"자, 잠깐만요! 저는 아무 잘못 없습니다!"

"지금 길원들하고 술 퍼마시고… 아니, 주스 퍼마시고 있는 게 잘못 없는 거야? 애초에 널 믿은 내가 바보지! 넌 오늘부로 카도라스에 발 못 붙인다!"

나는 시린터에게 다가가며 손을 뻗었다. 다져진 생선회를 만들어주마! DDT를 안면에 박은 다음 턱주가리에 섬머 솔트킥을 날려주지!

"기다려, 시신성!"

막 시린터를 붙잡는데 극강, 극도 경지의 싸가지스틱한 목소리가 날 제지했다. 고개를 돌려보자 역시나 김선미였다! 게임 아이디 히드라(힐 도라)를 쓰고 있는 그녀.

"이런 젠장."

하필 김선미가 끼어들다니.

"시린터는 아무 잘못 없어. 잘못이 있다면 다 너에게 있는 거야. 그 동안 길드도 내팽개치고 게임에서 손떼고 있었잖아. 그리고 시린터도 지금까지 놀고 있지만은 않았어. 시린터가 얼마나 노력해서 지금의 길 드를 만들었는데. 발전을 저해한 요소가 있다면 다 너 때문이야. 알 아?"

"……."

나는 아무 대꾸도 못하고 초전 백기를 들어버렸다. 김선미와의 싸움 은 아무래도 자신이 없었다. 일단 작전상 후퇴한 뒤 나중에 시린터 혼 자 있을 때 조용히 불러내서 묻어버려야지.

"나중에 시린터한테 보복할 생각 마!"

"…네."

이런 쌍할스런 경우를 보았나?! 시린터 녀석이 언제부터 선미의 지 지를 받고 있었지? 김선미가 언제부터 시린터를 감싸고 돌았나 이 말 이야!

"알았으면 자리에 앉아. 세희도 이리 와서 앉아. 게임에서 본 건 정 말 오래간만이다. 그치?"

나와 세희는 군말없이 자리에 앉을 수밖에 없었다.

길원 친구들은 2층에서 주스를 퍼마시고 나와 시린터는 1층 바(Bar)

에서 서로 이야기를 나누었다. 물론 시린터에게 보복을 가할 생각은 없었다. 김선미한테 맞아 죽으면 어쩌려고…….

시린터에게서 들은 건 현 카도라스의 상황이었다.

"현재 마스터 유저는 5백 명 가까이 됩니다. 마듀라 씨가 그렇게 게임을 접고서 폭발적으로 늘어났죠. 대부분이 일본 유저입니다."

시린터에게서 들은 이 부분은 상당히 구미가 당기는 부분이었다. 내가 없는 8개월 동안 마스터 레벨이 수십 배나 늘어나다니. 문득 최준 형이 한 말이 생각났다. '너희들이 몇 배 이상으로 강해졌다 해도 그보다 더 강한 유저들이 지금 카도라스엔 널리고 널렸으니까'. 이 부분.

그 널리고 널린 자들이 5백 명의 마스터 유저들을 뜻하는 것인가?

속으로 생각하는 와중에도 시린터의 이야긴 계속 이어졌다.

"소문엔 일본 유저들이 금지된 구역에서 사냥을 한다는데 일본의 17대 길드가 그 구역을 철저히 경비하고 있어서 자세한 것은 아무도 모릅니다. 그곳이 사냥터인지, 뭔지."

금지된 구역?! 사냥터?! 설마…

"아니겠지?"

듀라실리스 초원은 확장팩 후에 카밀리베아 대륙이 분열되면서 사라진 줄로 아는데, 일본 유저들이 듀라실리스 초원에 대한 비밀을 알리 없다. 그렇다면 금지된 구역이라는 게 뭐지?

"마듀라 씨? 제 얘기 듣고 계신가요?"

"…어, 그래? 계속 말해 봐."

"음음! 그리고 마스터 유저들이 일당백, 보통을 넘어서는 실력을 가지고 있습니다. 물론 저를 포함한 상급 랭킹에는 별거 아닌 수준이지만 8~9개월 전의 기준으로 본다면 보통을 넘어서는 실력이라고 할 수 있죠. 개개인이 마듀라 씨와 에실리스 양의 실력을 넘어설 것입니다."

"말이 되는 소릴 해라. 8개월의 공백이라지만 그런 일당백한테 내가 밀릴 놈으로 보여?"

"하지만 사실입니다. 지금 마스터 유저들의 수준은 마듀라 씨가 상상하는 것 이상입니다. 저를 포함한 랭킹 상위권에 그 5백 명의 이름이 전부 들어가 있습니다. 마스터 유저들 중 상위 랭크에 들지 못한 건 마듀라 씨와 에실리스 양뿐입니다."

랭킹이라……?

"참고로 말씀드리지만 현재 카도라스 랭킹 1위는 카이데스입니다. 카이데스와 저, 중국의 광신저우 씨와 자이로엔 씨가 상위 쟁탈전을 벌이고 있지요. 그 아래로 고스티스터들과 한창 떠오르고 있는 일본 유저 베스트 23인이 있습니다."

그렇다면 카이데스와 시린터는 이미 고스티스터와 일본 유저들을 넘어섰단 소리?!

"너… 많이 강해졌냐?"

"8개월 전보단 강해졌다고 자부합니다. 지금의 마듀라 씨 백 명이 달려들어도 저를 이길 순 없을 겁니다."

"뭐?!"

나는 자리에서 벌떡 일어섰다. 지금 이 녀석이 뭔 개소리를 지껄였는지 똑똑히 들었다. 시린터 녀석, 많이 컸구나!

"한판 붙어보겠단 소리야?"

"8개월의 공백은 마듀라 씨에게 너무나도 컸습니다. 현재의 마스터 유저들은 마듀라 씨와 대등한… 아니, 마듀라 씨를 능가하는 실력을 가지고 있습니다. 8개월 전에 마듀라 씨가 게임을 접은 후로 이제 마듀라 씨의 전성기는 돌아오지 않습니다. 그걸로 끝인 거지요."

나는 당장 무형참황검을 빼 들어 그것을 시린터의 목으로 가져가며 위협적으로 말했다.

"다시 한 번 말해 봐라. 뭐라고 했나?"

"마듀라 씨의 전성기는 돌아오지 않습니다."

살기를 슬쩍 뿌리며 검을 치켜들었다. 이어서 시린터가 앉아 있는 자리에 검을 내려치자 시린터는 재빨리 몸을 피했고, 큰 폭음과 먼지가 퍼브 안을 뒤흔들며 주위에 비명이 울려 퍼졌다.

순식간에 일어난 혼란의 도가니 속에서 나는 시린터에게 중얼거렸다.

"내가 용서치 못하는 것엔 세 가지가 있다. 하나는 여자를 때리는 것, 또 하나는 여자를 배신하는 것, 또 하나는 날 무시하는 거다."

"저는 솔직하게 말씀드렸을 뿐입니다."

"닥쳐!"

검은색 검기가 퍼브 안에 몇 차례 그어졌고, 퍼브 한쪽 벽면이 완전히 무너지며 다시 한 번 긴 폭음과 함께 먼지가 피어올랐다.

그 사이에서 시린터의 목소리가 나지막이 흘렀다.

"다시 한 번 말씀드리지만 마듀라 씨는 저를 이길 수 없습니다."

"닥치라고 했을 텐데!"

"듀라야! 이게 무슨 일이야?"

"어이! 마듀라! 무슨 짓이야? 콜록! 콜록!"

기침 소리와 함께 2층에서부터 길원 친구들이 내려왔다. 저들까지 싸움에 휘말렸다간 골치 아파진다. 우선 자리부터 옮기고 보자!

"시린터, 퍼브 앞으로 나와!"

"…훗!"

퍼브 문을 통해 모습을 드러낸 시린터의 뒤로 길원들이 우르르 따라 나왔다.

세희가 그 사이에서 내 옆으로 다가와 물었다.

"무슨 일이야? 퍼브를 부순 게 듀라 짓이야?"

"나중에 설명해 줄게. 막강이로 돌아가 있어."

"무슨 일인지 지금 설명해 줘!"

"잠시만 기다려, 실리."

세희를 뒤로 밀치며 무형참황검을 시린터에게로 겨눴다. 시린터는 여유있게 웃으며 허리에 찬 검을 쥐었다. 저 재수없는 낯짝 같으니!

"아까 했던 말 다시 한 번 해봐."

"마듀라 씨의 전성기는 돌아오지 않습니다."

"너, 나한테 불만있냐? 너는 네 개김성의 한계 수치를 넘어섰다. 불만에 의한 자아상실빡돌증이라고밖에 설명할 수 없겠는데?"

"바로 맞추셨군요. 후후! 한창 전성기 때에 게임을 접은 마스터 마듀라. 한때 카도라스 마스터에 가장 근접하리라 일컬어졌던 인물. 한 명의 유저로서 저는 마듀라 씨를 동경해 왔었습니다. 그래서 지금까지 궂은 일도 마다하지 않고 당신의 명령을 이행해 왔지요. 그런데 그 기분 아십니까? 날 꽤 믿는 줄 알았던 그가, 우리에게 한마디 없이 게임에서 사라진 것은……."

"……."

"조금의… 배신감이 느껴지더군요. 아주 약간."

"…할 말 다 했냐?"

"더 있지만 뭐……."

나는 시린터의 앞으로 텔레포트하며 무형참황검을 크게 뻗었다. 갑작스런 나의 기습 공격을 시린터는 황급히 몸을 피했고, 이어서 쥐고 있던 검의 그립을 힘차게 빼 들며 외쳤다.

"무신광검!"

"하아앗!"

차아앙―!

서로의 검이 맞부딪치자 맑은 쇠음 같은 것이 울려 퍼졌다. 처음으로 녀석과 검을 마주해 본 느낌은… 꽤 하는데?!

"하아아아아!"

나는 연이어 검을 베어 나가며 시린터를 압박해 들어갔다. 기교에 있어서는 내가 한 수 앞서리라! 내가 검도가 5단인데! 배운 지는 오래되었지만 실력은 절대 녹슬지 않았단 말씀!

채앵― 차앙―!

짧은 순간 검이 20여 차례 교차되었을 것이다. 어느 순간부터 나와 시린터의 주위로 유저들이 모여들어 싸움 구경을 했지만 그런 것에 신경 쓸 새 없이 나는 시린터에게 모든 시선과 신경을 집중했다.

80% 정도의 전력으로 시린터를 밀어붙이는데도 시린터는 나의 공격을 이리저리 잘도 피해내며 방어와 공격을 동시에 하고 있었다. 이건 의외다! 예상보다 잘 싸워!

"젠장!"

시린터는 무술을 배워본 적이 없다고 들었다. 그런데도 이 정도로 나와 대적하다니! 좀 더 밀어붙여 볼까?

"……!"

무형참황검에 더 더욱 검기를 주입시키며 공격력을 상승시킨 나는 공중으로 검을 높이 치켜들어 수직으로 시린터를 내리찍었다!

시린터의 또 다른 스킬이 시동된 것은 그때!

"검체혼합!"

시린터가 외치며 그 자리에서 높이 뛰어올랐다. 시린터의 머리를 쪼개 버릴 듯 나아가던 나의 검은 땅바닥에 떨어졌고, 시린터는 개구리처럼 공중으로 높이 뛰어 근처 5층 건물 벽에 도약했다. 일반 유저는 시야에 보이지 않을 정도의 빠른 스피드!

나는 눈으로 겨우 따라잡을 수 있었지만 몸이 늦어버렸다. 시린터의 드롭킥 공격을 등에 맞아버린 나는 땅바닥을 볼품없이 구르다가 재빨리 텔레포트하여 시린터에게로 이동했다.

저것이 날 가지고 놀아?!

"하앗!"

차아앙—!!

시린터는 내 검을 여유롭게 막아내며 발차기를 내 안면에 먹였다. 순간 시야가 휘청 떨렸지만 체술이라면 나도 밀리지 않는다! 고개가 돌아가는 척하며 시린터의 왼쪽 안면에 돌려차기를 먹였다.

"으윽!"

"치잇!"

서로 땅바닥에 쓰러진 상태에서 시린터가 몸을 금세 일으켰다. 젠장! 시야가 녀석보다 늦게 돌아오잖아! 시야가 어지러워!

"이런!"

"어질어질할 겁니다. 그것이 바로 캐릭터의 역량 차이지요. 같은 공격을 주고받아도 마듀라 씨의 캐릭터가 더 데미지를 많이 받는 것입니다."

"닥쳐! 말 많은 건 여전하구나!"

시야가 웬만큼 돌아오자마자 나는 다시 공격을 퍼부었다. 일단은 가벼운 머리 공격! 위에서 검을 한 차례 부딪치고 검을 빙글 돌리며 시린터의 허리를 베었다.

이번 공격에 끝났으리라! 제아무리 캐릭터가 잘났다 하더라도 특유의 검법(劍法)이 없다면 막아내지 못할 터!

차아앙—!!

그치만 이런 내 기대는 여지없이 무너졌다. 시린터가 나의 허리 공격을 막아낸 것이다! 하지만 놀랄 새 없이 나는 다시금 검의 방향을 바꾸었다.

채앵—!

이번에도 막는다?!

목으로 향하는 검까지 가볍게 막아낸 시린터가 빙긋 웃었다.

"그럼 장난은 이쯤에서 끝내기로 할까요?"

장난?!

"무초식광검!"

슈와아악—!!

시린터의 주위로 몰아치는 검기 폭풍! 순간적으로 나는 그 자리에서 3m 이상 밀려나 버리고 말았다. 가까스로 중심을 잡고 선 나는 돌진해 오는 시린터를 막기 위해 반사적으로 검을 치켜들어야 했다!

파아앙—!!

요란한 마찰음과 함께 시린터의 무초식광검이 나의 무형참황검에 떨어졌다. 그리고 그 순간 뼛속까지 느껴지는 찌릿함! 이건 술따러의 초신광검을 능가하는…

"제가 개발한 소드 마스터 절정 스킬, 무초식광검입니다."

지잉— 파악!

어느 순간 무형참황검을 뚫고 내 가슴 한복판으로 날아든 시린터의 검이 방향을 꺾어 내 몸을 스치고 지나갔다. 공격당한 부위는 오른팔, 팔꿈치 부분. 그 부분이 뚝하니 잘려 나가며 가루가 되어 사라졌다. 맘만 먹었으면 시린터의 검은 나의 가슴 한복판을 꿰뚫었으리라.

잠시 잘린 팔이 가루가 되는 광경을 지켜보고 있던 난 시린터의 목소리에 퍼뜩 정신을 차렸다.

"한 번 봐줬습니다."

나는 바싹 몸을 긴장하며 자리를 피했다. 무형참황검을 쥐고 있던 오른팔이 잘려 나가 버려 더 이상의 공격은 불가능했다.

파악—!

하지만 몸을 피할 시간도 주지 않고 이번엔 오른쪽 어깨를 잘라 버리는 시린터였다.

도저히…

"이길 수 없어."

이렇게 강해졌을 줄이야.

털썩—

마스터 무기를 불러들이고 실리스의 에르기아를 펼쳤어도 시린터의 상대는 될 수 없었으리라. 어째서… 이렇게 강해진 거야?!

무릎을 꿇은 내 앞으로 시린터의 검이 박혔다.

"…강해져서 돌아오십시오. 오늘의 치욕을 절대 잊어선 안 됩니다.

본래 지존의 자리를 되찾는 날, 길드를 돌려 드리겠습니다.”
　“…….”
　“과연 그런 날이 올 수 있을지 모르겠지만…….”

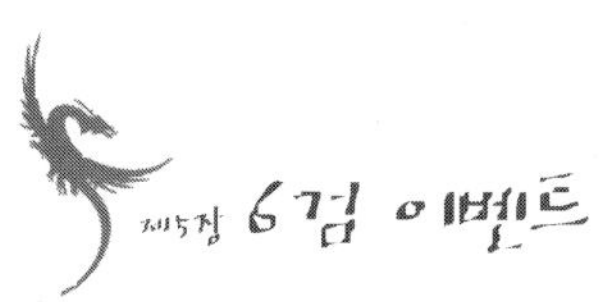

내가 없는 동안에도 카도라스의 시간은 흘러갔다. 시간의 흐름은 거스를 수 없는 것… 이라고 어느 한 폐인이 말한 것 같은데.

"후우~"

다들 너무나 강해졌다. 시린터만 봐도 알 수 있다. 8개월 전까지만 해도 내 앞에서 꼬붕 놀음하던 놈이…….

옆자리의 용태가 말하길…

"강한 건 시린터뿐만이 아니야. 카도라스엔 시린터보다 강한 놈들이 줄을 서 있어. 카이데스를 포함해 중국에 광신저우와 자이로엔, 그리고 일본에 한창 떠오르고 있는 23명의 마스터들. 그뿐 아니야. 6대 마룡과 레어 NPC도 무시할 수 없어."

용태의 말에 나는 더 힘이 빠져 버렸다. 이제 내가 설 자리는 없단 말이 아닌가? 이미 내 전성기는 끝났단 말인가?

톡톡—

　그때 세희가 내 어깨를 톡톡 건드렸다. 나는 엎드려 있는 상태에서 세희에게로 고개를 돌렸고 세희가 PDA에 적은 글을 내 앞으로 내밀었다.

　어제 충격이 너무 커서 그래? 기죽지 마.

　충격이라니. 이 정도는 시엘라가 죽었을 때의 충격에 비하면 아무것도 아니라고. 그러고 보니 시엘라는 잘 있을까? 젠장! 그때 일은 떠올리지 않기로 했는데!
　"후유~"
　내가 한숨을 내쉬자 세희가 자신의 얼굴을 나에게로 바싹 들이밀며 걱정스런 눈빛을 보냈다. 정말로 무슨 일 있냐는 눈빛이었다.
　나는 멀쩡하다는 듯 고개를 가로저으며 그녀를 안심시켰다.
　"아무 일도 없어. 걱정하지 마."
　그러자 세희는 밝게 웃으며 안도의 표정을 지었다. 설마 내가 게임을 접을까 봐서 그런가?
　"……."
　얼마 안 있으면 접어야겠지. 세희를 책임지려면 직장에 들어가 돈을 벌어야겠고, 직장 생활을 하면 게임할 시간도 없어질 테니.
　"……."
　"……."
　나는 책을 읽고 있는 세희의 옆 얼굴을 조용히 바라보았다. 너무나 아름다워 깨물어주고 싶을 정도의 그녀. 어쩜 얼굴 선이 이리도 고울까? 세희의 머리카락을 살짝 쓸어 넘기자 그녀가 날 보며 싱긋 웃더니 다시 책으로 시선을 돌렸다. 세희는 웃는 모습이 정말 귀엽다. 너무 귀여워 깨물어주고 싶다. 그냥 깨물어 버려?

"……"

그렇게 세희를 바라보고 있자 문득 세희 외할아버지의 질문이 떠올랐다.

세희를 왜 사랑하느냐는 질문.

세희의 생일까지 그것의 답을 찾아야 한다. 그래야 세희와 결혼이고 자시고(?)를 할 수 있으니까.

"저기, 신성아."

그때 세희의 앞자리에 앉아 있던 신유리가 내 이름을 불렀다. 그동안 세희에게 신경 쓰느라 유리하곤 대화를 나누지 못했었는데, 별로 할 생각도 없었고.

내가 말하라는 눈빛을 보내자 유리가 부탁조로 말했다.

"나 주번인데 같이 물 뜨러 가면 안 될까? 나 혼자 물통 들긴 힘들 것 같아서."

하기야 저런 조그만 몸집 어디서 힘이 나겠는가? 간만에 힘 자랑 해 보자!

"알았어."

물을 길러 가는 도중에도 답에 대한 생각은 많았다.

하지만 불쑥 그 답이 나올 리 없지. 아무래도 나 혼자 이래저래 생각하는 것은 별로 도움이 안 될 것 같다.

유리의 뒤를 졸졸 따르며 복도를 걷던 도중 그녀에게 물었다.

“유리야, 너는 사랑이 뭐라고 생각해?”

지극히 간단한 질문이었지만 들려오는 대답은 여러 가지일 수 있었다. 유리는 뭐라고 대답할까? 유리도 사랑을 못해본 건 아닐 테니 대답을 못하진 않겠지.

유리는 내 질문을 받고 곰곰이 생각하더니 10초 후에야 대답을 했다.

“그냥 서로를 존중해 주는 게 아닐까? 서로를 존중하고 믿고 의지하며 그렇게 가까워지고, 나중엔 결혼을 하고, 사랑의 결실을 이루고… 그런 것 같은데?”

“…….”

유리의 대답은 지극히 평범하게 느껴질 수 있지만 생각해 보면 베스트 답변이라고 할 수 있었다. 서로를 존중하는 것. 사랑에 그 이상의 의미가 있을 수 있을까?

이번엔 유리가 물어왔다.

“신성이는 나에게 그런 질문을 한 의도가 뭐야?”

“그냥 묻고 싶어서.”

“그럼 신성이는 사랑이 뭐라고 생각하는데?”

“몰라, 아직.”

“세희를 사랑하지 않아?”

“사랑해. 하지만 그 사랑이 뭔지 모르겠어.”

“…….”

물을 긷고 교실로 돌아왔는데 교실은 뭔 일이 났는지 떠들썩했다. 교실 뒤쪽엔 학생들이 원형으로 모여 있었는데 그들 모두 누군가에게 비명 내지 감탄사를 내지르고 있었다.

싸움이라도 났나?

문득 학생들 사이에 세희도 포함되어 있는 것을 안 나는 세희의 옆으로 다가가 원형 안으로 시선을 향했다.

그곳엔 용태가 윗통을 벗고 자신의 육체를 과시하고 있었다. 꽤 근육질의 몸매를 자랑하는 그 모습에 반한 여학생들은 꺅꺅 비명을 내지르며 볼 거 다 보고 있었고, 남학생들은 우와~ 하는 감탄사를 연발했다.

한겨울에 윗통을 다 벗고 저런 짓을 하고 싶을까? 이두박근, 삼두박근 등의 자세를 연출하던 용태가 날 발견하곤 손가락을 까딱였다.

"신성아! 이리 와서 내 갑빠 쳐봐! 이 몸이 얼마나 탄탄한지 보여주겠어!"

뭐, 못할 건 없지만.

"괜찮겠냐?"

"당근이지! 5개월간의 헬스로 다져진 이 탄탄한 몸매를 보고도 모르겠냐?"

"……."

나는 용태에게 몇 발자국 다가가며 그의 팔을 한번 주물러 보았다. 꽤 단단했다. 오랜 시간에 걸쳐 만든 몸이란 걸 느낄 수 있었다.

"친다. 준비해라."

"오케이! 쳐라!"

용태가 숨을 들이쉬고 가슴에 있는 힘을 다 주며 준비 완료 신호를 보냈다. 나는 오른팔에 6갑자의 내공을 실은 뒤 허리 회전과 어깨의 스냅, 팔꿈치의 각도를 85도로 맞춘 뒤 하박으로 용태의 가슴을 가격했다!

퍼억—!

맞자마자 용태의 몸이 휘청 떨렸다. 그리고 잠시간 정적이 흘렀다. 꽤 충격이 컸을 텐데 버티는군.

"……."

"…쿠, 쿨럭! 쿨럭! 캑캑! 허억! 허억!"

하지만 얼마 지나지 않아 용태가 가슴을 부여잡으며 거칠게 숨을 내뱉었다. 근육이 붙어 있음 뭐 해? 맷집이 있어야지. 별것도 아니구만.

"완전 물렁이잖아? 근육만 있음 뭐 하냐? 물근육 따위는 누구나 만든다고."

"크으! 이럴 리가 없는데? 너, 무슨 특별한 운동 같은 거 하냐? 보기와는 다르게 되게 세다, 너."

보기와는 다르게? 허허! 이것이 날 뭘로 보고?!

나는 입고 있던 겉옷을 벗은 뒤 넥타이도 풀고, 와이셔츠도 벗고, 티셔츠까지 벗어 윗통을 모두 드러냈다. 주위에서 꺅꺅하는 여학생들의 비명이 퍼졌지만 일단 무시하고 가슴과 팔에 있는 힘껏 힘을 주어 보았다. 동시에 단단하게 부풀어 오르는 나의 갑빠와 근육들!

"자, 보아라! 이것이 오랜 PT체조와 무술 수련을 통해 만들어진 몸이다! 복싱 선수들의 총알 펀치에도 꿈쩍 않는 탄탄한 갑빠와 순간 파워 9만 9천 9백 9십 9를 자랑하는 단단한 팔뚝!"

나의 근육은 용태처럼 크고 굵직굵직하진 않지만 그에 비해 절대 떨어지지 않을 정도의 날렵한 근육들이 고루고루 발달되어 있었다. 기구 같은 것으로 만들어진 것이 아닌, 순수한 운동으로 만들어진 몸이라 용태의 것보다 더 멋있는 근육이라고 할 수 있다.

나의 멋들어진 몸매를 보며 세희를 포함한 여학생들의 표정이 일순

몽환에 빠졌다. 괜히 벗었나? 다들 나한테 반하면 곤란한데.

"꺄아! 신성이 속살 너무 뽀얗다!"

"여자 피부 같아!"

"부드러워 보여! 나 한번만 만져 봐도 돼?"

이것들은 몸매 구경은 안 하고 피부만 보나?

내 몸을 지켜보던 용태가 무릎을 꿇었다.

"완벽한 몸매다. 내가 졌다."

"훗! 감히 어느 안전에서 가소롭게 윗통을 벗어? 자랑할 걸 자랑해야지."

나는 주섬주섬 옷을 챙겨 입으며 생각했다.

사실 아무리 현실에서 운동을 하고, 무술을 연마한 유단자라 해도 게임 상에선 그리 위력을 발휘하지 못한다. 유단자 유저와 일반 유저가 같은 레벨일 경우 체술 면에서 더 뛰어난 유단자 유저가 싸움에서 유리하지만, 일반 유저와의 레벨 차이가 크게 난다고 하면 이야기가 달라진다. 캐릭터의 능력을 따라올 수 없어서 유단자 유저가 아무리 기교를 부려도 일반 유저가 받는 데미지는 얼마 되지 않기 때문이다.

그 이유가 바로 캐릭터의 능력치 차이에 있는데, 그에 가장 영향을 미치는 것이 공격력과 방어력이다.

내가 시린터에게 패한 이유도 바로 거기에 있다. 나의 검술 실력은 5단짜리. 시린터는 무술 같은 걸 배워본 적이 없다고 들었다. 당연 내가 검술에 우세할 수밖에 없다. 그치만 문제는 캐릭터의 능력.

캐릭터의 반사신경, 공격력, 방어력, 스킬… 그 모든 것이 마듀라가 시린터에게 밀렸다.

"문제는 그것인데……."

캐릭터를 연마해 나가는 수밖에 없겠어.

지금에서 믿을 건 최준 형이 준 유니크 목걸이뿐이다.

[아이디:sss0226/패스워드1:********/패스워드2:******]

[로그인되었습니다]

집에 돌아와 게임에 접속하자마자 세희가 물었다.

"듀라야, 언제 그렇게 몸을 키운 거야? 오늘 학교에서 정말 대단했어. 그냥 볼 땐 호리호리한 체격인 줄 알았는데."

"훗! 8살 때부터 도장을 다니면서 운동하다 보니까 저절로 만들어진 거야. 멋있었어?"

"웅! 너무 멋있었어! 오늘 듀라 보기 전까지 몸 좋은 남자가 그렇게 멋있는 줄 몰랐어!"

하하! 세희가 나한테 완전히 가버렸나 보다. 솔직히 나 멋있는 거 인정은 하겠는데 문제는 세희를 제외한 다른 여자들까지 날 좋아하게 됐단 거지.

나는 세희를 데리고 막강이의 선실을 나왔다. 이곳은 센세에서 1km 이상 떨어진 곳에 위치한 상공이었다. 어제 시린터한테 개X같이 깨지고서 엄청난 쪽팔림을 느낀 나는 그곳을 도망치다시피 하여 막강이로 돌아왔다. 먼저 무력을 행사한 것도 나고(시비는 시린터가 먼저 걸었지만), 죽인다고 지X을 해댔던 것도 나다. 그 많은 인파들 사이에서 그렇게 기세등등하게 지X을 떨었는데 졌으니 내 쪽팔림은 이루 말할 수 없었다.

"듀라야, 이거 시린터가 전해주라는데?"

시린터 녀석, 두고 보자! 언젠가 반드시 내 다리 사이로 기어가게 해

주겠어!

“듀라야? 듀라아아?”

“…응? 왜?”

문득 세희의 말을 지나쳐 버리고 말았나 보다. 세희가 손에 쥔 검을 나에게 넘겨주었다. 1m 길이의 녹슨 검이었다.

이건…

“어제 시린터가 날 상대했던?!”

어젠 너무 정신이 없어서 몰랐는데 알고 보니 시린터가 어제 날 상대했던 그 검이었다. 녹슨 검이라 해도 검기를 주입시키면 강력한 무기가 된다지만 나는 세희가 내어준 검을 들고 한번 휘둘러 보았다. 예상했던 대로 검은 밸런스가 깨져 있어서 제대로 휘둘러지지 않았다. 이런 걸로 날 상대했단 말인가?

점점 치욕스러워진다. 내가 이렇게 타락했다니.

“듀라야……..”

나도 모르게 표정이 구겨졌는지 세희가 걱정스런 표정으로 내 닉네임을 불렀다. 나는 황급히 표정을 풀며 그녀에게 걱정 말라는 얼굴을 했다.

“괜찮아. 그런데 시린터가 왜 이걸 나한테 전해주라고 한 거지?”

“듣기로는 레어 아이템이라는데?”

“레어 아이템? 이 녹슨 검이?”

“맞아. 이건 6검 이벤트의 그것이다. 센세에 있는 걸 용케도 찾아냈군.”

“……?”

나와 세희는 갑작스레 들려온 정체 불명의 목소리에 고개를 뒤로 돌렸다. 언제부터 내 뒤에 있었는지 최준 형이 보였다. 저것은 귀신같이 잘도 나타나네?!

"최준 형, 뭔 일이야 또?"

"이번엔 이벤트에 관한 소식을 전해주러 왔지."

"이벤트? 그런 건 전달 NPC를 통해서 보내도 되잖아?"

"전달 NPC가 무슨 수로 이곳까지 올라오냐? 전달 NPC는 하늘을 나는 기능은 없다고."

"그럼 빨리 말하고 사라져."

"오냐~ 그럴 생각이었다."

최준 형이 담배를 꺼내 물며 말을 이었다.

"카밀리베아 군도에 6검 이벤트라고 있다. 알다시피 카밀리베아 군도는 센세, 그룬드, 폴로, 마티리, 기딘, 그렌터. 이 여섯 개의 섬으로 이루어졌다는 거 알고 있을 거다. 그 섬을 돌아다니면서 이벤트 용 검을 모아야 하지. 검은 각 섬마다 하나씩 있다."

"검을 모으면 어떻게 되는데?"

"여섯 개의 검을 모두 찾고 나면 마계로 갈 수 있다. 하지만 여섯 개의 검만 있다고 해서 마계로 갈 수 있는 건 아니야. 마계로 통하는 열쇠가 또 있어야 하지. 어쨌든 마계로 진입하면 마공왕 마도니아의 딸이 있을 거다. 그녀에게 부탁을 하든, 죽여 패서 협박을 하든 그녀에게 마계의 석(石)을 받으면 그게 바로 유니크 아이템이 된다. 그치만 그리 쉽게 마계의 석을 얻을 수 있는 건 아니야. 여섯 개의 섬을 다 도는 도중에 검을 찾지 못하고 중도 포기하는 경우가 대부분이고, 검을 찾는 경쟁자가 너무 많아서 서로 싸우다 게임 오버되는 경우도 다반사지. 하지만 가장 문제가 되는 것은 마계로 통하는 열쇠가 없다는 것이다."

“……?!”

열쇠가 없어? 그럼 지지리 처박고 난타전을 벌여 6검을 다 모은다 한들 무슨 소용이야?

“후후! 하지만 걱정 마라. 너희는 이미 그 열쇠를 가지고 있으니까.”

“무슨 소리야? 난 열쇠 같은 거 없는데?”

“신성이 말고 세희 양에게 있다.”

“……?!”

나는 세희를 돌아보았다. 세희는 뭔 소린지 모르겠다는 듯 고개를 갸웃했다. 세희가 열쇠 같은 걸 가졌을 리 없잖아? 마계로 통하는 그런 중요한 아이템을.

최준 형이 세희에게 물었다.

“1년도 더 전에 마공왕 클리어 시 뭔가 줍지 않았습니까, 세희 양?”

그러자 세희는 잠시 곰곰이 생각하는 표정을 짓더니 손바닥과 주먹을 탁 마주치며 말했다.

“아, 마공왕 아저씨가 죽었을 때 목걸이가 떨어졌었는데 혹시 그거 말씀하시는 건가요?”

“그렇습니다. 바로 그 목걸이가 열쇠지요.”

허어! 세희가 그 열쇠를 주웠단 말인가? 당시 화면으로는 못 봤었는데?

최준 형이 담배를 다시 빨아들였다.

“마공왕은 사실 확장팩의 6검 이벤트를 위해 만들어진 캐릭터였지. 마공왕을 클리어하면 열쇠를 준다 하는…….”

“그럼 일본이나 중국 유저들은 확장팩에 들어서기 전에 열쇠를 받지 못했으니 6검 이벤트는 한국 유저에게 유리한 것이 아냐? 형평성에 어긋나지 않아?”

“좋은 지적이다. 사실 확장팩 전에 한국뿐만 아니라 일본, 중국에도 마공왕 이벤트를 한 적이 있었다. 하지만 마공왕을 클리어한 것은 세희 양, 단 하나뿐이지. 그래서 현재 열쇠는 세희 양 것 하나밖에 없다.”

그랬던 건가? 음~ 마계로 통하는 열쇠가 세희 것 하나밖에 없다면 유저들이 그것을 얻기 위해 달려들 텐데.

“형, 지금 세희가 열쇠를 가지고 있다는 거 아는 사람 있어?”

“글쎄… 그거야 모르지. 세희 양이 열쇠를 줍는 장면을 목격한 이가 있다면 앞으로 뒤통수 조심해야 할 거다.”

“…….”

나는 속으로 젠장을 외쳤다. 세희가 무심코 주웠던 그것이 지금은 세희의 목을 위협하는 물건이 될 줄이야!

이럴 경우 방법은 두 가지다.

1. 열쇠를 버린다.

2. 마계로 간다.

완벽한 흑백논리로써 전자를 택한다면 일단 발 뻗고 편히 잘 수 있다. 그리고 후자를 택한다면 밤길 조심해야 한다. 그렇다면 무엇을 택해야겠는가?

“저는…….”

정작 결정해야 할 사람은 열쇠의 주인인 세희이기 때문에 나는 세희의 결정을 따르기로 했다. 세희가 어떻게 결정하든 나는 그녀를 지켜야만 하는 것이기에.

세희가 날 한번 힐끔 바라보며 말을 이었다.

“검을 모두 찾고 마계로 가겠어요. 듀라랑…….”

…힘든 길을 택하겠단 소린가?

세희의 결정에 최준 형이 입가에 미소를 띠었다.

"세희 양은 그렇게 결정지을 줄 알았습니다. 그럼 신성이는 당연히 세희 양을 따라야겠지?"

"물론이지! 나는 세희의 보호자니까!"

이제 밤길 다니려면 가면 하나 장만해야겠군.

"그럼 난 이벤트 소식 전했으니까 간다. 아차! 다음 목적지는 그룬드로 가라. 그룬드로 가면 평양 사투리를 쓰는 유저가 너에게 두 번째 6검을 줄 것이다. 내 휘하 사원으로 들어온 신입이지. 그럼 이만."

"자, 잠깐!"

그를 막기 전에 최준 형이 로그아웃하여 사라졌다. 저런 망할! 평양 유저 녀석을 어디서 만나는지 알려줘야 할 것 아냐?! 그냥 그룬드로 가라고 하면 내가 뭘 안다고?

"하여간 지 멋대로라니깐!"

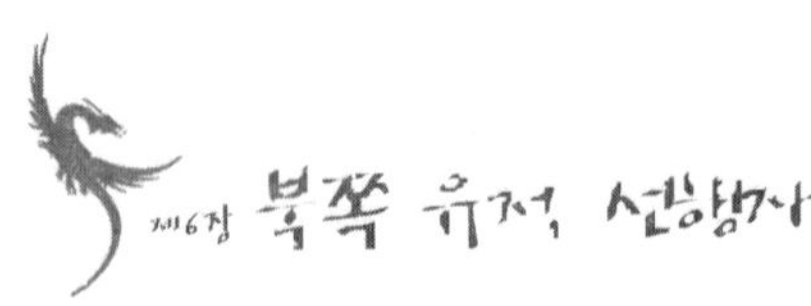

제6장 북쪽 유저, 선량한 자

　들은 바에 의하면 북쪽의 카도라스 유저는 대개 자존심이 강하고 독자적으로 돌아다닌다고 한다. 그것은 현실에서도 마찬가지이다. 한때 우리 나라가 분단되고 다시 통일되자마자 가장 문제가 되었던 것이 바로 이 문제였다. 북쪽 애들은 북쪽 애들끼리, 남쪽 애들은 남쪽 애들끼리 몰려다닌다는 것이다.

　"신성이는 북쪽 유저 만나봤어?"

　"어. 내가 막 게임을 시작했을 때 봤었어. 안녕하십네까, 동무? 하는 게 얼마나 웃기던지."

　"호호!"

　그리고 북쪽의 유저는 전투 수준이 꽤 높다고 들었다. 개개인이 특공 무술 유단자라는데, 북쪽 격투가 한 명이 남쪽 격투가 사십 명을 혼자 상대한다는 소문까지 있다. 하지만 그건 좀 오버다. 지들이 무슨 김

두한이야?

어쨌든 개개인이 그 정도로 강하단 소문이 있는데 그렇게 강하면서 북쪽 유저들이 그리 눈에 띄지 않았던 이유는 독자적으로 행동한다는 데에 있다. 독자적으로 행동하는데 당연히 길드 따위가 만들어질 리 없고, 그저 그들 사이에서 가장 강하다는 몇몇의 이름이 떠돌 뿐이었다. 닉네임은 까먹었지만 그 북쪽 사이에서 공인하는 최고의 인물이 6개월 전에 마스터 레벨이 됐다고 들었다.

"그럼 그가 어떤 클래스인지도 몰라?"

"아, 매직 소드 마스터(마검사)라는데… 위력은 잘 모르겠지만 위저드하고 소드 마스터 클래스를 합친 거라고 보면 돼."

"아~ 그렇구나."

세희와 이런 저런 잡담을 나누는 중 저 멀리 그룬드가 보이기 시작했다. 이라스의 다섯 배 크기 정도의 땅덩어리, 허리밖에 오지 않는 나무들부터 시작해 웬만한 고층 아파트 건물을 훌쩍 넘는 나무들까지 다양한 나무들이 초록 물결을 이룬 섬이었다. 무슨 식물원 같은 느낌이랄까?

"도착이다."

"응!"

그룬드는 센세 다음으로 유저들의 발길이 가장 활발한 곳이라고 들었다. 섬 위에 떠 있는 수많은 부양선들이 그것을 증명이라도 하는 듯 하늘은 부양선들로 배 선착할 틈이 없었다.

나는 막강이를 배들 사이에 정착시키기로 했다. 떨어진 부양선은 배 도둑들이 채가니까. 그렇게 배를 몰아 부양선들을 지나가던 중.

쿠궁—!

"까앗!"

"으엇?! 뭐야?"

순간 멈춰 있는 줄 알았던 옆의 부양선이 갑자기 방향을 틀어 막강이의 옆을 박아버렸다. 배의 옆부분은 완전히 박살나 버렸고, 그에 따른 충격으로 나와 세희는 땅바닥에 엎어져 버리고 말았다. 어떤 자식이야? 누가 운전을 이따위로 해?!

배 건너편으로부터 먼저 목소리가 들려왔다.

"여보시라요! 일없습네까?"

귀에 익숙지 않은 평양 사투리였다. 배 주인이 북쪽 유저였나 보다.

나는 상대 배 쪽으로 손을 흔들었다.

"일있는 거 안 보이십니까?"

그러자 부딪친 배에서부터 막강이 쪽으로 배 주인이 건너왔다. 상대는 짧게 기른 파란색 머리카락과 하얀색 바지, 하얀색 티셔츠, 파란색 조끼를 입고 있는, 겉보기에 평범한 유저였다. 내 또래쯤 되어 보이는데 조금 말라 보인다.

"하하! 제가 말한 뜻은 괜찮냐는 뜻임다. 내래 운전에 스툴다 보니 골받이하고 말았습네다. 부디 느그러운 마음으로 용서해 주시라요."

그가 먼저 나에게 고개를 숙였다. 상대가 이렇게 나오는데 화낼 수도 없기에 나는 벼룩의 간만큼이나 넓은 아량으로 용서해 주기로 했다.

"괜찮습니다. 별로 세게 박은 것도 아닌데요 뭐."

세게 박은 건 아니지만 완전히 박살났단 것 정도?

"하하! 감사합네다. 조기 그쪽 닉넴 좀 배워… 아니, 가르쳐 주시라요. 나중에라도 꼭 보상하고 싶습다. 제가 지금 수중에 가진 돈이 없어서리……."

"아니, 괜찮습니다. 얼마 나오지도 않을 텐데요."

"아닙네다! 당연이 제가 대야디요! 날래 닉넴 대시라요."

"…마듀라입니다."

"아, 마됴라 씨… 마됴라요?"

"아니, 마듀라요."

"그게 아니고 마됴라라 캤습네까?"

"……."

마듀라라니깐 말 되게 안 들어 처먹네.

그가 잠시 날 이리저리 살펴보더니 손을 내밀었다.

"반갑습네다! 내래 북쪽에서 근너온 선행자라고 합네다. 잘 부탁드
리겠습네다."

선행자? 선행자가 뭐냐, 선행자가. 착한 사람이란 뜻이 아냐?

"내래 최돈 실당님의 명령을 받고 왔습네다. 이거 받으시라요."

그가 아이템 창에서 녹슨 칼 한 자루를 꺼내 나에게 넘겨주었다. 시
린터에게서 받은 것과 똑같은 것이었다. 이것이 설마?!

"6검 이벤트의 두 번째 무기입니까?"

"그렇습네다. 제가 마듀라 씨에게 직접 전해주기 위해 찾아왔습네다."

"그렇다면 당신이……."

"북쪽에서 온 운영자디요."

"그럼 우리 아버지가 누군지 아시겠죠?"

"포로그램 부 시성진 부장님이 아니십네까?"

우리 아버지 이름을 아는 걸 보니 운영자가 맞나 보군.

나는 고개를 끄덕였다.

"그럼, 수고하셨습니다."

"불말씀을 다… 그럼 전 이만 가보겠습네다. 그런데 아까부터 궁거웠던 게 있습네다만… 저쪽에 저 참한 간나씨매… 혹시 여성 동무 되십네까? 딱 내 안해 삼고 싶구만… 에헤헤!"

저게 방금 뭐라고 했냐? 저거 세희 넘본단 소리 맞지?

"일 끝나셨으면 빨리 돌아가시죠. 운영자는 바쁜 거 아닙니까?"

운영자 아니었으면 아구지 어퍼컷 날아갔다.

"하하! 바쁘긴 바쁩네다만… 동무들 이리들 와보시라요. 제가 특별히! 동무들에게 극비 사항 하나 말씀드리겠습네다."

극비 사항? 운영자가 극비 사항 같은 걸 누설해도 되는 거야?

그가 나와 세희의 어깨를 잡고 끌어당기며 말했다. 내 어깨 잡은 건 상관없다만 세희의 어깨를 잡을 때 나는 눈살을 찌푸릴 수밖에 없었다.

"내래 카마디에 들어오면서리 처음으로 막중한 임무를 맡았습네다. 그 임무가 믄 줄 아십네까? 바로 왜놈 유저들의 금지된 구역 출입을 막는 것입네다. 대단하지 않습네까?"

금지된 구역?

"그 금지된 구역이라는 게 뭡니까?"

내가 조심스럽게 묻자 그가 나와 세희와의 거리를 더욱 바싹 당기며 조용히 말했다.

"저도 자세히는 모릅네다. 고조 그룬드에 가서 직접 알아내라고 최돈 실당님이 말씀하셨습네다. 그리고 그 금지 구역에서 일본의 마스터들을 모두 죽이란 명령도 하셨습네다. 어떠십네까? 마됴라 씨께소 제 일을 방조해 주시지 않겠습까?"

"…방조해 달라뇨?"

"아, 여기선 도와달라고 하디요? 제가 스울 말을 아직 배우는 단계라 좀 스툽다. 이해해 주시라요."

나 원, 사투리는 음성 통역이 안 되나?

나는 잠시 선행자가 말한 내용을 되새겨 보았다. 그 금지된 구역이라는 게 만약 듀라실리스 초원이라면 이미 일본 유저들은 돌이킬 수 없는 짓을 하고 만 것이다. 그곳은 일반 유저들에게 알려져선 안 되는 금지된 구역. 운영자들이 그곳을 알아버렸으니 방법은 단 하나다.

듀라실리스 초원을 파괴하는 것.

하지만 운영자들이 그곳을 직접적으로 없애지 못하는 이유가 아무래도 세간에 알려져선 안 된다는 이유 때문일 것이다. 운영자가 듀라실리스를 없애 버리려 하다가 자칫 그곳에 있는 일본 유저들이 그곳의 비밀을 우리 나라 유저나 중국 유저들에게 폭로하면 큰일나니까. 아직까진 일본 유저들이 비밀을 잘 지키고 있는 모양이지만, 만약 일반 유저들이 그 사실을 알게 되면 아마도 커다란 데모 현상에 빠지리라.

사냥터를 공유하라라는 등의 이유로.

아마도 선행자는 운영자의 본분을 숨기고 금지된 구역의 사수 임무를 맡은 비밀 특수 플레이어 같다.

"자, 오토카시겠슴네까?"

"……"

나는 동참하고 싶지만 문제는 세희다.

듀라실리스 초원은 나만의 공간이 아니다. 세희의 공간이기도 하다. 그것이 듀라실리스라는 확증은 없지만 세희는 듀라실리스 초원을 파괴한다고 하면 어떤 선택을 내릴까?

나는 조용히 고개를 끄덕이며 선행자의 말을 수락했다.

"…그 일, 동참하겠습니다."

선행자의 일에 동참하기로 한 나와 세희는 그룬드의 도시 그리아드로 향했다. 그리아드는 숲으로 이루어진 도시다. 도시가 숲 속에 있다는 것보다 숲 속에 도시가 있다는 말이 더 정확한 곳(그게 그 소리지). 수풀 속에 지어진 나무 집들은 멀리서 봤다면 그저 수풀이 우거진 지역으로 착각할 정도였다. 내 살다 살다 이런 도시는 또 처음 보네.

웅성웅성—

시끌시끌—

인파들은 상당히 많았다. 유저들은 대부분 일본 유저들이었고 NPC들은 엘프였다. 마치 확장팩 전에 보았던 벨루니아가 생각난다. 그곳에 듀라실리스 초원으로 통하는 입구가 있었는데.

이런저런 생각을 하는 도중 문득 선행자의 행동이 눈에 띄었다. 엘프 NPC를 보다가 세희를 보다가를 반복하는 그의 모습에 나는 고개를 갸웃할 수밖에 없었다. 저 미심쩍은 행동은 무엇을 의미하는 것일까? 아까부터 세희한테 시선을 자꾸 주던데 거슬린다.

"우선 퍼브로 가다요. 그곳에 일본 마스터들이 자주 추련한다고 들었슴네다. 그리고 작전도 설명해야 되겠구요."

그렇게 우리는 가까운 퍼브로 들어가게 되었다. 우리가 들어선 퍼브는 지금까지 내가 다녀봤던 퍼브와는 상당히 다른 느낌이었다. 갈색 나뭇가지와 초록색 나뭇잎을 얼기설기 엮어 만든 공간 안에 은은히 느껴지는 과실주 향기는 부드러운 분위기를 연출하기에 충분했다. 퍼브라기보다는 카페 같은 분위기랄까?

나하고 세희만 단둘이 왔으면 정말 좋았을 텐데, 이 분위기를 느끼지 못하고 시끄럽게 떠들며 웅성거리는 저 천박한 것들! 면상을 밟아

버리고 싶어라!

"어이! 술 가져와!"

"안주도 가져와!"

"담배도 가져와!"

"여자도 가져와!"

"……."

"우선 자리부터 잡지요."

우리는 퍼브 한구석에 자리를 잡고 앉았다. 자리에 앉자 소녀 점원 엘프 NPC가 다가왔다.

"손님들, 무엇을 주문하시겠습니까?"

"나하고 세희는 우유 한 잔씩 부탁합니다. 선행자 씨는 뭐 드시겠습니까?"

"전 쌍화탕 주시라요. 계란 동동 띄워서리……."

"……."

요즘 할아버지들도 그런 건 먹지 않는다. 이 인간은 70년대에서 온 녀석인가?

엘프 NPC가 주문을 받고 사라진 자리, 나는 선행자에게 물었다.

"자, 그 작전 좀 말씀해 주시죠."

그러자 그가 헛기침을 한번하며 작전을 꺼냈다.

"우선 작전은 이렇습네다. 왜놈의 마스터를 찾아내서리 그 뒤를 미행하는 겁네다. 그 왜놈의 마스터는 분명히 금지된 구역으로 갈 것입네다."

그때 세희가,

"어떻게 일본의 마스터가 그 금지된 구역으로 간다는 걸 단정 지을 수 있죠?"

"하하! 제 육감이라고나 할까요?"

육감은 무슨, 그렇게 말하고서 틀리면 나중에 엄청나게 쪽팔릴 텐데.

세희가 연이어 물었다.

"그럼 상대가 마스터 레벨이라는 걸 어떻게 알 수 있어요?"

"으흠~ 그것도……."

"이번에도 육감이라고 말씀하시진 않으시겠죠?"

그러자 세희에게 한방 먹었다는 듯, 선행자가 크게 웃어 제꼈다.

"하하하! 고건 운영자 특수 아이템이 있슴다. 운영자들에게만 주어지는 특별한 아이템입죠."

그렇게 말한 선행자가 아이템 창에서 고글 형의 투명한 안경 하나를 꺼냈다. 그가 그것을 쓰고 세희를 바라보다 잠시 후 흠칫했다.

"그쪽도 마스터 레벨이었슴네까? 프리스트, 소드 마스터? 게다가 아쳐 클래스 레벨도 고 레벨 수준이군뇨! 여성 유저치고는 대단합네다!"

뭐야? 세희가 마스터 레벨이란 걸 알아맞추고, 무슨 클래스인지까지도 정확히 알아맞추다니? 세희가 원래 유명해서 그런 사항쯤은 알아맞췄을 수도 있으리라 생각했지만 아쳐 클래스가 고 레벨 수준이란 것은 나와 세희밖에 모르는 사실이었다. 저 고글의 능력으로 알아맞춘 건가?

나와 세희의 놀라는 표정을 뒤로하고 선행자는 후후 웃었다.

"후후! 이 외에도 운영자 특수 아이템이 여럿 있슴네다. 그건 나중에 천천히 보여 드리겠슴네다."

운영자 특수 아이템이라… 저거 하나 팔면 얼마쯤 나오려나?

잠시 그 고글을 흥미있게 바라보던 나는 선행자에게 다시금 물었다.

"이 퍼브 안에 일본의 마스터 유저가 있습니까?"

"음~ 없는 것 같슴다. 대부분 레벨이… 중, 고 레벨 정도… 아!"

그때 고글을 통해 유저들을 확인하던 선행자가 '아' 하는 탄성을 내뱉었다. 그가 향한 곳으로 시선을 돌리자 퍼브 문을 통해 한 유저가 들어서는 것이 보였다. 큰 키와 우람한 근육, 구릿빛 피부, 날카로운 눈매와 매부리코, 몸에 걸친 투박한 갑주와 등에 멘 2m 길이의 대검으로 볼 때 절대 범상치는 않은 인상이었다.

그를 보자마자 선행자가 입을 열었다.

"파이터 클래스 마스터. 왜놈 유점다. 4개월 전에 마스터 레벨이 되었군뇨. 전투력은… 오호! 5천 3백! 보통은 넘슴네다."

나는 선행자가 말한 부분에서 크게 놀라 버렸다. 전투력? 그런 것도 측정할 수 있나?

"그 고글로 전투력도 측정할 수 있습니까?"

"아… 네, 정확하진 않습니다만. 그 캐릭터가 과거 어느 정도까지 기력을 내었는지 데이터를 찾아내는 것임다. 전부 믿을 건 못 되지만 어림짐작은 할 수 있슴다."

"그럼 제가 어느 정도의 전투력를 내는가도 측정할 수 있습니까?"

"아, 물론이디요! 음… 어디 보자… 2천 6백이군뇨. 8개월 전 유저들 수준이라고 한다면 상당히 높은 수치라고 할 수 있슴다."

에엑?! 겨우 그거란 말인가? 그럴 리가? 저 일본 유저가 5천 3백이라는데, 그럼 저놈은 나보다 두 배 이상 강하다는 말이 아닌가?

"음~ 그리고 실리 씨는… 오호! 2천 8백까지 나왔슴다? 이상하군뇨? 어째서 마됴라 씨보다 더 높은지……?"

"이봐요, 선행자 씨. 그 기계 잘못된 거 아닙니까? 어떻게 제가 저런 엑스트라보다도 전투력이 낮게 나올 수 있습니까?"

"하하! 저 왜놈은 일반 마스터들 수준에서 좀 더 셀 뿐임다. 카도라스엔 저보다 더 센 유저가 얼마나 많은데 그러심까?"

"그럼 일반 마스터들의 전투력은 어느 정도죠?"

"지금은 2천임다. 석 달마다 높아지고 있디요."

"…그럼 선행자 씨는 어느 정도인가요? 아니, 지금 상위권 랭크들은 다들 어느 정도의 전투력인지요?"

"음~ 저는 8천임다. 지금 랭킹 1위인 카이데스 동무는 8천 백까지 올라가는 걸 확인했슴다. 그리고 시린터 동무와 중국 유저 몇몇은 8천을 조금 넘는 수준임다. 아, 물론 정확한 거슨 아니니끼니 믿지 마시라요."

8천… 이라고? 하! 어이가 없다. 내가 겨우 2천 6백짜리 힘으로 8천짜리 시린터와 맞섰단 말인가? 그랬단 말인가? 나는…

"너무 자만했던 거야."

괜히 침울해졌다. 전까진 힘내서 지존의 자리를 되찾자라고 조금은 생각했었는데 그런 소릴 듣고 나니까 힘이 쫙쫙 빠져나간다.

"후우~"

"듀라야, 힘내. 아직 포기하긴 일러! 네 옆엔 내가 있잖아!"

보다못한 세희가 날 위로했다. 그녀의 위로에 약간이나마 힘이 나는 것 같기도 했다.

"그래, 힘내보자!"

"파이팅이야, 듀라아!"

"웅! 파이팅, 실리!"

“하하! 궁합이 잘 맞는 짝 같습다? 하하하!”

그렇게 선행자와 이런저런 이야기를 나누는 도중 우유 두 잔과 쌍화탕 한 잔이 도착했다. 우리들은 그것을 홀짝이며 일본 마스터 유저를 유심히 관찰했다. 그는 혼자 한 테이블을 차지하고 앉아 맥주를 들이키고 있었다.

“음~ 혼자 있는데 그냥 뒤통수 쳐버리고 금지된 구역이 어디 있는지 협박해 보는 건 어떻겠습니까? 선행자 씨 정도면 가능하지 않겠습니까?”

그러자 선행자가 정색을 하며 손을 내저었다.

“말도 마십쇼! 아직 저 왜놈 유저가 금지된 구역에 발을 디뎠다는 증거도 읍습다. 그리고 아직 제 정체가 탄로나면 곤란함다!”

“아…….”

맞아, 운영자라고 일반 유저에게 아무렇게나 강제력을 행사할 수 없다고 들었으니까.

나는 남아 있는 우유를 단번에 원샷한 뒤 선행자에게 물었다.

“선행자 씨, 지금 카도라스에 말입니다. 가장 높은 전투력을 가진 캐릭터가 누구입니까? 레어 NPC들도 포함해서 말입니다.”

“흐음~ 많이 있디요. 그치만 정확한 전투력은 측정치 못했습다. 예상하기론 가장 강하다는 6대 마룡이 2만 정도 되지 않을까 함네다마는… 하디만 문제가 되는 것이, 역시 레어 NPC임다. 유저들이 강해질 때마다 운영자들이 레어 NPC의 성능을 몇 단계씩 업그레이드하고 있으니끼요. 6검 이벤트의 레어 NPC들 전투력이 8천 4~6백 정도 됨다.”

“엣? 뭣이라고요?! 6검 이벤트의 레어 NPC라뇨? 그런 게 있었습니까?”

“에? 몰랐슴네까? 6검을 모으기 위해서는 그 6검의 정령과 싸워 이겨야 함다. 그 정령이 레어 NPC디요.”

“…….”

처음 듣는 이야기였다. 최준 형이 그런 중요한 것도 안 알려주다니! 뭣 모르고 레어 NPC와 마주했으면 뒈져 버렸잖아! 크으! 시린터는 용케도 레어 NPC 하나를 쓰러뜨렸구나.

자리에서 일어나는 일본의 마스터 유저를 보며 선행자가 조심스레 말했다.

“드디어 행동하기 시작했슴다! 모두 따라오시라요! 지금부터 미행임다!”

“저기, 선행자 씨. 그 고글 저희한테도 빌려주시면 안 될까요?”

“에? 이건 왜……?”

“보시다시피 저하고 실리가 약하지 않습니까? 만약에 마스터들과 마주하게 되면 상대를 봐야지요.”

“아, 기리쿤요! 여기 받으십쇼. 실리 씨도 받으십쇼. 고글은 많으니끼니.”

“고맙습니다, 선행자 씨.”

“헤헤! 고마우면 나중에 둘이서 쌍화탕이라도 한잔…….”

“빨리 가죠! 놓쳐 버리겠는데요?”

선행자의 말문을 황급히 가로막으며 나는 세희를 데리고 퍼브를 나섰다. 잠시라도 틈을 주면 세희한테 집적거린단 말야!

두 시간째 미행이었다. 밤 11시.

우리들에게 미행당하는 그 일본의 마스터 유저는 우리를 놀리듯 그리아드를 휘젓고 다니고 있었다. 빨리 그 금지된 구역인가 어딘가에나 갈 것이지 왜 이렇게 뺑뺑이를 돈단 말인가?

"정말 짜증나 미치겠네!"

계속 숨어 다니는 것부터 선행자가 세희한테 집적대는 것까지!

"헤헤, 실리 씨는 우리 오마니가 딱 좋아할 취향이라요. 어쩜 그리 참하심네까? 지가 본 뇨자 중 우리 오마니 다음으로 최곱다!"

"호호! 고마워요, 선행자 씨."

세상에 예쁘다고 해서 싫어할 여자가 어디 있겠는가?! 눈웃음짓는 세희는 이해하겠다. 그치만! 저 식용유 녹아내리는 말투로 주절거리는 선행자 녀석. 맞짱 뜨면 내가 질 게 뻔하기 때문에 그럴 수도 없고, 진짜 속 박박 긁어놓네!

사르륵—

그때 풀 스치는 소리와 함께 우리가 뒤쫓던 일본 유저가 사라져 버렸다. 저 풀숲으로 사라졌나? 주위를 둘러보자 이곳은 그리아드에서 조금 떨어진 곳에 위치한 자그마한 숲 앞이었다.

"아무래도 저 숲 속으로 들어간 것 같은데요?"

"기리쿤뇨. 그럼 우리도 날래 들어갑시다."

풀숲에 들어선 지 15분쯤 되었을 것이다. 밤중의 어두운 숲 속인지라 뒤쫓던 일본 유저의 모습은 보이지 않았다. 그저 야간 투시 카메라인지 뭔지를 머리에 쓰고서 일본 유저의 뒤를 쫓고 있는 선행자를 따를 뿐이었다.

"이건 야간 견시 카메라가 아닙다. 원리는 비슷하지만 마법 기굼다.

잡동사니점에서 사제낄 수 있는 물건이라요."

마법 기구라… 그러고 보니 저런 아이템이 일반 잡화상점에 있긴 있었지.

사박사박—

스으으— 스으—

풀을 밟는 발걸음 소리와 몸에 수풀이 스치는 소리가 조용히 들려오는 가운데 어느 순간 선행자가 발걸음을 멈췄다. 그리곤 왼손 검지를 입가에 가져가고, 오른손으로 우리들 앞을 가로막으며 조용히 말했다.

"전방 10m 부근에 우리가 뒤쫓던 왜놈 유저와 두 명의 또 다른 유저 포착. 사행식(蛇行式) 포복으로 전진."

"사행식 포복이 뭐죠?"

"스울 말로 낮은 포복임다."

낮은 포복. 옷이 좀 더러워지겠지만 들키지 않으려면 어쩔 수 없지. 우리들은 낮은 포복으로 10m 거리를 기어갔다. 그렇게 들키지 않고 녀석들의 앞에 도착하고 나자 온몸은 흙투성이가 되었다. 하지만 불평할 새 없이 우리는 숨을 죽이며 무성히 자란 수풀을 은폐물 삼아 상대를 관찰했다. 그리 작지는 않은 목소리였기에 그들이 나누는 대화를 똑똑히 들을 수 있었다.

"…코스를 지나오는 도중에 미행하는 녀석은 없었나?"

"없었다."

코스? 녀석이 도시를 뺑뺑 돈 이유가 거기 있었군. 혹시나 미행하는 사람이 있을지 모르기에 따돌리려 그랬던 거야. 치밀한 놈들.

"음~ 추적 마법도 걸려 있지 않은 것 같으니 문을 열겠다."

"……."

선행자가 말했던 두 명의 또 다른 유저는 어둠에 가려 모습은 제대로 확인할 수 없었지만 말투와 목소리로 보아 일본인 여성이 틀림없었다.

나는 선행자가 빌려준 고글을 사용해 그들의 전투력을 확인해 보기로 했다. 고글의 사용법은 어렵지 않았다. 그냥 알아보고 싶은 상대를 생각하면 고글에 원형의 창이 뜨면서 그 유저의 얼굴을 포착한다. 동시에 그의 전투력 정보가 고글에 뜬다.

저 일본인 여자 중 한 명은 전투력이 3천 5백, 또 한 명은 3천 6백, 우리가 미행했던 그 사내는 5천 3백. 다들 나와 세희의 능력치를 상회한단 말인데, 그렇다면 선행자에게 맡길 수밖에 없다. 지금 상황에 믿을 놈이 이 녀석밖에 없다니.

일본 여성 중 한 명이 손을 위로 들어 올렸다. 그녀의 손에 반짝이는 물체가 언뜻 보였지만 무엇인지 파악되진 않았다.

그렇게 잠시 후,

우리들 앞에 기묘한 현상이 목격되었다. 땅에서부터 물이 솟아오른 것이다! 저것은……?!

"……!"

"……!"

듀라실리스 초원으로 가는 입구?!

세희가 내 옷깃을 잡아당기며 눈빛을 보냈다. 어떻게 저 사람들이 그것을 알 수 있냐는 눈빛. 하지만 나도 똑같은 눈빛으로 세희를 바라볼 뿐이었다.

재빨리 냉정을 되찾은 나는 조용히 선행자의 귀에 귓속말을 했다.

"저들을 해치우고 호수 속으로 들어가야 합니다. 그곳에 금지된 장소가 있습니다! 빨리 움직이세요!"

"……?"

끄덕—

선행자는 얼떨결에 고개를 끄덕이며 나에게 떠밀리다시피 하여 앞으로 나갔다. 갑작스레 나타난 선행자의 모습에 놀란 일본 유저들이 선행자에게 검을 겨누며 적의를 드러냈다.

"누구냐?!"

"운영자냐?"

"내 뒤를 미행한 건가?"

하지만 동시다발적으로 들려오는 그들의 말을 무시하며 선행자는 아이템 창에서 검 한 자루를 꺼내 들고 달려갔다.

"나는 카도라스의 증의를 수호하기 위해 파견된 특수 플레이어, 선행자닷!"

선행자가 쥐고 있던 검에서 일순 엄청난 불꽃이 뿜어져 나왔다! 느껴지지 않는 엄청난 열기가 숲을 뒤덮었고, 그의 불꽃 검이 한 차례 호선을 그리며 땅바닥에 처박히자 그곳으로부터 엄청난 폭발이 일었다! 퍼져 나가는 불꽃 기둥은 만들어졌던 호수의 물을 모두 증발시켰고 근처의 나무, 수풀, 일본 유저들을 모조리 태워 버렸다! 그 불꽃에서부터 위험을 감지한 고글이 피빅— 하는 음성을 내자마자 그 범위 안에 포함되어 있던 나는 즉시 세희를 안고 텔레포트를 했다! 검기막을 사용할 시간도 없는 일촉즉발의 상황!

쿠우우우— 구구구구구!!

낮은 포복을 시작했던 그 자리로 텔레포트했건만 이곳까지 피해가

왔다. 불꽃 기둥이 이곳까지 퍼져 버린 것이다! 이런 망할 놈의 선행자 같으니! 숲을 모조리 태워 버리고도 선행자냐?! 환경 파괴범이 착한 사람이냐고?!

나는 덮쳐 오는 불꽃을 등 뒤로 하고 세희를 껴안으며 외쳤다!

"로그아웃해!"

"바리어!"

파아아아앙—!!

"꺄아아앗!"

"으아아앗!"

아슬아슬한 차이로 세희가 바리어를 펼쳤다! 우리를 덮치듯 뻗어오던 불꽃은 세희의 바리어를 때렸고, 그 반동으로 우리는 20m 이상 날아가 볼품없이 나무에 처박혀 버리고 말았다! 으씨! 이게 무슨 꼴이야. 그래도 재가 되어 게임 오버당하는 것보다야 낫지만… 정말 일촉즉발의 상황이었다.

"괜찮아, 실리?"

"으응, 괜찮은 것 같아."

나는 껴안은 세희와 함께 몸을 일으켰다. 불꽃이 지나간 자리의 숲은 완전히 초토화 상태였다. 나무들은 재도 남지 않고 다 증발되었고, 땅에서부터는 검은 연기가 아지랑이처럼 피어올랐다. 단 한 번의 일격으로 이렇게 만들다니, 정말 괴물이라고밖에 말로 표현할 수 없네. 나도 이 정도의 위력은 충분히 낼 수 있다만 겨우 1~2초 만에 이런 파괴력을 낸다는 것은 불가능했다. 그리고 이렇게 무식하게 공격하진 않는다. 그냥 달려나가면서 내지르다니! 숲에서 화염 마법은 금지라는 걸 모르나?

"하하! 역시 살아남으셨군뇨!"

우리들 앞으로 텔레포트한 선행자가 하하 웃으며 말을 이었다. 그도 그 폭발 속에서 살아남을 순 없었는지 폭발을 일으키자마자 다른 곳으로 피해 있다가 이제야 나타난 것이었다. 이런 망할 놈.

"적수는 모두 전멸시켰슴다. 안심하서도 됨네다."

"이봐요, 선행자 씨. 이번엔 좀 오버하신 것 같습니다만. 그렇게 숲을 날려 버리는 사람이 세상에 어디 있습니까?"

"하하! 실례했슴다. 되도록 기력을 좀 쓴다고 썼는데 악한 사람을 보면 피가 거꾸로 솟구쳐서리 그만! 하하핫!"

지금 이게 웃을 일이야? 나하고 세희가 그냥 타 죽을 뻔했는데!

"미리 귀띔을 주지 못했던 것은 죄송스럽게 생각함다. 용서해 주시라요."

"……."

나는 대답 대신 아이템 창에서 자그마한 손거울을 꺼냈다. 녀석들은 분명 이것으로 달빛을 반사시켜 듀라실리스 초원으로 통하는 문을 만들었던 것이리라.

그때 태클을 거는 선행자.

"사내 아이템 선반에서 거울 나오는 꼴은 처음 보겠구마이야~ 그보다 마됴라 씨, 방금 전의 폭발로 몇몇 종간나들이 알아차린 것 같습네다. 이쪽으로 오는 것 같은데 우짤까요?"

나는 땅바닥에 호수를 만들어내며 그에게 말했다.

"우선 나하고 실리가 듀라실… 아니, 금지된 구역으로 먼저 가 있겠습니다. 선행자 씨가 그들을 상대해 주십쇼. 괜찮죠?"

"음~ 그치만 괜찮겠슴네까? 그곳에 왜놈 유저가 꽤 있지 않겠습네까?"

"잘해봐야지 별수있습니까? 그럼 부탁합니다. 아차, 금지된 구역으로 오시는 방법은, 이 거울로 달빛을 땅에 반사시키세요. 그리고 호수가 만들어지면 호수 밑바닥으로 들어오십시오."

"으음~ 새리새리하지만 뭐, 알겠슴네다."

선행자에게 손거울을 건네주고 나와 세희는 호수로 들어갔다.

그렇게 듀라실리스 초원에 도착했을 때, 나와 세희는 우리 눈을 의심하지 않을 수 없었다.

듀라실리스 초원에 모여 있는 이 수많은 인파들…….

족히 2백 명은 되어 보인다. 초원에 넓게 깔린 몬스터들을 도륙해 나가는 그들을 보며 나와 세희는 어이없다는 표정을 지었다. 다들 일본 유저들이야.

"어떻게 된 거지? 사람들이 어째서 이렇게 많이…….”

세희가 말을 채 잇지 못하고 고개를 떨구었다.

"나하고 듀라의 장소가…….”

"……."

설마 상황이 이렇게까지 됐을 줄은 꿈에도 몰랐는데, 도대체가 어찌된 영문인지 나조차도 알 수 없었다.

"어이~ 너희들, 처음 보는데? 신참이냐? 여기는 3길드 구역이니 너희는 자기 길드 구역 찾아서 사냥해라."

굵직한 목소리가 우리에게 말을 걸었다.

나는 조용히 세희에게 일렀다.

"실리, 내가 저 녀석을 베면 그걸 시작으로 여기에 있는 녀석들을 죽

인다. 고글을 통해서 전투력 2천 5백이 넘어가지 않는 녀석들만 상대
해. 알겠지?"

"…알았어."

세희는 내키지 않는 기색으로 고개를 끄덕였다. 나도 이런 짓을 하
는 것이 내키지 않지만 이미 운영자에게 발각되어 버린 이상 이런 뺑
튀기식 유저들은 죽어줘야 한다. 뺑튀기는 나와 세희만이라도 족해!
게임의 진정한 참맛을 모르고 폭렙에만 의존하는 자식들은 카도라스엔
필요없다.

"어이~ 여보세요, 아저씨."

나는 나에게 말을 걸었던 그에게 천천히 다가가 물었다.

그가 고개를 갸웃했다.

"왜 그러냐, 꼬마?"

꼬마……?

"넌 내가 꼬마로 보여?"

"…너, 너… 한국 유저냐?! 어떻게 들어올 수……?!"

그가 내 말투와 입 모양을 보곤 한국 유저란 걸 알아차렸다. 나는 그
즉시 녀석의 배에 주먹을 박아버린 뒤 무형광검을 소환해 녀석의 목을
날려 버렸다. 분리된 목과 몸체는 한동안 그 자리에 있다가 툭하니 떨
어지며 가루가 되어 사라졌다.

"실리, 시작해!"

과연 몇 명이나 잡을 수 있을지 모르겠지만 최대한 빠른 시간 안에
녀석들을 아웃시켜야 한다. 한창 몬스터를 잡고 있는 중에 있던 기습
인지라 몇몇 허무하게 우리 손에 죽었다.

계속해서 고글에 찍히는 문자들…

〈게임 오버〉/〈게임 오버〉/

"하아앗!"

퍼컥―

간만에 해보는 PK인가? 이렇게 죽이기도 많이 죽였지. 나 때문에 게임 오버당했던 녀석들이 소더러 A와 함께 족히 10만 명을 넘겼으니까. 그리고 나 혼자 죽이기도 수천 명에 이르렀고.

이젠 이 느낌이 정겹다고 해야 할까? 괜히…

"죽어!"

아도니아 때가 생각나네?

푸컥―!

듣기 요상한 소리와 함께 한 녀석의 머리를 주먹으로 박살 내버린 나는 그제야 일본 유저들에게 둘러싸였다는 것을 알 수 있었다. 나와 세희의 주위를 둘러싸고 있는 녀석들은 족히 2백 명가량. 앞에서 우리를 견제하고 있던 놈들은 칼을 들이대고 있었고, 그 뒤는 마법사와 프리스트들이었다.

서로 등을 맞대고 서 있는 상황에서 세희에게 물었다.

"실리, 몇 마리나 해치웠어?"

"열 명."

이 정도가 한계인가? 그냥 이대로 로그아웃해 버려? 그냥 로그아웃하면 이라스로 돌아가게 되고 세이브 아웃하게 되면 이곳에 남게 된다. 듀라실리스 밖으로 나가는 텔레포트는 불가능하니까.

"실리는 어쩔 거야? 로그아웃할 거야?"

"안 해. 나와 듀라의 장소에 발을 들여놓은 사람들, 용서 못해."

"그럼 싸울 수 있겠어?"

"물론이지. 소환주의 명에 따라 나타나라, 성검 시오르!"

세희가 마스터 무기를 불러들이고 프리스트 로브를 벗어 던졌다. 그러자 목덜미와 팔, 다리 부분이 훤히 드러나는 프리스트 도복이 나타났다. 싸우겠다는 명백한 의지를 담은 그녀의 비장한 표정과 각오는 나를 동요시키기에 충분했다.

나도 입고 있던 코트를 벗어 던지고 마스터 무기를 소환했다.

"소환주의 명에 따라 나타나라, 마갑 알트레탈리!"

연이은 절정 스킬.

"실리스의 에르기아!"

30m 직경의 검기막이 펼쳐지며 주위를 감쌌다. 확실히 예전보다 에르기아의 범위가 넓어진 것을 알 수 있었다. 아마도 최준 형이 준 목걸이 때문이리라. 싸우면 싸울수록 강해진다는 유니크 아이템. 겨우 열네 명을 죽였을 뿐인데 이 정도로 강해졌단 말이지? 고글을 통해 나의 전투력 수치를 확인해 보자.

전투력:2800

조금 올랐다. 저것들과 다 상대하다 보면 8천의 힘도 꿈만은 아니겠어.

일본의 마스터들 사이로 한 사내가 우리에게 말을 걸었다.

"한국의 유저가 침입해 오다니. 너희들은 게임에 발 못 붙이게 될 것이다."

"흥! 누가 게임을 못하게 되는지는 두고 보면 알겠지?"

콧방귀를 뀌긴 했지만 사실 자신은 없었다. 저 자식들, 대부분이 전투력 2천에서 3천 정도야. 몇몇은 4천이 넘는다. 우선 약한 녀석들부터 죽여가면서 점점 강한 놈을 상대해야겠어.

"애들아! 쳐라!"

우아아아아—!

"실리! 잘 싸워! 위험하면 로그아웃해!"

"알았어!"

우리 주위를 에워쌌던 2백 명 중 이십 명이 달려들었다. 가장 약한 쫄따구들이었지만 다들 마스터들이다. 전투력은 2천에서 3천 사이.

나는 이십사 개 검광진에서 무형참황검을 꺼내 들어 녀석들과 대치했다.

"와라!"

"죽엇!"

달려오던 한 녀석의 목에 검을 박아 넣은 나는 이어서 두 번째, 세 번째 녀석들을 단번에 베어냈다. 그리고 네 명째 베어내려는 찰나, 왼편으로부터 불꽃 화살이 날아들었다. 그 즉시 자리에서 뛰어올라 화살을 반으로 갈라 버린 나는 나에게 화살을 쏘아보낸 아쳐에게 달려나갔다. 원거리에서 공격하는 녀석들은 짜증나!

"막아라!"

"막아!"

달려가는 도중 다섯 명의 유저가 내 앞을 가로막았지만 녀석들은 공격도 제대로 못하고 다 나의 일격에 몸통을 분리당해야 했다. 캐릭터의 역량에 차이가 없을 경우 승패가 좌지우지되는 것은 그 사람의 기교다! 감히 내 앞을 가로막으려면 술따러(술타르) 정돈 돼야지 않겠어?!

어느새 다섯 명의 유저를 모두 상대하고 아쳐의 목까지 따낸 나는 즉시 세희가 상대하고 있는 유저들에게 달려갔다. 세희는 시커먼 남성 유저 열 명과 고군분투하는 중이었다.

지원차 그녀에게 달려가는데 세희의 목소리가 날 가로막았다.

"듀라야! 나는 신경 쓰지 말고 어서 싸워!"

"……."

나는 발걸음을 우뚝 멈춰 세우며 다시 백팔십 명의 진영에서 달려나오는 삼십 명의 유저들을 맡았다. 세희를 도와주다간 이것들을 다 상대할 수 없다.

이번 녀석들은 전투력 3천 이상에 실력도 한 수 위였다. 아차 하는 순간 팔에 긴 상처가 남았을 정도. 상당히 깊은 상처인지라 왼팔은 사용하지 못할 것 같다!

"치잇!"

오른쪽에 두 명, 왼쪽에 한 명. 뒤에 세 명. 일단 오른쪽의 두 명을 먼저 베어버린 뒤 왼쪽 상대를 발로 차며 도약해 뒤에 세 명에다가 마법을 날렸다!

"파이어 뱅크!"

퍼커컥—!

수박 터지는 비슷한 음과 함께 세 명의 머리가 동시에 터져 나갔고, 가루가 되어 사라지는 그들의 자리를 밟고 뛰어 아이템 창을 연 나는 그곳에서 포션 병을 주워 든 뒤 악력으로 포션 병을 깨뜨려 그 내용물을 왼팔에 적셨다. 전투 시의 응급 처치법이었다. 하지만 이 행동이 2초를 넘어서면 곤란하다. 바로 적의 공격을 받으니까.

"파이어 스톰!!"

일대를 쓸어버리겠다는 의지를 담은 마법사의 불 회오리가 나에게 덮쳐 오자마자 나는 즉시 손을 휘저으며 마법 속박 검광진을 만들었다.

"무검진!"

다가오던 불 회오리는 나의 마법 속박에 가볍게 중화되었고, 잠시 쉴 틈도 없이 뒤에서 유저들이 날 덮쳤다. 그 즉시 녀석들의 면상에 발차기를 선사한 나는 발차기에 맞고 땅에 쓰러지는 녀석들에게 칼을 박아 넣으려 했으나 방해하는 또 다른 유저들 때문에 무산되었다.

최소한 목에 칼 박을 시간은 줘야 하는 게 예의 아니야?! 젠장!

날 사방에서 에워싸며 달려드는 유저들, 그리고 갑작스레 나오는…

"파워 워드……."

절대마법 주문 시동어! 이곳에 마속성의 마법사가 있었단 말인가?!

나는 그 즉시 전투 본능적으로 외쳤다.

"텔레포트!"

아슬아슬한 차이로 내 몸은 그 자리에서 5m 이상 떨어진 자리로 가 텔레포트되었고, 날 덮치던 여덟 명의 유저들은 마법사가 시동한 파워 워드 킬의 검은 불꽃에 몸을 태워 버리고 말았다. 한순간에 여덟 명을 게임 오버시켜서 조금 얼떨떨했지만 지체할 것 없이 마법사에게 검기를 쏘아 보내 녀석을 두 동강 냈다.

"하아! 하아!"

숨이 거칠어진다. 역시 마스터 유저들과 싸운다는 것이 그리 호락호락한 것은 아니었다.

숨을 고르는 중 마스터 유저들이 날 경계하며 잠시 소강 상태가 되었다. 내가 만만한 놈이 아니란 걸 알았을 테지?

그때,

"리커버리 빔!"

세희의 목소리와 함께 내 머리 위에서 하얀색 빛이 쏟아졌다. 그것은 가빠오던 나의 숨을 진정시키고 체력을 회복시킴과 동시에 몸의 상처들도 깨끗이 재생시켰다. 프리스트 마스터 초상급 스킬인가?

세희가 내 옆으로 넘어지듯 착지하며 숨을 골랐다.

"하아! 하아! 미안해, 듀라아. 내 능력이 아직 안 돼서 절정 스킬까진 사용할 수 없어."

"아니야, 이 정도가 어디야? 이런 다급한 상황에… 괜찮겠어, 실리?"

"응! 아직은……."

"언제든지 위험하면 로그아웃해."

"걱정 마!"

세희와의 대화를 끝으로 우리는 다시 갈라져 녀석들과 싸웠다. 검과 마법, 화살, 심지어는 바윗덩어리까지 날아드는 정신없는 싸움이었다. 지금껏 나와 세희가 아웃시킨 유저는 칠십 명가량. 상대해 가면서 전투력이 오르고 올랐지만 한계가 있었다. 3천 정도의 전투력 수준이었던 녀석들이 어느 순간 4천 5백을 넘겨 버린 것이다. 이 녀석들은 특급 베테랑들이다! 몇몇은 무술 유단자이기라도 한 듯 정말 엄청난 실력을 자랑했다.

"까앗!"

무술 같은 걸 배웠을 리 없는 세희는 이미 상대가 되지 못했다. 저들을 상대하려면 캐릭터의 역량이 저들의 실력을 압도해야 할 터. 역량이라…….

"광살참!"

실리스의 에르기아 안의 검기를 더욱 증폭시키며 유저들에게 대인 살상 스킬을 퍼부었다. 대인 살상 스킬은 모여 있는 많은 수의 사람을 죽일 수 있지만 개개인으로 떨어졌을 때는 그 위력을 발휘하지 못한다. 지금처럼 사방으로 퍼진 경우!

"젠장!"

모두 빗나갔어!

"끝이다!"

한 유저의 대검이 나와 세희에게 작렬하기 직전 나는 세희를 안고 땅바닥에 몸을 굴렸다. 녀석의 대검이 떨어진 자리는 깊은 크레이터 자국이 새겨지며 땅이 10m 이상 움푹 파였다.

완전 살인 무기구만! 스치기만 해도 뼈와 살이 분리되겠다.

"쳇! 쥐새끼들!"

"이제 끝났어. 빨리 처리하자."

끝… 인가? 세희는 상대가 될 리 없고, 나는 기력을 모두 소진해 버렸다. 더 이상 버틴다 한들…….

"하아! 하아! 리커버리!"

세희가 내 몸에 체력 회복 마법을 시동했다. 캐릭터가 다시 본래의 움직임을 되찾으며 가벼워졌지만 세희의 꼴은 말이 아니었다. 수십 명의 사내들에게 둘러싸여 전투를 벌여온 그 꼴은 이미 피범벅이었다.

"더 싸울 수 있어! 나는……."

"무리하지 마, 실리. 로그아웃하자."

"그럴 수 없어! 내가 없는 동안… 듀라가 없는 동안 이곳을 관리하지 못했어. 듀라하고 나하고 이곳에서 얼마나 즐거웠는데. 그런 곳을 저 사람들에게 방치되도록 내버려 둘 수 없어. 나하고 듀라만의 추억이 깃든 이곳을……."

"……."

"이곳뿐만이 아냐. 나와 듀라가 있던 곳 모두 더럽혀지게 놔둘 수 없어. 모두 지킬 거야!"

"……."

순간 8개월 전의 기억이 떠올랐다. 시엘라를 지키지 못하고 게임을 접었던 나. 그때의 나는… 단순히 시엘라가 죽어서 게임을 접었을까? 시엘라를 지키지 못해서? 겨우 NPC 하나 지키지 못한 걸로 내가 왜 게임을 접었지?

그녀를 버리고.

"듀라님! 가지 마세요! 듀라님이 가시면 저는……."

친구를 버리고.

"아~ 게임 접어서 그렇구나… 뭣?! 게임을 접어? 무슨 소리야?! 야, 시신성!"

길드를 버리고.

"강해져서 돌아오십시오. 오늘의 치욕은 절대 잊어선 안 됩니다. 본래 지존의 자리를 되찾는 날, 길드를 돌려 드리겠습니다."

세희와 단둘만 가지고 있던 추억이 깃든 장소를 버려가면서까지.

“듀라야! 끝까지 싸워줘! 부탁할게!”

8개월 전 나는 왜 게임을 접었지?

“내가 왜?”

무슨 이유로? 단순히 시엘라가 죽어버려서?!

“그런 이유로……?!”

추억을 버린 거지?

왜 추억을 지키지 못했던 거야?

“젠장!”

한심해! 세희도 지키려고 했던 걸 나는 왜 포기했던 거야? 정말 한심해! 정말……!!

“으아아아아!!”

에르기아 검기들의 속박을 모두 풀어버린 나는 폭주 스킬을 발동시켰다.

단번에 상승하는 공격력!

그 즉시 튀어 나간 나는 유저 한 명을 때려눕히고, 쓰러진 녀석의 위로 가슴을 짓밟았다! 우드득 하는 소리와 함께 녀석은 게임 오버되었고 이어서 수십 명의 유저들이 나에게 달려들었다. 하지만 나의 주먹 앞에 녀석들의 갑옷은 종잇장에 불과했으며, 그들이 가진 무기는 나의 공격에 못 미칠 정도의 공격력이었다. 시야에 스치는 광경들이 하나의 선으로 보이는 이때, 고글에 표시되는 수치는 4천 8백을 계속 웃돌고 있었다.

“죽어! 죽어버려! 이 쪽바리 개X끼들아!”

퍼거걱—!

그리고 전투력이 상승할수록 공격력도 더 더욱 강력해진다. 내지른 주먹에 머리가 박살나 버리는 한편 발차기에 스치기만 해도 초죽음이었다. 빨리 나머지 녀석들을 죽여야……!

"괴, 괴물이다!"

"조, 좀 더 강한 녀석 데려와!"

"길드 간부 없나? 빨리 불러!"

급기야는 수세에 몰리다 못해 날 피하며 뒷걸음질치기 시작하는 녀석들이었다.

그냥 보내줄 성싶으냐?!

"으아아아아아아압!!"

기합을 지르자 몸 안의 검기들이 더 더욱 꿈틀거리며 요동 쳤다. 고글에 표시되는 전투력은 거의 5천 이상! 이걸로 녀석들을 모두 죽여 버릴 수 있어!

"뭐야? 다들? 운영자라도 침입했냐?"

저 금발 계집은 또 뭐야? 이젠 여자라고 봐주지 않아!

그녀가 나와 눈을 마주치자마자 고개를 갸웃했다.

"처음 보는 얼굴인데? 침입자인가? 꽤 고전하고 있는 걸 보니 운영자는 아닌가 보네? 이봐, 토쿠시. 저런 녀석 하나 상대하지 못하고 뭐 하고 있었나?"

그녀가 자기편에게 건네 묻자 질문을 받은 일본 사내가 쭈뼛쭈뼛 입을 열었다. 그자도 전투력이 5천 이상인 걸로 보아 결코 만만한 자는 아니었다.

"그, 그게 녀석이 의외로 강해서 말이야. 방심하는 바람에……."

"보아하니 꽤 많이 당한 것 같은데……?"

"으응. 3길드원 D급부터 B급까지 총 팔십 명 정도가 게임 오버됐어."

“뭐라구?! 너, 마스터한테 걸리면 죽으려고 작정했냐? 앙?!”

그녀가 위협적인 말투로 말하자 자리의 리더인 듯 보이던 일본 사내의 기가 팍 꺾였다. 저 여자가 그렇게나 강한가? 일본 사내가 고개를 숙일 정도로?

고글을 통해 그녀의 전투력을 확인해 보자…

나보다 천오백 이상이나 전투력이 높다! 만약 이 전투력 수치가 사실이라면 지금껏 내가 상대해 온 유저들 중 시린터 다음으로 가장 강하단 말인데?! 말도 안 돼!

“뭐, 너에 대한 처벌은 나중에 이루어질 거고, 우선 저 귀여운 꼬마 씨부터 처리해야겠군.”

그녀가 입고 있던 로브를 벗어 던지자 노출이 심한 붉은색 옷이 나타났다. 쫙 달라붙어 그녀의 몸매가 그대로 보이는 것이었다. 하지만 지금 그런 거 신경 쓸 상황이 아니기에 나는 모든 투기와 검기를 뿜어내며 상대를 주시했다. 꽤 전투력이 상승한 지금에 폭주 상태가 얼마나 오래갈진 모른다. 다만 저 계집애를 빨리 해치우고 이곳에 있는 모든 유저들을 듀라실리스에서 몰아내야 한다는 것이다.

“자, 와라, 귀여운 꼬마 씨!”

“으아아압!”

나는 있는 스피드를 다 내며 금발여자에게 주먹을 내질렀다! 그녀는 날렵히 몸을 피했고, 이어진 나의 돌려차기까지 잘도 피해냈다. 태권도 2단짜리 발차기를… 피해?!

이것은 단순히 캐릭터의 역량이 좋다고 해서 피해내거나 막아낼 수 있는 게 아니다! 진짜 기교가 있다는 말인가?

“호호! 이래 뵈도 가라테 유단자라구!”

"……?!"

퍼억—!

그녀가 내지른 발차기 공격에 턱을 명중당한 나는 시야가 어지러워짐을 느끼며 뒤로 자빠지고 말았다. 그 즉시 몸을 스프링처럼 튕겨 섰지만 다음 순간 그녀가 내지른 손바닥 공격에 가슴을 당하고만 나는 5m 이상 날아가 땅바닥에 고꾸라졌다. 폭주 상태에서 받은 공격인지라 숨은 쉬기도 힘들었고, 턱을 맞았을 때 뇌가 심하게 흔들렸는지 시야 찾기가 여간 쉽지 않았다. 데미지가 장난 아닌데?

"크으!"

심하게 흔들리는 시야를 겨우 바로잡아 내며 몸을 일으킨 나는 다시 기합을 내지르며 검기를 끌어올렸다. 싸울수록 상승하는 전투력이었지만 5천 1백 정도를 간신히 넘기는 수준이었다. 하지만 난 1천 5백의 차이가 어느 정돈지 모른다. 다만 그녀에게 달려가 공격을 가할 뿐!

다시 그녀에게 튀어 날아가 있는 힘껏 주먹을 뻗는데, 그 순간!

"소환주의 명에 따라 나타나라, 사편 인디러너!"

그녀가 외치자마자 내 주위에 검은색 줄이 튀어나왔다. 이어서 금발 여자가 그 줄의 끄트머리를 잡아당기자 주위에 펼쳐졌던 줄이 내 몸을 속박했다. 팔, 다리, 몸, 목까지 마치 뱀이 사냥감을 조이듯 그것은 내 몸을 압박했다.

"크으윽!"

나도 모르게 저절로 신음이 터졌다. 도저히… 몸이 움직여지지 않아! 버서커 상태에선 완력이 몇 배나 증가했을 텐데?!

"그건 안 풀어진단다, 아가야!"

퍼억—!

그녀의 발이 내 안면을 강타했다. 땅바닥을 몇 번이나 굴러 버릴 충격이었지만 그녀가 쥐고 있는 채찍 덕분에 구르진 않았다. 다만 쓰고 있던 고글이 박살나 버리며 얼굴에 크고 작은 상처를 만들었다는 것뿐. 오른쪽 눈꺼풀은 찢어졌는지 뭔지 시야가 붉게 나타났다.

"오호홋! 뭐야? 별거 아니었잖아? 이런 녀석을 상대로 팔십 명이나 죽었단 말야?"

내 생애 계집한테 이런 모욕감을 받은 적은 처음이다. 저년을 당장에!

"듀라한테 손대지 마!!"

"……?!"

그때 세희가 금발여자에게로 달려나와 시오르를 휘둘렀다. 금발여자는 세희의 공격을 가볍게 피해내며 세희에게 주먹을 뻗었다. 세희는 몸을 숙여 그 공격을 피했고, 이어 금발여자의 품속에 파고들어 검을 찔렀다. 그 순간 내 몸을 속박하고 있던 금발여자의 채찍이 풀어지며 세희를 올려쳤다!

짜악—!

공격당한 세희의 왼쪽 어깨에서 피가 튀었다. 그녀가 황급히 뒤로 물러나기도 전에 금발여자의 채찍이 다시 세희의 가슴을 강타했다!

"꺄아악!"

"홍! 얼굴은 조금 반반한 년이! 생긴 대로 놀아야지 않겠니? 집에서 뜨개질이나 할 것이지!"

세희가 숨을 고르며 시오르를 고쳐 쥐었다. 몸이 채찍 공격에 말이 아니었지만 끝까지 싸울 생각 같았다. 두 눈은 게임 오버 전까지 검을 놓지 않겠다는 명백한 의지를 담고 있었다.

"듀라하고 나하고 이곳에서 얼마나 즐거웠는데. 그런 곳을 저 사람들에게 방치되도록 내버려 둘 수 없어. 나하고 듀라만의 추억이 깃든 이곳을……!"

"이곳뿐만이 아냐. 나와 듀라가 있던 곳 모두 더럽혀지게 놔둘 수 없어. 모두 지킬 거야!"

"……."

나는 깨달았다. 내가 왜 게임을 접었는지.

내가 게임을 접은 이유. 그건 눈앞의 추억을 잃어버렸기 때문이었어. 시엘라를 잃고, 안나 아주머니를 잃고, 시레샤를 잃고, 집도, 모두 잃었기 때문에. 그렇게 잃어버려서 게임을 접은 거였어.

"바보 같아."

한낱 프로그램의 인생사에 희로애락 같은 걸 받은 게 잘못이었지. 결국엔 추억을 잃어버렸다고 해서 달라진 건 아무것도 없잖아? 8개월 전이나 지금이나 아무것도 달라진 건 없어.

짜악— 파카캉!

"꺄악!"

세희의 고개가 오른쪽으로 돌아가며 그녀가 착용한 고글이 깨져 나갔다. 뺨을 맞고 땅바닥에 쓰러진 세희는 금발여자의 발길질에 채여 크게 기침을 토했다.

"콜록! 콜록!"

"독한 계집 같으니! 어디서 눈을 부라려?!"

세희를 밟을 기세로 발을 들어 올리는 그녀에게 검기를 쏘아 보내자 그녀는 나의 검기 공격을 미리 눈치 채고 가볍게 피해냈다. 때맞춰 세희의 앞으로 텔레포트한 뒤 잽싸게 그녀를 껴안고 자리를 피했다.

“오호~ 일어나셨어?”

금발여자를 무시하며 일단 세희의 상태를 살폈다. 어찌 애를 이렇게 패놓을 수가…….

“실리, 괜찮겠어? 몸은 움직일 수 있겠어?”

“으응. 치료 스킬 몇 번이면 금방 움직일 수 있어. 어차피 아프지도 않으니 걱정 마.”

“실리, 이제 말리지 않아. 끝까지 싸우자!”

“응! 그럴 거야!”

나와 세희는 불끈 다짐하며 자리에서 일어섰다. 그리고 금발여자를 향했다. 이왕 이렇게 된 거 죽을 때까지 싸워보자! 니가 죽나 내가 죽나!

“오호~ 엄청난 투기?”

“야, 이 생양아치 계집애야! 실리를 저 꼴로 만들어놓고 살겠다면 넌 게임에 발 못 붙여! 죽어보자!”

“뭣?! 이게 아직도 큰소리칠 기운이 남아 있어?”

“남아 있다! 꼽냐?!”

손날을 그어 그녀에게 검기를 쏘아 보내자 그녀는 황급히 몸을 비틀어 피했다. 스피드도 좋지만 반응 속도가 정말 상당하다. 내가 카도라스를 해오면서 저렇게 빠른 여자는 처음 본다.

“실리, 서포트 부탁해!”

“알았어!”

검광진 이십팔 구를 띄워 겹치며 무형참황검을 소환해 금발여자에게 달려나갔다. 순식간에 거리를 좁히며 그녀의 앞까지 다다른 나는 있는 힘껏 검을 내리찍었다! 순간을 노려 공중으로 점프한 그녀가 채찍을 내려쳤다. 그럴 줄 미리 간파한 나는 황급히 자리를 굴러 피했는데,

"……?!"

날아오던 채찍이 방향을 바꾸는 것이 아닌가?! 반사적으로 검을 치켜들었지만 그녀의 채찍은 나의 목을 휘감아 들어 올렸다. 너무나 어이없이 잡혀 버려 황당하기 그지없었다.

"크윽!"

젠장! 무형참황검에도 잘리지 않는 채찍이다. 게다가 풀려고 하면 할수록 목에 감긴 채찍은 점점 더 조여왔다. 숨이 막히는 것보다 목뼈가 부러질까 하는 게 더 시급한 상황에…

"크리티컬 운즈!"

타이밍 좋게도 세희의 신성 스킬이 금발여자에게 떨어졌다. 제아무리 잘난 계집이라도 신성 스킬을 피할 순 없겠지!

"크으! 이 계집이?! 받아랏!"

금발여자가 세희에게로 채찍을 휘둘렀다. 채찍에 목이 감겨 있던 나는 당연히 세희와 몸통박치기를 하고 말았고, 둘 다 5m 이상을 굴러버렸다. 다시 몸을 일으켰을 때 금발여자의 공격이 이어졌다.

"즉사철!"

"……?!"

금발여자의 채찍이 나선형을 그리며 세희에게로 날아갔다. 순간적으로 판단한 건데 세희의 얼굴을 향한 공격이란 걸 짐작할 수 있었다! 저게 세희의 얼굴에 무슨 짓을?!

나는 황급히 세희의 옆을 가로막으며 양손으로 채찍을 막았다.

짜아악—!!

얼굴에 피가 확 끼얹어짐을 느끼며, 그 다음 손바닥이 상당히 저려 옴을 느낄 수 있었다. 그리고 채찍을 막았을 때의 충격으로 세희와 함께 또다시 바닥을 뒹굴어 버리고 말았다.

"크으으!"

손바닥의 저림이… 의외로 아프다. 실제 아픔을 느낄 수 있다면 손가락 뼈마디가 부서지는 느낌이었으리라… 지금 내 손 꼴이 그러하니까.

"까악! 듀라야! 소, 손! 괜찮아?!"

"괜찮아! 어서 피해!"

세희의 몸을 힘껏 밀어버림과 동시에 자리를 피하자마자 우리가 있던 자리에 채찍이 떨어졌다. 채찍이 떨어진 자리가 움푹 패인 건 굳이 보지 않아도 느낄 수 있었다.

채찍을 거둬들인 금발여자가 소름 끼치게 웃었다.

"오호호! 아쉽네?! 그 계집의 잘난 얼굴을 찢어버리고 싶었는데!"

"대단한 악취미시군, 마녀 같은 계집!"

"오호호! 어떻게 알았어? 내가 마녀란 걸? 금발마녀 센샤라고 들어봤니? 오호홋!"

"아~ 그 잔인하기로 소문난 간나가 바로 니?"

"그래! 바로 나……?!"

"……?!"

갑작스레 끼어든 제삼자의 목소리에 나와 세희, 센샤는 목소리가 들려온 쪽으로 고개를 돌렸다. 고개를 돌려보자 선행자가 팔짱을 끼곤

기고만장하게 서 있는 걸 발견할 수 있었다! 젠장! 이제야 오다니!

"하하! 제가 일이 좀 많았슴다. 절 맞아주는 모임원들이 워낙에 많아야디요. 그보다 두 분 꼴이 말이 아님다?! 저 간나 아주매가 일케 만든 겁네까?"

"호호! 이 몸께서 만드신 작품이지! 너도 침입자냐? 보니까 한국 유저 같군! 어투가 좀 이상하지만."

"흐음~ 역시 듣던 대로 성격은 드러븐 간나 아주매이네~"

선행자가 검을 뽑아 들며 검에 화염을 흘렸다. 소용돌이치며 타오르는 붉은색 불꽃은 전에 일본 유저 셋과 숲 일부를 가볍게 날려 버렸던 바로 그 화염검이었다. 또 일대를 폭파시킬 생각인가?

"마됴라 씨와 실리 씨는 저 멀리 비켜서시라요."

"…알겠습니다."

지금으로선 피할 수밖에. 금발마녀와 싸운다는 것은 승산이 없으니까. 결국 믿을 놈은 선행지밖에 없었군. 나는 세희를 데리고 이곳에서 5km 이상 떨어진 곳으로 텔레포트했다.

신성과 세희가 안전 지대로 텔레포트한 것을 확인한 선행자 성실이 센샤에게 시선을 돌렸다.

센샤, 이 바닥에선 금발마녀라 불리우는 그녀. 일본 유저 베스트 23인 정도는 아니지만 그 다음으로 가장 강하다는 여자였다.

"호호! 어디서 굴러온 녀석인진 모르겠지만 이곳에 들어선 이상 넌 게임에 발을 붙일 수 없다!"

"내는 카도라스의 증의를 수호하기 위해 파견된 특수 플레이어 선행자야~ 실례하지마는 금지된 구역에 발을 들인 이상 게임 오버되어야

가소.”

“누가 할 소릴?! 타핫!”

센샤가 크게 채찍을 휘둘렀다. 그것은 크게 나선형을 돌며 선행자의 왼쪽 안면을 향했다. 현재 카도라스를 통틀어 채찍을 다루는 유저는 손에 꼽을 정도다. 헌터 마스터 무기 사편은 그 위력이 굉장하지만 다루기가 어려워 그것을 사용하는 헌터가 거의 없기 때문이다. 센샤도 이것을 익히기 위해 5개월이 넘는 시간이 걸렸다.

그런데 그것을…

“막아?!”

선행자의 손에 채찍을 잡혀 버리고 만 것이다! 뛰어난 눈이 아니면 나선형으로 날아오는 채찍을 잡을 수 없다. 일반 무술 유단자들도 잡기 힘든 것을 어떻게?! 그리고 잡았다 하더라도 그 충격으로 몇 미터는 굴러 버릴 것인데.

“후후! 지가 무술을 조금 배워서리…….”

“쳇!”

센샤가 잡혀 버린 채찍을 잡아당기며 서로 힘겨루기 상태가 되었다. 하지만 센샤가 아무리 용을 쓰고 채찍을 잡아당겨도 선행자에게 잡힌 채찍은 꿈쩍도 하지 않았다.

두 손으로 잡아당기는데 한 손으로 버티다니?

‘힘만 센 녀석인가?!’

하지만 싸움은 힘만으로 이길 수 없다. 센샤는 그 자리에서 공중으로 서전트 점프를 시동했다. 선행자가 쥐고 있는 채찍 끝을 중심으로 부채꼴 모양으로 뛴 그녀가 허리춤에서 다트 세 발을 준비했다.

‘이걸로 끝이다!’

한편 선행자는 손에 쥐고 있던 마법검을 조용히 위로 들어 올리며 내려칠 준비를 했다.

묵묵히 세희의 상처난 몸에 포션을 붓고 있는 중이었다.

쿠구구구구구구구구ㅡ!!

왼편에서 들려오는 커다란 폭음과 땅의 울림. 영상에서나 볼 수 있었던 히로시마 원자폭탄 같은 육중한 음이었다.

나와 세희는 반사적으로 폭음이 들려온 곳으로 시선를 돌렸다. 저 멀리 듀라실리스 초원 반경 1km부근이 완전히 불바다가 되는 광경을 목격할 수 있었다. 엄청난 열에 녹아버려 용암이 된 땅과 타오르는 붉은색 불꽃들, 그 위 버섯 모양으로 피어오르는 분진은 푸른 하늘을 검게 물들이고 있었다. 그곳에 있었을 유저와 몬스터들은 저 분진들 속에 가루화되어 사라졌으리라.

"아… 초원이!"

세희가 몸을 일으키며 울먹이는 목소리로 떠듬떠듬 입을 열었다. 나는 분진덩어리가 이곳까지 날아올까 염려하며 주위에 검기막을 씌웠다.

세희가 날 돌아보았다.

"듀라야! 어째서 초원이 이렇게 된 거야?! 어째서 날아가 버린 거냐구!"

"……."

내가 지금까지 듀라실리스 초원을 지켜왔다면 이런 상황까진 오지 않았을 것이다. 아무 말 없이 고개를 돌려 버린 내 앞으로 선행자가 모습을 드러냈다. 처음부터 그 자리에 있었던 듯.

"유저들을 아웃시키는 가장 확실한 방법이었슴다. 이해해 주시라요."

"너무해… 정말! 너무해요!"

선행자가 세희를 바라보며 모르겠단 표정을 지어 보이다가 다시 날 돌아보며 무슨 일 있었냐는 듯이 고개를 갸웃했다. 나는 애써 그의 눈을 피하며 저 초원을 끝없이 불태우며 검은 연기로 화하는 불꽃을 지켜볼 뿐이었다.

“세희야.”

“…….”

세희가 고개를 들어 날 바라보았다. 어제의 일 때문인지 표정은 그리 좋아 보이지 못했다.

“어제 일 때문에 그래?”

끄덕―

세희는 우울한 표정으로 무겁게 고개를 끄덕였다. 나는 수저를 식탁에 내려놓으며 세희에게로 다가갔다. 세희도 통 밥맛이 없는지 밥에 손을 못 대고 있었다.

나는 세희의 손을 꼬옥 붙잡으며 그녀와 눈을 마주했다.

“나는 이미 8개월 전에 그 선택권을 포기했어. 이제 듀라실리스를 어찌하는 건 세희의 몫이야. 밥 더 이상 먹기 싫으면 그만 게임하자.”

끄덕—

세희가 조용히 방으로 올라갔다. 나는 2층으로 사라져 가는 그녀를 바라보다가 부엌에 있는 벽시계를 올려다보았다.

8시 30분.

최준 형과 만나기로 한 시각이었다. 어제 새벽에 최준 형한테서 급히 전화가 오더라, 만나자고. 밤새 게임하느라 피곤했지만 오늘은 일요일이었기에 최준 형만 보고 잘 생각이었다.

나는 식탁에 있는 식기들을 그냥 내버려 둔 채 내 방으로 향했다.

[아이디:sss0226/패스워드1:********/패스워드2:******]
[로그인되었습니다]
"여어~ 왔냐?"

막강이의 선실로 접속하자마자 최준 형의 목소리가 날 반겼다. 선실 안은 최준 형과 선행자, 그리고 세희가 제각기 자리를 잡고 앉아 있었다. 나도 선실 안의 나무 의자에 조용히 앉으며 최준 형에게 시선을 집중했다. 오늘 그가 우리를 모은 주인공이었다.

"그래, 어제 일엔 실망 많이 했겠지, 신성아?"

"여기선 마듀라라 불러."

"뭐라 부르든 상관없잖아? 그보다 어땠나? 세희 양과 함께했던 그곳이 그렇게 짓밟힌 걸 본 기분 말이야."

"형은 다 알고 있었지? 나와 세희가 듀라실리스를 출입했었다는 거."

분명했다. 이미 다 알고 있었어, 형은…….

"후후! 그래, 처음부터 끝까지 다 알고 있었다."

그럼 지금까지 모른 척해준 거였나? 아니면…….

"원래 발을 들여놓아도 상관없는 곳이었나?"

"아니, 그곳은 운영자 외엔 그 누구도 발을 들여놓아선 안 되는 곳이야. 단지 내가 눈을 감아준 것뿐이지. 몇몇 회사의 간부들과."

"왜지?"

"그건 회사 기밀상 말해 줄 수 없다. 그것보다 지금부터 본론으로 넘어가도록 하지. 잘 들어라, 너희들 모두."

최준 형은 우리들의 시선을 집중시키고는 주머니에서 담배를 한 개비 꺼내며 말을 이었다.

"오늘 새벽에 금지된 구역으로 더 이상 유저들을 들이지 말라는 사장님의 명령이 있었다. 어제 선행자와 너희들을 통해서 일본 유저들이 금지된 구역으로 출입하는 것을 확인했으니 더 두고 볼 수 없지."

듀라실리스로 발을 들여놓지 못하도록… 말인가?

문득 세희에게 시선을 향했다. 그녀는 굳은 얼굴로 최준 형만을 응시할 뿐이었다.

"작전은 이러하다. 세희 양과 선행자가 금지된 구역의 일본 유저들을 기습하는 사이 마듀라가 금지된 구역으로 통하는 입구를 봉쇄시킨다."

"그게 무슨 소리야?"

입구를 봉쇄하다니? 입구를 봉쇄하는 방법엔 여러 가지가 있을 텐데, 구체적으로 어떻게 말인가?

"말 그대로 입구를 봉쇄하는 거다. 너에겐 그럴 만한 충분한 능력이 있지 않나, 듀라야?"

"……?"

겨우 5천 정도의 전투력밖에 안 되는 내가 그런 능력이 있을 리 없잖아.

내가 모르겠단 표정을 짓자 최준 형이 입에 물고 있던 담배를 집게 손가락에 끼우며 나에게로 향했다.

"그거 있잖아, 그거. 선택의 활 그라핀 말이다."

그라핀, 3타워에서 모은 재료를 아도니아에서 가공한 무기. 첫 화살은 아도니아의 중앙성을 초토화시키는 데 써버렸고 두 번째와 세 번째 화살은 아직 남아 있었다. 설마 그걸 쓰란 말인가? 아이템 창에 꾹꾹 쑤셔 박혀 있던걸?

"차라리 선행자 씨의 그 불꽃 검이 더 확실할 텐데? 그거 하나로 1㎞ 반경 내의 거리가 완전 쑥대밭이 된 거 몰라? 듀라실리스로 통하는 숲 쯤은 단번에 날려 버릴 거야."

"훗! 선행자의 그것은 그라핀과는 다른 것이다. 단순히 숲을 파괴하는 것으로 입구를 봉쇄할 순 없지."

그럼 그라핀이 어떻게 다르길래?

최준 형이 뜬금없이 물어왔다.

"혹시 EMP 폭탄이라고 들어본 적 있나?"

"그건 갑자기 왜? 전자기파를 발생시켜 반도체를 가진 전자 기품을 마비시키는 전자기 펄스 아니야? 32년 전에 미국이 이라크를 침공했을 때 선보였던 걸로 아는데?"

"잘 알고 있구나. 그 그라핀도 그것과 비슷한 원리다. 그라핀의 폭발 반경 안에선 그 어떤 세이브 인, 세이브 아웃, 텔레포트, 워프가 불가능하다. 즉, 일본 유저들이 금지된 구역으로 가는 통로도 통할 수 없지. 달빛을 반사시켜 호수를 만든다는 통로는 사실 워프 게이트나 마찬가지니까."

"……?!"

그런 무시무시한 무기였단 말인가? 그치만…….

"듀라실리스에서 죽치는 녀석들은 어떡해? 녀석들이 듀라실리스에서 죽치고 있는다면 소용없잖아?"

"그래서 그곳에 남아 있는 유저들은 선행자와 세희 양이 몰아내야 한단 것이다. 이의있나?"

그럴듯한 작전이었다. 세이브 인, 세이브 아웃이 불가능한 공격으로 듀라실리스의 입구를 봉쇄시킨 뒤 듀라실리스에 남아 있는 유저들은 선행자와 세희가 쓸어버린다.

"말은 쉽지만 그리 호락호락한 것이 아니다. 금지된 구역을 전세 내고 있는 일본 유저들이 엄청나게 반발할 거야. 우리 운영자들이 자신들의 사냥터를 못 쓰게 만들려는데 당연 막으려 하겠지. 독 안에 든 쥐의 발악이랄까?"

"……."

"그럼 이의없는 것으로 알겠…….."

"나, 하나 있어."

"뭐냐, 듀라?"

"내가 실리 대신 듀라실리스로 가겠어. 실리는 아쳐니까 나보다 활도 더 잘 쏠 거고 파괴력도 나에게 밀리지 않을 거야. 그리고 여자의 몸으로 싸움터에 내보내자니 내 맘이 편치 않아."

"듀라야, 난 괜찮아!"

"그렇게 해. 그리고 실리, 선택은 네가 하는 거야. 전에 말했듯이 선택권은 너에게 있으니까."

나는 아이템 창에서 그라핀과 화살 두 발을 세희에게 넘겨주었다.

*　　　　*　　　　*

"뭣?! 한국의 유저들이 쳐들어왔다고?!"

커다란 회의실 안에 분개한 소리가 울려 퍼진다. 회의실 안은 삼십 명가량의 인원들이 열다섯 명씩 두 줄로 맞춰 앉아 정좌 자세를 취하고 있었다.

그들 중 맨 앞에 앉아 있는 30대 중반쯤의 사내가 양미간을 찡그리며 이를 갈았다. 심히 기분이 상한 듯했다.

"그래서 몇 명이나 당했나?"

그가 다시 묻자 그의 앞에 무릎을 꿇고 앉아 있는 사내가 입을 연다.

"그곳에 있던 3길드원 2백 명가량이 모두 몰살당했습니다."

"2백… 명? 그들 중 마스터들이 몇 명이었나?"

"백 명입니다."

백 명이라고? 그렇다면 현재 일본의 마스터들 중 1/5이 게임 오버 됐단 말이 된다.

하루아침에 마스터 백 명이 몰살이라니.

"상대는 누구였나?"

"그, 그게… 남자 둘과 여자 한 명이었습니다. 남자 하나와 여자 하나는 분명한 마스터 레벨이었으나 그리 대단한 실력자들은 아니었습니다. 하지만 뒤늦게 나타난 자는 정말 강했습니다. 그에게 금발마녀 센샤를 포함한 2백 명이 모두 당했습니다. 세 명 다 분명한 한국 유저였습니다."

"한국 유저라……."

한국의 마스터라면 현재 카도라스 랭킹 1위인 카이데스와 소드 마스터 최강자인 시린터, 그리고 매직 소드 마스터 선행자밖에 없다(마듀라와 에실리스는 이미 잊혀졌음).

가장 가능성이 높은 건 매직 소드 마스터 선행자. 얼마 전에 한국의 카도라스 운영진에 취직했다는 소문을 들었던 것이다.

그렇다면…

"운영자가 알아차렸군!"

그럼 골치 아프다. 운영자와의 싸움이라면 엄청난 피해를 감수하지 않으면 안 되었다. 아니, 피해는 고사하고라도 이길 수 있을지도 의문이다. 카도라스 5년 역사상 운영자와 싸워서 유저들이 이긴 경우는 전무하니까.

아직 마스터 유저가 4백 명이나 남아 있고 베스트 23인도 건제하다만 운영자와 싸워서 그들이 이길 가능성은 희박했다. 인터넷 마피아 집단이라면 모를까?

"하지만 마냥 리젠 대륙을 내줄 순 없잖은가?"

리젠 대륙은 일본 유저들이 부르는 듀라실리스 초원의 명칭이었다. 그곳이 없었으면 지금의 베스트 23인을 포함한 5백 명의 마스터들도 없었으리라.

그곳을 넘겨주느니 차라리…

"운영자에게 반기를 들겠다. 지금 당장 17대 길드 마스터들을 소집하고 연합하여 리젠 대륙에 대한 방비를 더욱 강화한다."

＊　　　＊　　　＊

"네가 상대했다던 그 금발마녀 센샤라는 여자는 일본의 마스터들 사이에서도 꽤 알아주는 실력자다. 실력도 실력이지만 상당히 잔혹하다고 알려져 있지. 일본의 베스트 23인에 들 정돈 아니지만 카도라스 여성 유저 베스트라고 하면 10위권 안에 들걸?"

최준 형의 말을 한 귀로 듣고 한 귀로 흘리며 나는 저 아래 그룬드를 내려다보았다. 지금 이곳은 그룬드 상공 5,000m 지점이었다.

"그녀한테 걸리면 뼈와 살이 분리되며 게임 오버된단 말이 있다. 그런 녀석한테 걸렸다 살아났으니 너하고 세희 양은 정말 운이 좋다고밖에 할 수 없지. 그런데… 어디서부터 이야기가 센샤 쪽으로 돌아갔지?"

배 갑판에서 최준 형과 세세한 작전을 짜는 중이었다. 화제가 돌아가자 최준 형이 헛기침을 하며 다시 작전 설명에 열중했다.

현재 최준 형의 작전을 듣는 사람은 나뿐이었다. 선행자는 이미 최준 형한테 작전을 들은 상태였고, 세희는 활만 잘 쏘면 되니 작전을 들을 필요가 없었다. 때문에 나 혼자 최준 형의 작전 강의를 듣고 있었다.

"낌새를 눈치 챈 일본 유저들이 숲 전체에 바리어를 펼쳤다. 문제는 그 바리어를 유지시키고 있는 시전자를 죽여야 한다는 것인데, 바리어가 펼쳐진 상태라면 그라핀도 효용을 발휘하지 못한다."

"왜?"

"그라핀의 화살은 바리어 같은 무기적인 물질은 뚫지 못해."

허어~? 그런 비밀이 있었나? 역시 최강의 아이템이란 것도 존재하지 않는가 보다.

"그럼 바리어의 시전자를 죽이고 나와 선행자 씨가 듀라실리스로 진입한다. 그 틈에 세희가 입구를 봉쇄시킨다… 가 되는 건가?"

"그래. 그렇지만 세희 양은 아직 준비가 안 된 모양이더군."

"……."

세희는 일본 유저들에게 듀라실리스를 방치할 것이냐, 아니면 나와 세희의 비밀이 간직되었던 곳을 파괴시키느냐 하는 선택의 갈림길에서 있었다. 나라도 그녀 같은 갈등을 했으리라.

내가 세희에게 괜한 짐을 안겨준 것 같군.

"후우~ 아참, 최준 형! 물어볼 게 있어."

"물어볼 거라니?"

"선행자 씨 말이야! 도대체 정체가 뭐야?"

"아~ 성실이 말이냐?"

성실이? 선행자의 본 이름인가? 이름 한번 되게 촌스럽다. 얼마나 성실하면…….

"성실이는 북쪽에서 알아주는 마스터 유저였지. 지금은 운영자 일을 하고 있는 터라 랭킹에서 빠졌지만 아마 운영자를 포기하고 유저의 길을 걸었다면 지금쯤 상위 랭킹권을 장악하는 유저가 되었을 거다. 실력은 봐서 알고 있지? 엄청난 폭발력을 자랑하는 마검사다."

마검사?!

"그렇다면 선행자 씨가 북쪽 유저 최강이라는……."

"후후! 그래, 바로 그 녀석이다. 몰랐었나?"

허어~ 이런 경우가 다 있나? 설마설마 하며 어느 정도 예상은 하고 있었는데.

"아, 또 주제에서 벗어나 버렸군. 작전 실행 시간은 밤 12시다. 그리고 활이 쏘아지는 시간은 정확히 30분 후. 그때까지 화살이 쏘아지느냐, 안 쏘아지느냐는 세희 양에게 달렸지만 너희들은 그 30분 안에 금지된 구역으로 침입해야 한다. 또, 금지된 구역에서 유저들을 학살하는 데 걸리는 시간은 30분이다. 모든 일 처리를 1시간 안에 끝내야 한단 소리다. 그 이상 시간을 길게 끌었다간 타 유저들이 뭐라 시끄럽게 굴 것이 뻔하니까. 알겠지?"

1시간이라…….

"시간은 충분해, 성실이가 있다면. 그리고 네 전투력이 5천 백이라고 했나?"

"어. 순간 전투력이 그 정도까지 올라갔던 걸로 기억해."

"그럼 문제 되겠군. 겨우 5천 정도의 힘으론 일본 유저 베스트 23은 고사하고 그 아래 고위 유저들도 상대하기 힘들다. 또 금발마녀 같은 꼴날 수도 있어."

정곡을 찌르다니. 내가 시린터한테 깨지고 금발마녀한테도 깨져서 약한 줄 아나본데, 사실 난 약한 게 절대 아니다. 최준 형한테 받은 이 유니크 목걸이로 더 강해졌다면 더 강해졌다고 할 수 있다. 그것도 두 배 이상이나. 그치만 두 배 이상으로 강해져도 녀석들이 너무나 강한데 나보고 어쩌란 말인가?

"그래서? 하고 싶은 말이 뭔데?"

"후후! 흥분하지 말고 이거 받아라."

최준 형이 아이템 창에서 고글을 꺼내 넘겨주었다. 선행자에게서 받았던 것과 같은 고글?

"이건……?"

"운영자들 사이에선 스카우트라고 불리우지."

“스카우트?”

왠지 표절 냄새가 물씬 풍겨온다.

“하하! 딱 걸려 버렸군. 드래X볼의 그걸 인용한 거다. 내가 만든 건 아니지만.”

“이런 거 필요없어. 사용해 봤는데 전투 감각만 떨어질 뿐이야.”

적을 알고 싸우면 유리하기는 하지만 이런 기계 따위에 의존해서 적을 상대한다는 것은 좀 비겁한 느낌이 없지 않아 있다. 싸움은 자고로 정정당당해야 하는 것이거늘!

“정말 필요없는 거냐?”

“어, 필요없어. 그럼 난 로그아웃할게. 한숨 자고 11시에 접속한다.”

일본을 대표하는 17대 길드 중 제1길드의 길드 마스터는 절대 베일에 가려진 자로서 그의 정체는 오직 길드의 부마스터와 몇몇 간부들밖에 알지 못했다.

그런 자가 이런 자리에 나타난 것은 9개월 전, 고스티스터들이 17대 길드를 풍비박산 낸 이래 최초였다.

그의 닉네임은…

“A. 왔어?”

일명 A.

본 닉네임 소더러 A였다.

“상황은 어떻습니까?”

소더러 A가 묻자 제1길드 부마스터인 카나다가 조심히 대답했다. 아무리 그라도 A의 눈 밖에 났다간 게임에 발 못 붙일 수 있다. 그가 A를 대하는 태도는 조심스러울 수밖에 없었다.

"1길드부터 17길드까지 10% 이상의 길원들을 끌어 모았어. 그리고 나를 포함한 베스트 5인도 있고."

"그렇습니까? 녀석들, 영 모이질 않는군요."

소더러 A는 자신보다 연장자인 카나다에게 꼬박 존칭을 사용했지만 그 말투엔 조금의 높임 뜻도 들어 있지 않았다.

소더러 A가 재차 물었다.

"준비는 철저하겠지요?"

"무, 물론! 위저드, 위치, 프리스트들 최정예 오십 명이 숲 주위에 바리어를 펼쳐 놨고, 바리어를 뚫고 들어온다 해도 숲 여기저기에 트랩이 설치되어 있어서 개미새끼 한 마리 발 딛기 힘들지. 숲 안에만 1만 8천의 길원들이 배수의 진을 치고 있고, 리젠 대륙엔 2천의 길원들과 4인의 베스트들이 대기하고 있어. 나는 숲 안에서 대기할 생각인데……."

"음~ 이봐, 타케루. 네 생각은 어때?"

소더러 A가 자신의 뒤를 호위하고 있는 야마모토 타케루에게 물었다.

"허술한 감이 없잖아 있지만 운영자가 어느 정도의 전력인지 모르니 뭐라 단정 지을 순 없다."

'허술한 감이 없잖아 있다고?'

카나다가 발끈했지만 그건 어디까지나 생각이었다. 지금 그는 타케루에게 함부로 개길 수도 없거니와 상대가 되지도 않았다. 저 타케루는 9개월 전 단 사흘 만에 1만 명에 달하는 길드 간부들을 모조리 게임 오버시키고 17대 길드를 통합시킨 인물이었다. 그 뒤에 가베사와 하쯔미, 와타나베 미카까지 합치면 당시 3만 명가량의 유저들이 게임 오버된 것이다. 그런 화려한 전적을 가진 인물에게 감히 개겼다간…….

“그럼 일에 착오없도록 하십시오. 만약 그곳을 운영자에게 뺏기면 어떻게 되는지 알고 계시겠죠?”

“무, 물론… 이지.”

“지켜보겠습니다. 수고하시길.”

소더러 A가 자리에서 사라지자 뒤이어 타케루도 사라졌다. 그리고 그들이 사라진 자리엔 깊은 한숨 내쉬는 소리만이 흘렀다. 무사히 넘 겼구나… 하는 안도의 한숨이었다.

*　　　　*　　　　*

오후 11시 50분.

아이템 창에서 엑스로시버를 꺼내 든 나는 그것을 입고 탕탕 두드려 보았다. 아도니아 중앙성에서 병사 NPC들과 싸웠을 때 나와 함께 생 사고락의 길을 걸어온 그것이었다. 아마 이게 없었으면 그 레어 NPC 의 주먹에 맞고 곧바로 즉사였으리라.

“나와라, 엑스로 소드.”

그러자 입고 있던 엑스로시버에서 검이 튀어나왔다. 120cm 길이의 평범한 검. 그것을 몇 번 휘둘러 보던 나는 엑스로시버에 검을 도로 박 아 넣고 또다시 외쳤다.

“나와라, 엑스로 실드.”

그러자 엑스로시버에서 원형의 둥근 방패가 튀어나왔다. 은색 원반 에 금색 실을 박아 넣은 평범한 방패. 방어는 신경을 쓰지 않으니 방패 는 별 필요 없지만…….

최준 형이 다가왔다.

"그거 3대륙 대전 대회 때의 우승 아이템이지? 내구력이 꽤 됐나 보다? 많이 헐었군."

"응, 꽤 많이 얻어맞았으니까."

"그래 가지고 갑옷 구실이나 제대로 할 수 있겠냐? 이리 줘봐, 내가 깨끗이 수선해 주지."

"에? 수선할 수 있어?"

레어 아이템은 수선하기가 불가능하지 않나? 마침 이번만 쓰면 버리려고 했는데 잘됐군. 나는 엑스로 실드를 엑스로시버에 박아 넣은 뒤 그것을 도로 벗어 최준 형에게 넘겨주었다.

"그럼 부탁해."

"자, 이제 곧 출발이다. 준비는 다 됐냐?"

나는 엑스로시버 대신 검은색 조끼를 착용하며 고개를 끄덕였다. 이제 곧 출발이었다. 스탯 창을 열어 캐릭터의 상태를 확인한 나는 세희에게 시선을 돌렸다.

"실리……."

"듀라야……."

"선택권은 너에게 있어. 이제 30분 남았다."

"…응."

"나는 실리가 어떤 결정을 내리든 상관없어. 무조건 그 결정에 따를 테니까."

세희는 무겁게 고개를 끄덕이며 나에게 말했다.

"조심해."

"걱정 마. 그런 녀석들한텐 절대 게임 오버당하지 않으니까. 그럼 갔다 온다!"

끄덕—

세희의 어깨에 가볍게 손을 얹은 나는 선행자에게 다가갔다. 선행자는 내가 다가오자마자 말없이 텔레포트 스킬을 시동했다.

텔레포트된 곳은 듀라실리스로 들어가는 숲의 바로 입구. 원래 숲 안으로 텔레포트하기로 되어 있지 않았나?

옆에 선행자가 당황하며 말했다.

"아무래도 숲 주위에 마법 방해 장막이 펼쳐져 있는 것 같습다. 텔레포트 지정 범위에 오차가 있었군뇨. 겉보기엔 평범한 방어막인 줄로 알았는데."

"허어~"

일본 유저들이 준비를 꽤 철저히 한 것 같군. 숲 안으론 절대 못 들어온다인가? 그렇다면 기존에 세웠던 작전에서 조금 빗나가는데? 그렇다고 이렇게 있을 수만은 없으니…….

"어쩔 수 없지요. 돌파해 들어가는 수밖에."

"잠깐 기다리시라요!"

막 한 발자국 앞으로 내딛는데 선행자가 날 막아 세웠다. 그리곤 주위를 둘러보며 스카우터를 확인하더니 고개를 설레설레 저었다.

"전방 10m 앞에 50장 이상의 방어막이 펼쳐져 있습다. 게다가 땅속엔 여기저기 트랩이 박혀 있군뇨. 헌터나 레인죠가 아니면 발을 들이지 못할 것 같은데요?"

트랩 말인가? 밟거나 건들면 터지는 그거?

"게다가 어둠이 내려 가지고서리 저 숲 안에선 까막눈이 됩다. 트랩을 감지하료콤 이 고글이 있어야 할 검네다."

"하지만 그걸로 일일이 트랩을 확인한다면 시간이 엄청나게 걸릴 텐데요? 게다가 저 숲의 매복군도 상대해야 할 텐데 시간은 30분밖에 없지 않습니까?"

"으음~ 기리쿤요. 그럼 어째야 하나? 다시 배로 돌아가야 하는 거 아님까?"

"뭐 하러 시간 아깝게 다시 돌아갑니까? 이대로 포기하긴 이르지요. 제가 저 바리어를 뚫고 트랩들을 돌파해 갈 방법을 알고 있으니 선행자 씨는 조용히 내 뒤를 따라오세요."

"에?! 방법이 있단 말씀이심까?"

당연히 있지! 인간이 만든 트랩을 인간이 파훼하지 못하면 그게 인간인가?

나는 검광진 이십 구를 띄워 겹친 뒤 무형참황검을 빼 들었다. 이제 마스터 무기 없이 검광진 이십 구까지 띄울 수 있는 경지에 이르게 된 것이다. 검끝을 땅바닥에 45도 각도로 기울인 나는 힘차게 기합을 내지르며 앞으로 달려나갔다!

"자아~ 간다아아아아아!!"

100m는 1초쯤에 주파해 버릴(오버다) 엄청난 스피드! 순식간에 바리어 앞에 다다른 나는 무형참황검을 있는 힘껏 베며 50장의 바리어를 가볍게 찢어냈다. 하지만 속도를 전혀 떨구지 않고 숲 안으로 들어선 나는 트랩들을 뚫고 앞으로 돌진해 나갔다. 나만의 트랩 돌파 절정 스킬! 깡폐인의 질주!

트랩들이 아무리 발에 밟히고 몸에 걸려도 나의 스피드가 그 트랩이 폭발하는 데까지 걸리는 시간을 넘어서기 때문에 피해가 오지 않는 것이다. 단지 내가 지나간 자리는 불바다가 되고, 내 뒤를 따라오던 선행자가 비명을 지른다만… 뭐, 설마 죽기야 하겠어? 지도 운영자라는데.

"으아아악! 살려주시라요!"

"빨리 오세요, 선행자 씨!"

*　　　*　　　*

"바리어를 뚫고 진입한 것 같습니다!"

바리어를 펼쳤던 오십 명의 인원들이 동시다발적으로 웅성였다. 설마… 단번에 그 오십 장의 바리어를 뚫은 건가? 아무리 운영자라지만 괴물이다!

제1길드 부마스터 카나다는 바싹 긴장하며 쥐고 있던 창에 힘을 주었다.

'하지만 트랩을 뚫고 오진 못하겠지?

제아무리 프로 헌터 마스터래도 그 트랩들을 뚫고 들어오기는 무리다. 그 트랩들을 모조리 제거하고 이곳까지 도달하려면 꼬박 반나절은 걸리리라.

그치만 우리의 주인공은 뭐가 달라도 달랐다.

저 멀리서부터 점점 다가오는 연속적인 폭발음.

"제1트랩 지역, 돌파했습니다."

"뭣?!"

바리어를 뚫고 들어온 지 5초도 안 돼서 1트랩 지역을 돌파해?!

하지만 이 믿을 수 없는 소식은 연이어 들려왔다.

"제2트랩 지역까지 돌파했습니다! 곧 이곳에 도달합니다!"

"뭐야아?!"

그리 멀지 않은 곳, 커다란 폭발음과 함께 불꽃 기둥이 피어오르는 것이 육안으로 확인되었다. 설마 저 불꽃을 뚫고 나왔다는 건 아니겠지? 그렇다면 그 트랩 숲을 무조건 돌파해 왔다는 것인데, 그것이 가능한 일일까? 아무리 운영자라지만…

"완전 사기다."

스ㅇㅇㅇㅇ—

폭발이 거쳐 간 자리에 잠시 정적이 흘렀다. 주위는 1만 8천명의 인원이 있다는 것이 믿어지지 않을 정도로 조용했다. 그렇게 5초?

"……?!"

"왔다!"

슈우웅—!

무엇인가 엄청난 속도로 수풀을 빠져나왔다. 어둠에 가려 자세히는 보이지 않지만 그것은 분명 사람 형체의 인영! 그의 복장이 온통 검은색이라 검은 그림자로 착각할 수도 있겠지만 그의 머리 부분만은 흰색이었다. 저게 바로 운영자인가?!

"……!"

눈 깜짝할 새! 도저히 믿겨지지 않는 엄청난 스피드로 그 검은 인영이 카나다 앞에 섰다. 카나다의 눈에 포착되는 순간부터 지금 이 앞에 인영이 다가오기까지는 불과 1초 남짓!

스릉—!

검은 인영, 마듀라가 무형참황검을 카나다에게로 찌르자 카나다는 그에 맞대응하여 창을 찔렀다. 무게있는 쇳소리가 울렸다가 서로의 검과 창이 동시에 떨어졌다.

카나다는 마듀라의 정교한 공격에, 마듀라는 카나다의 힘있는 맞대

응에 서로 물러난 것이다. 하지만 그 주춤하는 순간 마듀라가 카나다의 머리 위로 뛰어올랐다!

위에서 공격하는 암습?!

"……?!"

…이라고 생각했지만 마듀라는 카나다에게서 도망치는 것이었다. 지 딴에는 작전상 후퇴겠지. 순간적으로 판단한 건데 카나다의 상대가 되지 못함을 직감한 것이다. 역시 눈치가 빠르면 생명 연장의 꿈도 늘어난다.

"어서 저놈을 잡아!"

카나다가 그렇게 외치려는 순간,

슈웅—!

카나다는 미처 깨닫지 못한 것이 있었다. 숲에 잠입한 인원은 마듀라 하나가 아니었단 걸.

"나는 카도라스의 중의를 수호하기 위해 파견된 특수 플레이어 선행자닷!"

퍼커커커커컥—!!

선행자의 주먹에 만들어진 푸른색 구체가 막 고개를 돌리려는 카나다의 안면에 떨어졌다!

안면에 떨어졌다는 주먹이란 게 믿기지 않을 정도의 기묘한 음이 카나다의 얼굴에서부터 들려왔다. 소리만으로 오른쪽 광대뼈 함몰, 턱뼈 부서짐, 이빨 나감, 완벽한 안면 골절이란 걸 알 수 있을 정도.

그렇게 일본의 베스트 유저 하나가 사라지는 순간이었다.

"죽어라, 좀! 죽엇!"

마스터들이 꽤 많았지만 대부분 전투력은 4천 이하인 듯 보였다, 나에게 반항 한번 못해보고 죽는 걸 보면.

"검참!"

숲이라 그런지 지형이 비좁고 워낙에 숫자가 많다 보니 대인 살상 스킬에도 가볍게 죽어 나가는 녀석들이었다. 간만에 대인 살상 스킬이 빛을 보게 되는 날이로군! 이번 기회에 그동안 망가진 나의 이미지를 업시켜 보자!

"아싸! 검성관류징웅! 만륜기격화방성! 검뇌격화성!"

시동어를 외칠 때마다 수십 명씩 게임 오버되는 녀석들을 보며 나는 기쁨에 희열했다. 이 비명 소리! 이 신음 소리! 8개월 만에 제대로 느껴보는 이 희열! 오오! 역시 PK는 대량으로 죽여야 맛이 난단 말야?!

노루표 구무협 시대의 도래다!

"아주 신나셨군뇨. 막 간부라고 생각된 유저들은 제가 손을 봤슴다. 안심하고 죽이시라요."

"아, 고맙습니다. 그런데 지금 화살이 쏘아질 때까지 몇 분이나 남았죠?"

"에… 20분 정도 남았슴다."

20분이라… 나는 문득 하늘을 올려다보았다. 커다란 보름달을 배경으로 검은색 점으로 보이는 막강이가 보였다. 이제 선택의 시간이 얼마 남지 않았다, 세희야!

"……"

"세희 양, 결정은 하셨습니까?"

배 난간에 서 있던 세희에게 최준이 다가가며 물었다.

하지만 세희는 최준에게 시선도 주지 않고 고개를 가로젓기만 했다. 이제 결정의 시간이 얼마 남지 않은 때에 이러지도 저러지도 못하는 세희가 안타깝기만 한 최준이었다.

"5분 남았습니다, 세희 양."

"알아요."

"뭘 그리 망설이십니까?"

최준의 목소리는 나긋나긋했지만 세희가 듣기론 자신을 독촉하는 것만 같았다. 나는… 도대체 어떻게 해야 하지? 내가 신성이하고의 추억이 깃든 곳을 없애야 하는 거야? 그치만 그곳을 다른 이에게 주기도 싫어. 욕심이라는 건 알지만 그래도…….

최준이 혼란스러워하는 세희를 바라보다가 훌쩍 뛰어 배 난간에 걸터앉았다. 그리곤 주머니에서 담배 한 개비를 꺼내 입에 물었다. 아무래도 이 귀여운 숙녀 분과 대화를 좀 나눠야 할 것 같군. 그리고 미래의 제수 씨(?)가 될지 모르는데.

최준이 담배를 한 모금 깊게 빨아들이며 뭔지 모를 미소를 지었다.

"추억은 가슴속에 묻혀 있는 것입니다. 추억의 장소, 시간, 그 모두가 사라졌다 해도 그것은 자신의 마음속에 있어서만은 절대 사라지지 않죠."

"……."

세희가 조용히 고개를 숙였다. 정말로 신성이와 가졌던 그 추억들이 영원한 걸까? 그치만… 아무리 추억을 가졌다고는 하지만 아깝다. 신성이와 함께했던 그 시간들이 너무나 아깝다.

그것도 신성이와 나만이 알고 있던 것을…

"아까워하지 마세요. 아직 세희 양과 신성인 젊지 않습니까? 또 다른 추억을 만들어 나갈 시간은 많습니다."

"그치만……."

"신성이 걱정은 마십시오. 신성이가 말하지 않았습니까? 세희 양의 결정에 따르겠다고. 신성이는 세희 양이 어떤 결정을 내리든 후회하거나 아쉬워하지 않습니다. 금지된 구역, 듀라실리스 초원이 사라진다 해도 신성이는 이미 쓰디쓴 추억의 아픔을 느꼈기 때문에 말이죠."

"……!"

"세희 양, 망설일 거 없습니다. 설사 추억을 잃어버린다 해도……."

최준은 입에 물고 있던 담배를 저 아래로 내던졌다. 주인의 손에서 떨어진 그 담배꽁초는 얼마 지나지 않아 바람을 타고 가루가 되어 사라졌다.

"…세희 양 곁엔 신성이가 있지 않습니까?"

"…그렇군요."

세희는 조금이나마 깨달았다. 신성이와의 추억은 조금씩 찾아 나가면 되는 것을 왜 잃어버리는 걸 두려워했을까?

간혹 사람들은 잃어버리는 것을 두려워한다. 그것은 소중한 것일수록 더 더욱 그렇다. 하지만 누군가 그 소중한 것을 찾아줄 사람이 있다면 잃는 것은 두렵지 않다.

"제가… 너무 바보 같았나 봐요."

자신을 탓하는 그녀에게 최준의 장난기 어린 힐책이 떨어졌다.

"훗! 바보 같은 게 아니라 바보 맞아요."

"너무해요."

"사실이 그런데요?"

"……."

세희는 대꾸하지 않고 아이템 창에서 그라핀과 그라핀의 화살을 한 발 꺼냈다. 그런 그녀의 모습을 보며 최준은 입가에 작은 미소를 떠올렸다.

"최준 오빠."

크게 한 번 숨을 들이마신 세희가 최준의 이름을 불렀다.

최준이 왜 부르냐는 표정으로 그녀에게 대꾸했다.

"무슨 일이십니까?"

"이제 존칭은 빼주세요. 최준 오빠는 저에게 있어 오빠니까요."

"…그래, 그러지."

"그리고 이제 게임 상에선 실리라고 불러주세요. 아셨죠?"

"훗! 그래, 실리 양… 아니, 실리."

"좋아요, 오빠."

둘은 서로를 마주 보며 웃었다. 이 장면은 마치 세희와 최준이 실제 친오빠, 여동생 하는 사이 같았다. 아니, 그보다 더 가까울 수도… 만약 이 장면을 신성이가 목격했다면 짱돌 들고 최준한테 덤볐으리라.

세희는 배 난간에 풀쩍 뛰어올라 정면으로 불어오는 바람을 맞았다. 느껴지지는 않지만 애무하듯 부드러운 바람이리라 세희는 생각했다.

그녀는 그 상태에서 조용히 활시위를 장전했다.

"우워어어어어!!"

선행자가 땅에 검을 박고 기합을 지르자 푸른색 검기가 일대를 휩쓸었다. 주위 유저와 나무가 뿌리째 뽑혀 나가는 저 엄청난 검기 폭풍! 나도 그 영향에 떠밀리지 않기 위해 검기막을 주위에 펼쳐야 했다. 웬만큼 일본 유저들이 나가떨어진 것을 확인하자마자 선행자가 외쳤다.

"마됴라 씨! 어서 입구를 만드시라요!"

"알겠습니다!"

아이템 창에서 황급히 손거울을 꺼낸 뒤 달빛을 반사시켜 땅바닥에 쏘아 보냈다. 얼마 지나지 않아 두 사람쯤 넉넉히 들어갈 만한 호수가 만들어졌고, 선행자가 다시금 외쳤다.

"실리 씨 말임다! 일없갔습네까? 과욘 화살을 제낄지 말임다."

"걱정도 팔자시네! 실리는 분명 화살을 쏠 겁니다."

"오뜨케 그걸 단정합네까? 실리 씨가 화살을 안 제끼면 이렇게 싸워도 소용없잖습네까?"

"아, 뭔 걱정이 그리 많아요? 어서 들어가자구요! 다 만들어졌습니다!"

슈우우우우우우—

때맞춰 하늘에서부터 공기를 찢는 긴 굉음이 울려 퍼졌다. 마치 불꽃놀이 폭탄이 공기 중을 가르며 날아갈 때 나는 소리와 비슷했다. 하늘을 바라보자 하얀색 섬광이 지상으로 떨어지는 것을 확인할 수 있었다.

약속된 30분의 시간에 맞춰 쏘아졌구나.

나는 득의양양하게 선행자에게 외쳤다.

"저거 봐요! 화살이 쏘아졌잖습니까?"

"어허허! 그렇군요! 그럼 날래 들어갑시다! 우리도 위험한 거 아님까?"

"그러고 보니 위험하긴 하군요, 이곳도 폭발 반경이니."

나와 선행자는 앞 다투어 호수로 뛰어들었다.

예상보다 폭발 범위는 작았다. 화살이 명중한 범위로부터 원형으로 뻗어 나간 하얀색 광구는 숲의 1/100 정도만을 집어삼키며 그 안의 것들을 모조리 태웠다. 숲의 나무, 일본 유저, 기타 등등의 생물들을 태

위 버리는 덴 충분했지만 겨우 저 정도 파괴력으론 이 숲을 모두 태울
순 없었다.

"최준 오빠, 이게 어떻게 된 거죠? 겨우 이 정도 파괴력으론 숲을 모
두 태울 수 없잖아요."

"음~ 기다려 봐."

최준의 여유로운 대답을 끝으로 그 광구 속에서 수많은 빛줄기들이
사방으로 퍼져 나갔다. 마치 어둠 속에 감춰졌던 진주가 빛을 보이며
그 자태를 사방으로 뽐내는 광경 같다고나 할까? 최준이 황급히 배 주
위에 바리어를 펼치자마자 그 빛줄기들 중 하나가 바리어에 떨어졌
다. 그러자 배가 심하게 요동 치며 세희가 배 난간에서 떨어지고 말았
다.

폭발의 여파는 상당했다.

약간 저려오는 엉덩이를 쓰다듬으며 세희가 자리에서 일어나자 놀
라운 광경이 눈앞에 펼쳐졌다.

겨우 숲의 1/100 정도밖에 태우지 못했던 그 광구 속에서 수많은
빛줄기들이 뻗어 나와 숲 전체에 떨어져 퍼지고 있는 것이었다! 그 빛
줄기들이 숲에 퍼질 때마다 대지를 때리는 폭음과 함께 각각의 광구
를 일으켰다. 메테오의 그것과는 비교도 할 수 없는 저 엄청난 파괴
력.

"후우~ 역시 최강의 유니크 아이템이라 그런지 남아나는 게 없군."

최준은 감탄사를 터뜨렸지만 세희는 그 폭발의 위력보다 신성이가
그곳에 무사히 도착했는지가 더 걱정이었다.

"듀라는 그곳에 무사히 도착했을까요?"

"어, 도착했을 거다. 스카우트를 통해 들어가는 걸 확인했으니까."

"……."

세희와 최준은 조용히 아래의 광경을 내려다보았다. 그것은 약 30분 가량의 대폭발이었다.

나는 나와 선행자 주위를 포위하고 있는 녀석들을 향해 검광진을 띄 웠다. 보통 때였으면 물불 안 가리고 다 죽여 버렸을 텐데 지금은 상황 이 그리 좋지 못했다.

"저 앞소 있는 네 명 중에 한 명은 전투력이 7천 5백 가까이 됨다. 두 명은 6천 중반이고… 또 한 명은 5천쯤 되는군뇨. 마됴라 씨가 제일 허약한 왜놈을 상대해 주시라요."

생각 같아선 제일 강한 놈을 상대하고 싶었지만 상대가 되지 않는 걸 알기에 그렇게 하기로 했다. 괜히 덤볐다 피 보면 안 되지.

"하지만 결코 얕보진 마십쇼. 상대가 베스트 왜놈 유저란 걸 잊어선 안 됨다."

"알겠습니다."

대답하는 내 옆으로 선행자가 빠르게 튀어 나가 유저 세 명과 검을 나 누곤 저 멀리 몬스터 지역으로 떨어졌다. 그들의 뒤로 일본 유저들 1천 명가량이 우르르 달려나가는 것이 보였다. 자기는 저쪽에서 알맹이들과 놀 테니 너는 내가 준 찌꺼기나 상대해라… 뭐, 그런 뜻인가?

"당신과 저만 남았군요, 마듀라 씨."

자리에 있는 찌꺼기의 대장이 여유롭게 미소 지으며 나에게 말을 걸 어왔다. 전투력 5천 정도라던 그는 약간 까무잡잡한 피부에 하얀 머리 카락을 가진, 꽤 기지배같이 생긴 외모의 남자였다. 몸매도 호리호리 해 보이고, 난 그의 목소리를 듣기 전까지 여잔 줄 알았다. 하여간 생긴 거 하나는 꼭 술타르처럼 생겼다.

"제 닉네임은 엘메타. 좀 튀어 보이다시피 일본의 베스트 23인 중한 명입니다. 아무래도 당신이 절 상대할 모양 같은데요. 음~ 아무리마듀라 씨라도 절 상대할 수 있을지……?"

아주 돌아가면서 날 무시하는구나. 시린터부터 최준 형, 그리고 저것까지.

"후후! 참고로 말씀드리지만, 저는 이곳에 있는 4대 베스트들 중 가장 강합니다. 아, 이건 자화자찬이 아니라 제가 진짜 잘나서 그런 거라구요."

어허? 그러서? 선행자 말로는 전투력이 5천 정도라고 했는데 가장강할 리가 없잖아?

"이래 뵈도 23대 베스트들 중 12번째로 강한 몸이지요. 후후후!"

"……?!"

나는 잠깐 본 걸로 알 수 있었다. 순간적으로 녀석의 손에서 자그마한 불꽃이 일어난 것을! 마법?! 아니다! 저것은…

"후후! 공포를… 맛보여 드리지요."

화르르륵─!!

그의 양손에서 불꽃이 퍼져 나와 주위를 쓸어버린다! 나는 황급히검기막을 형성시키며 그의 공격을 막았지만 그것을 막지 못한 주위의일본 유저들은 그 불꽃에 몸을 다 태워 버려야 했다. 아니, 태워지는것도 아니라 거의 증발 수준이다! 이런 어이없는?! 자기 동료를 다 태워 죽여?!

"대체… 뭐냐?!"

"걸리적거리는 것들을 치운 것뿐입니다."

그가 미소 지으며 양손을 뻗었다.

"나와라! 이그리아이드!"

"……?!"

그의 뒤에 나타나는 엄청난 크기의 불꽃 거인! 몸에 석유 뿌리고 불붙인 인간의 형태를 갖추고 있는, 족히 10m가량 되어 보이는 그것은 분명 불의 정령왕 이그리아이드였다! 방금 일본 유저들을 다 태웠던 불꽃도 이 정령의 기운이었어! 역시 엘리멘탈 마스터였나? 어쩐지 겨우 전투력이 5천이냐고 생각했다. 정령을 부리는 정령사의 힘은 그리 위력적이지 않지만 그가 거느리는 정령은 너무나 위력적이다. 아마 저 정령의 전투력만 족히 7천은 넘기리라.

"아직 끝이 아니죠! 나와라! 우트큐미네!"

츄와아아아—!!

이번엔 마른하늘에서 물이 떨어졌다. 폭포수가 떨어지듯 떨어진 그 물들은 다시 서서히 떠오르며 모양을 잡아갔다. 그것은 이그리아이드와 같은 크기의 여자 모양 거인이었다. 물의 정령왕 우트큐미네.

내가 수많은 유저들을 PK해 봤지만 정령사와 싸운 적은 극히 드물었다. 정령사가 흔한 직업도 아니거니와 그것을 마스터한 엘리멘탈 마스터라면…

"후후! 그럼 놀아볼까요?"

그가 손을 한 차례 휘젓자 불의 정령왕 이그리아이드와 물의 정령왕 우트큐미네가 나에게 날아왔다.

나는 다급히 외쳤다.

"소환주의 명에 따라 나타나라, 마갑 알트레탈리!"

연이어,

"실리스의 에르기아!"

알트레탈리와 에르기아가 펼쳐질 동안 정령들은 바로 내 코앞까지 와 있었다. 막 이그리아이드가 불꽃 주먹을 내리꽂으려 할 때 자리를 피한 나는 검광진 사십 구를 띄웠다. 그 검광진에서 무형참황검을 빼든 나는 이그리아이드에게로 달려나갔다!

"으아아압!"

지잉―!

무형참황검에 몸뚱일 베인 이그리아이드였지만 갈라졌던 불꽃은 다시 붙으며 활활 타올랐다. 칼로 불 베면 불이 꺼지냐?

"우트큐미네! 물총 화살!"

엘메타의 명령어와 함께 물의 정령 우트큐미네의 몸에서 물 화살이 날아왔다. 막긴 글렀다! 아니, 막을 수도 없으리라! 최대한의 스피드를 끌어올려 물 화살을 피해내는 수밖엔. 이래 뵈도 100m에 1초인 나이기에 피하는 덴 이골이 난 몸이란 말씀!

"하지만 피하기만 해서는 아무것도 할 수 없을 텐데요?"

"나도 알아, 임마!"

어차피 정령들에게 검을 휘둘러 봤자 칼로 물 베기고, 녀석을 이길 수 있는 방법은…

정령들의 주인을 죽이는 수밖에 없다!

"……!"

무형참황검을 양손으로 쥐고 가슴 앞으로 바싹 치켜든 나는 엘메타에게 달려들었다. 저 녀석만 잡으면 게임은 끝난다!

"훗! 좋은 생각이긴 하군요."

그와의 거리 2m 남겨놓은 지점! 나의 무형참황검이 녀석의 머리를 쪼개 버릴 기세로 날아갔……!

차앙—!

뭔가에 막혀 버리는 나의 검! 순간적으로 나는 녀석의 앞을 무언가가 가로막고 있는 것을 알 수 있었다.

바람의 정령왕 피르실미아드?!

어떻게 정령왕을 세 마리나 부를 수 있지?

"후후! 괜히 베스트 23인이 아니란 말입니다."

녀석이 손을 뻗자 순간 내 몸 오른편에서 엄청난 충격이 이어지며 시야가 크게 뒤흔들렸다. 그 뒤에 느껴지는 건 엄청난 폭발음! 하지만 그것은 폭발음이 아니라 내가 몇 미터 이상이나 굴러 나가떨어지는 소리였다.

쿠쿠쿠쿠쿠쿠—!!

"……."

시야에 보이는 것은 어둠과 적막뿐이었다.

"운영자께서 이곳까지 친히 행차해 주셔 너무나 황공할 따름입니다. 후후!"

"뭐 그리 말이 많네? 날래 덤비라우."

"훗! 여유가 철철 넘치시는군! 하지만 혼자서 우리 베스트 23인 중 세 명을 당해낼 수 있을 것 같습니까?! 아무리 운영자라도 그것은 불가능합니……!"

스릉—

일본 유저의 앞으로 텔레포트한 선행자가 가볍게 검을 내리긋자 방금까지 입을 열었던 유저의 머리가 반으로 갈라지며 자리에 3초 정

도 서 있다 사라졌다. 피 묻은 검을 내리며 선행자가 나지막이 입을
열었다.

"지금부터 주둥아리 놀리는 종간나들은 이 검이 용소치 않을 고심이
야."

"괴, 괴물이다!"

"로그아웃해!"

"으아아악!"

"이보라우, 그냥 로그아웃 제끼몬 재미엄찌 안카소? 내래 한 수 봐
주고 검에 피 묻히지 안치."

하지만 일본 유저들은 겁에 질려 하나둘씩 로그아웃하기 시작했다.

가뜩이나 운명자와 싸운다길래 겁먹었던 일본 유저들이다. 그런 그
가 베스트 23인 중 한 명을 끝장냈으니, 그들의 공포심은 커져 저 모두
에게 급속도로 퍼진 것이다.

그때였다.

"자식들아! 거기 서라! 지금 이대로 도망친다면 길드의 보복이 가해
질 것이다! 그것도 모르는 거냐?!"

그러자 로그아웃하려던 일본 유저들이 멈칫한다. 만약 이대로 로그
아웃한다면 길드에서 책임 추궁, 보복이 가해질 것이리라. 그것은 영
예롭게 싸우다 게임 오버되는 것보다 무거운 죄였다. 게임에 발을 들
일 수 없는 것이라 할 수 있으니.

"이, 이렇게 된 바에야……!"

한 일본 유저가 선행자에게 달려드는 것을 시작으로 일본 유저들이
사방에서 선행자에게 달려들었다.

"욕시! 그렇게 나와야디!"

선행자가 검을 검집에 끼워 넣고 그것을 들어 올렸다. 가장 확실하고 살상력이 높은 그의 필살기 검기 폭발은 쓰지 않을 생각이었다. 괜히 마듀라에게까지 영향이 미치면 곤란하니까.

대신 선행자는 초원에 넓게 펼쳐진 몬스터들을 바라보며 씨익 미소 지었다.

"몬스토들의 먹이로 주겠소."

퍼억—!

선행자가 내지른 검집에 턱을 가격당한 일본 유저가 획— 하고 날아가 근처 몬스터들 사이에 떨어졌다. 그냥 떨어졌다면 상관없겠는데 하필 오우거의 등에 맞고 떨어질 게 뭐람? 그 일본 유저는 오우거에게 머리를 뜯어 먹혀 게임 오버당하고 말았다. 그리고 그 위로 일본 유저 서넛이 획획 날아가 몬스터들에게로 떨어졌다. 물론 오우거에게 머리를 뜯어 먹힌 사내와 같은 꼴이 되었지만.

듀라실리스의 몬스터들은 상대가 먼저 공격을 가하지 않으면 자신이 먼저 공격하지 않는다. 그런 상황에서 몬스터들과 몸을 부딪쳤다간 커다란 낭패를 보기 십상이다.

"하하핫! 간만에 포식 좀 하겠구마이야!"

몬스터들에게 잡아먹히는 일본 유저들을 바라보며 선행자가 대소를 터뜨렸다. 평소 일본 유저에게 꽤 많은 악감정을 가지고 있던 선행자였다. 자신들이 최강의 유저들이라며 떠들어대는 것부터 그 불량한 행동들까지. 물론 모든 일본 유저가 그렇다는 것은 아니다. 하지만 미꾸라지 한 마리가 온 웅덩이를 흐리는 것이라 했던가?

"하하핫! 나가떨~ 어져서리 몬스토들의 밥~ 이나 되라!"

그렇게 일본 유저들을 몬스터들 사이로 날려 보내던 그가 갑자기 고글에 표시된 위험 반응을 확인하곤 재빨리 자리를 피했다!

쾅―!!

자리를 피하자마자 그가 서 있던 자리에 무엇인가가 굉음을 내며 떨어졌다. 굉음으로 들어볼 때 몇 톤쯤 되는 쇳덩어리가 떨어진 충격이랄까? 그것이 떨어진 자리는 땅바닥이 움푹 패여 있었다. 가공할 만한 그 파괴력에 잠시 멍해 있던 선행자는 그것의 정체를 확인하자마자 중얼거렸다.

"파이토 마스터 무기 배틀 도끼 킬리톤?!"

파이터 마스터 무기 배틀엑스 킬리톤! 양 갈래로 뻗어 있는 도끼날은 물질로 이루어진 것이 아닌 푸른색 기(氣)로 이루어진 것이었다. 파괴력만으로 따지자면 마스터 무기들 중 1, 2위를 다툰다는 최강의 무구!

스릉― 파악!

그것의 끝에 연결되어 있는 쇠사슬이 팽팽하게 잡아당겨지며 하늘로 튀어 올라 누군가의 손에 들어갔다. 상대는 일본의 23대 베스트 중 하나라는 자.

"허어~ 그 운영자 아이템 때문인가? 그 고글 말이다. 그것이 위험을 감지한 거겠지? 일반 유저였더라면 방금 내 공격에 몸이 두 동강났을 텐데."

"……."

선행자는 태연한 척 그에게로 시선을 향했다. 설마 고글을 알아맞힐 줄은 몰랐는데. 하지만 내색하진 않았다. 괜히 내색했다간 당황하는 모습을 상대에게 보이게 되고, 그럼 녀석이 자신을 깔볼 것이다.

"후후! 내 공격도 피했으니 그럼 저것도 피할 수 있을까?"

“……?”

그의 말이 끝남과 동시에 선행자의 고글에 무엇인가 피빅— 하고 표시되었다. 위험 표시?!

선행자가 살기를 느끼곤 급히 뒤로 한 발자국 피하자마자 무엇인가 그의 얼굴 앞을 쒜액— 하고 지나갔다! 그것은 선행자를 지나쳐 한 일본 유저의 이마에 정확히 꽂혔다. 손바닥 크기의 표창? 아니, 단검?!

일본 유저의 이마에 꽂혀 있던 그것이 푸른색 실 같은 것에 잡아당겨지며 주인의 손으로 다시 돌아갔다. 그것을 쥐고 있는 사람은 15세쯤 되어 보이는 사내였다.

“후후! 역시 운영자답군. 그걸 피해내다니. 내 티숍이 관자놀이에 정확히 꽂혀질 것이었는데.”

“……?!”

레인저 마스터 무기 다트 티숍. 살짝만 찔려도 그것의 마약 같은 기능으로 캐릭터는 저절로 버서커 상태가 되어버리고 만다. 물론 급소에 찔리면 즉사로 이어지고.

“후후! 그럼 이제 본격적으로 놀아볼까?”

선행자는 냉정을 유지하며 그들과 마주했다.

“아무래도… 녹록치 않은 종간나들이구마?”

“홋! 끝났군.”

천하의 마듀라도 정령왕 둘이 내지르는 더블 펀치를 당해낼 순 없었다. 드디어 일본 마스터들이 가장 두려워하는 인물 중 하나를 없앤 것이다.

'하하! 직접 마주치고 보니 별것도 아니잖아?'

그는 돌아서서 선행자 쪽을 바라보았다. 선행자는 이미 베스트 유저 둘과 혈전을 벌이고 있었다. 만만치 않은 상대임에도 절대 기죽지 않는 그 기세 하나는 정말 대단했다.

"쯧쯧! 역시 내가 나서야 하나?"

그가 막 정령들을 이끌고 선행자 쪽으로 다가가려던 참이었다.

"기… 다려라… 이 쌍할 놈아!"

"……?!"

마듀라가 일어선 것이다! 어떻게 그 공격을 받고 일어설 수 있지? 정령왕 이그리아이드와 우트큐미네의 합공 펀치를 맞고도 살아난 유저는 지금까지 아무도 없었다. 분명 게임 오버되었어야 정상이거늘 저렇게 움직일 수 있다니?!

엘메타는 믿기지 않는다는 투로 질린 듯 말했다.

"정말… 놀라운 정신력입니다."

10초 정도 기절했을 것이다. 게임 오버되어선 안 된단 일념 하에 가까스로 몸을 일으키긴 했지만 이미 몸은 개꼴난 상태였다. 양팔도 쓸 수 없다니… 포션도 꺼낼 수 없잖아!

"정말… 놀라운 정신력입니다."

"쿨럭!"

기침과 함께 입에서 피를 토한 나는 몸이 휘청해짐을 느끼곤 무릎을 꿇었다.

"그냥 죽은 척이라도 해주면 알아서 확인 사살해 줄 텐데. 명을 재촉하시는군요."

"닥쳐… 라! 쿨럭! 너 따위는… 무릎을 끓고라도 상대할 수 있어!"

"허어~? 입만 살아가지고. 하지만 당신과 저는 파워의 차이가 너무도 큽니다. 그 상태론 제 털끝도 건드릴 수 없습니다. 뭐, 절정 스킬 정도가 아니라면 말이죠."

크큭! 웃기는 자식! 알아맞혔잖아? 23대 베스트라 할지라도 나한테 안 되는 이유가 거기에 있었지.

캐릭터의 능력이 아무리 좋아봐야 쉽게 가질 수 없는 것이 딱 한 가지 있긴 하다. 그게 바로 절정 스킬.

"그럼 진짜로 끝내 드리죠."

"후흡~"

나는 깊게 숨을 들이마시며 몸 안의 검기를 끌어올렸다. 그리고 머리 속에 검광진의 모양을 떠올린 뒤 검기들을 집합시켰다. 나도 이것이 절정 스킬로 만들어질지는 잘 모른다. 실패작으로 만들어지면 실패한 거고 성공작으로 만들어지면 그 반대의 경우가 된다. 이미 절정 스킬 둘을 개발한 나였지만 결과가 어찌 될지는 알 수 없다. 하지만 결과가 어찌 되든 올인하고 봐야지 이 상황에 별수있나?!

"이그리아이드, 네가 곤히 보내 드려라."

슈우우―

불꽃의 정령왕 이그리아이드가 나에게 날아와 손바닥을 높이 들어올렸다. 하지만 이미 침착하게 검기 배열을 끝마친 나는 0.5초 만에 생각해 낸 검기 스킬 시동어를 외쳤다!

"검구대진폭광!"

"뭐, 뭐야?!"

녀석의 발 아래에 10m가량의 검광진을 나타낸 나는 그곳으로 검기를 끌어올렸다. 발 아래에서 솟아나는 검은 빛 에네르기! 그것은 검광 진 전체에서 솟아오르며 뻗어 나갔다!

“으아아아아악!!”

녀석의 주위는 바람의 정령왕 때문에 공격을 가할 수 없다. 하지만 땅을 밟고 있는 지상까진 방어를 못하겠지! 온몸이 타 들어갈 거다!

“크으으윽! 저, 절정 스킬인가?!”

“알았으면 뒈져 버렷!”

검은 빛 에네르기는 끝없이 솟아오르며 녀석의 몸을 태웠다. 이걸로 녀석을 이길 수 있어! 감히 절정 스킬 하나 개발하지 못한 허접 캐릭터 주제에 내 앞에서 설쳐? 정령과 함께 찌꺼기로 만들어주지!

“크으으으으!!”

꽤 버티시는군. 보통은 이쯤에서 소멸되었어야 정상이 아닌가?! 제 아무리 마스터래 봐야 절정 스킬 앞에선…

“크으으으으! 으으으으! 정… 령이여! 나에게로 오라!”

내 앞에 있던 이그리아이드와 그의 주위에 있던 바람의 정령, 물의 정령까지 모두 엘메타에게 모여들었다. 그것은 엘메타의 주위를 배회 하더니, 어느 순간 땅에서부터 뻗어 나오던 검구대진폭광의 에네르기 를 뚫고 중화시켜 나가기 시작했다!

“이런… 어이없는!”

당황하기도 잠시, 나는 검기를 있는 대로 끌어올려 검광진에다 퍼부 었다. 이렇게 된 이상 너 죽고 나 죽고다! 다시금 뻗어 나오는 검기 에 네르기에 세 마리의 정령왕들이 밀리기 시작했다. 아무리 파워의 차이 가 심하다지만 절정 스킬은 그리 만만한 것이 아니거든!

정령들은 이제 가스레인지에 구워지는 오징어 같은 형상이 되었다.

다신 검기를 중화시키지 못하겠지!

결국엔 에네르기를 견뎌내지 못하고 피르실미아드 바람의 정령왕이 그 자리에서 소멸되었다. 아웃된 것이리라! 세 마리 중 한 마리가 끝장나 버리자 나머지 두 마리는 그 부담을 지게 되어 더욱 밀리기 시작했다. 얼마 지나지 않아 우트큐미네 물의 정령왕까지 사라져 버렸다.

그것까지 사라지고 나자 엘메타의 몸이 휘청 떨렸다.

"대, 대단하다! 설마 숨겨온 절정 스킬이 있는 줄 몰랐는데?! 한때 지존의 자리에 있던 녀석답군! 하지만……."

"……?!"

"이게 끝이라고 생각지 마라아아아아아!!"

상대가 기합을 내지르자 그의 주위로 하얀색 에네르기가 뻗어 나와 그의 몸을 휘감았다! 그것은 나의 검구대진폭광을 옆으로 퍼뜨리며 그 에너지를 사방으로 방출했다. 검은 불꽃 가운데에 하얀색 불꽃이 타오르는 광경. 녀석이 자리에서 1m가량 공중으로 떠올랐다.

"으아아아아아!!"

파앗―!

순식간에 검구대진폭광의 에네르기가 꺼지며 검광진이 사라졌다. 절정 스킬을 떠받치고 있던 검기들은 한순간에 흐트러지며 그 검기들을 조종하고 있던 알트레탈리가 박살나 버렸고 이어서 실리스의 에르기아도 사라져 버렸다. 조각조각 사방으로 튀어 나가는 알트레탈리의 파편을 바라보며 나는 허망한 표정만을 지을 수밖에 없었다.

나의 최후의 비기를 막았어?!

"괴물 같으니."

진짜 괴물이다. 넘어서고 넘어서도 끝이 보이질 않아. 내 카도라스 인생 5년 동안 저렇게 끈질긴 녀석은 처음 본다. 술따러도 저 정도까진 아니었는데.

녀석이 거친 숨을 몰아쉬며 승리에 찬 미소를 떠올렸다.

"하악! 하악! 이제 끝났죠? 더 이상 개길 힘 없으시죠? 하악!"

"우, 웃기지 마라, 이놈아! 내 사전에 패배란 있어도 포기란 없다!"

시간이 조금 지나 몸을 움직일 수 있게 된 나는 일어서서 오른손을 뻗었다. 어차피 여기까지 왔으니 싸우다 죽자! 녀석이나 나나 많이 지친 상태다. 비록 내가 더 데미지를 많이 받긴 했다만…….

오른손을 뻗자 검광진 한 구가 생성되었다가 흐릿해졌다 다시 생겼다를 반복했다. 검기가 바닥나 버린 것이다! 아마 알트레탈리가 부서져 버리고 절정 스킬을 날려대느라 그렇게 된 것이리라.

검기도 바닥나 버렸고, 체력도 다 떨어져 버렸으니 이제 방법은 없는…

…있다!

"파이어 버스트!!"

이래 뵈도 위저드 마스터란 말씀! 소더러 클래스에 직접적인 투자를 하다 보니까 마법에 조금 소홀했지만 웬만한 마법은 사용할 수 있었다!

"하얏!"

그치만 이런 나의 마법도 그저 기합을 지르는 것만으로 방향을 바꿔버리는 엘메타였다. 무서운 놈! 마법을 튕겨내?

"그럼 이건 어떠냐!"

일렉트릭 스파크 볼 오십 구체!

이 많은 숫자라면 막아낼 수 없겠지?!

"받아보시지!"

일렉트릭 구체가 엘메타에게 날아가 폭파되었다. 주위에 땅이 패이며 먼지가 녀석을 뒤덮었다. 오십 번의 대폭발이 이어졌지만 아직 녀석이 죽었다는 보장은 할 수 없었다. 지금까지 녀석이 보인 깡으로 볼 때 이 정도에 쓰러질 녀석이 아니라는 걸 안다!

"인시너레이트!"

쿠구궁―!!

불의 상급 마법까지 쏘아내고 나자 일대 먼지까지 완전 휩쓸리며 초고열의 불바다를 만들어냈다. 이것에 맞는다면 제아무리 마스터 레벨이라도 온몸이 녹아버리리라!

터벅― 타박― 타박―

젠장! 아직도 살아 있나?!

"……."

녀석은 검은 연기에 꼴이 말이 아니었지만 나의 마법쯤은 아무런 장애가 되지 않는다는 듯이 걸어나왔다. 이미 질릴 대로 질렸지만 포기할 순 없기에 나는 마지막, 모든 마나를 끌어들여 외쳤다!

"파워 워드 킬!!"

절대 즉사 마법! 녀석의 발 아래로부터 타오르는 검은 불꽃이 엘메타를 잡아먹을 듯이 타올랐다. 이건 캐릭터의 역량에 따른 문제가 아니라 그 유저의 정신력에 따른 마법이다. 녀석이라도 나의 정신력을 넘어설 리는 없으리라!

"……?!"

그치만 타오르던 파워 워드 킬의 불꽃은 힘없이 꺼져 버렸고 상대는 아무 이상 없이 계속해서 나에게 걸어나왔다. 내 모든 것을 건 마지막 일격이었는데!

"제 몸은 모든 마법에 내성이 있습니다. 아니, 엘리멘탈 마스터는 모든 마법에 내성이 있다고 해야겠군요. 모든 속성의 정령을 다루는 자니까. 그것도 모르십니까?"

그랬나? 게임을 접은 지 워낙에 오래되다 보니 다 까먹어서…….

"그나저나 제가 오랫동안 키워온 정령들을 둘씩이나 소멸시키다니. 도저히 용서할 수 없군요. 조용히 게임 오버되어주시죠."

"……."

나는 마른침을 꿀꺽 삼키며 뒤로 한 발자국 물러섰다. 괜히 무턱대고 덤볐다간 피 본다. 이런 상황에 세희라도 있었으면 이리도 고전하진 않았을 텐데.

"어이~ 아직도 못 끝내신 겁네까?"

"……?!"

순간 들려오는 선행자의 한심하다는 말소리와 함께 나와 엘메타는 선행자의 목소리가 들려온 쪽으로 고개를 돌렸다. 저 멀리 일본 유저들 사이를 헤치며 달려나오는 선행자!

저 녀석?!

"벌써 놈들을 다 해치운 건가?!"

그 일본의 베스트들을 모두 처리하고?

"어떻게 이럴 수가?!"

나의 놀라움은 엘메타의 것보다 더했다. 진짜 괴물은 저기 있었던 것이다!

"이그리아이드! 없애 버려!"

불의 정령왕 이그리아이드가 달려오는 선행자를 가로막았지만 선행자는 이그리아이드의 가슴 한복판을 뚫고 엘메타의 앞까지 날아왔다. 기슴을 꿰뚫린 이그리아이드는 그 상태로 가루가 되어 사라져 버렸고, 엘메타가 당황하기도 잠시,

푸커컥—! 서걱— 파각! 카칵!

엘메타의 몸은 자리에서 토막나 버리며 땅바닥에 우수수 떨어졌다. 이어서 가루가 되어 사라져 갔다. 너무나 간단히…….

"그렇게 강했는데……."

그렇게 강했는데 선행자한테 잽도 안 되다니.

"어이가 없다."

양손을 탁탁 털며 선행자가 내 곁으로 다가왔다.

"수고하셨슴다. 제가 왜놈들 네 명과 한꺼번에 싸웠으면 졌을 검다. 저 한 명을 잘 상대하푼서 시간을 끌어주서서리 이길 수 있었슴다."

"…결국 저는 시간 끌기 용밖에 안 됐단 말씀입니까?"

"홋! 맘대로 생각하십쇼. 그럼 날래 로그아웃 제끼시라요. 저는 저 잔챙이들을 한꺼번에 쓸어버려야 되서리……."

선행자가 검을 꺼내 드는 것으로 보아 또 한바탕 날릴 건가 보다.

나는 조용히 고개를 저었다.

"이곳의 마지막을 보고 싶군요. 알아서 로그아웃할 테니 그쪽도 알아서하십시오."

"그럼 그러시라요."

선행자의 검에 불꽃 소용돌이가 일었다. 일본 유저들이 우리들 주위를 포위하며 에워쌌지만 상대할 의사는 없어 보였다. 얼마나 선행자에게 당했으면 저렇게 쫄까? 우리 주위를 에워싸고 있는 유저는 고작 3백

명 정도에 지나지 않았다.

잠시 소용돌이치는 불꽃 검신을 바라보던 선행자가 일본 유저들에게 외치며 달려나갔다.

"받아랏! 뜨끈뜨끈 불바다!"

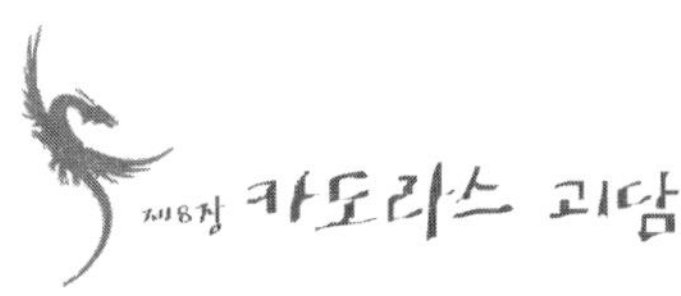

제8장 **카도라스 괴담**

"결국엔 전멸인가?"

운영자의 힘은 대단했다. 단 한 번의 공격으로 유저 수백 명을 게임 오버시킬 정도로… 하지만 운영자도 운영자지만 그에게 더욱 신경 쓰이는 것은 마듀라였다.

"정말 형편없이도 약해졌군."

겨우 엘메타 정도에게 저렇게 고전을 해서야.

"재미없는 녀석. 좀 더 강해져 있을 줄 알았는데."

소더러 A는 기분 나쁘다는 듯이 리모콘으로 화면을 돌렸다. 화면이 바뀌자 한 남자의 화상 영상이 나타났다. 잔뜩 굳은 얼굴의 야마모토 타케루다.

「보시다시피 2만 명은 전멸했다. 그리고 숲에서 입구가 만들어지지 않는 것과 베스트 5인의 게임 오버도 확인했다.」

"그래?"

그럼 베스트 18인이 되는 건가? 약간의 타격이군.

소더러 A가 잠시 턱을 괴곤 생각에 잠기더니 자리에서 일어나며 말했다.

"그럼 운영자 쪽 상황을 계속 주시하도록."

「그럼 마듀라는?」

마듀라, 아무리 실망스럽다지만 무시할 수 없는 인물.

소더러 A는 타케루의 질문을 받고 꽤 시간이 지나서야 대답했다.

"마듀라는……."

아직 마듀라에게 복수를 선사하지 못했다. 아직 버릴 순 없다. 이때를 위해서 지금까지 만들어왔던 버그가 말이야…….

"마듀라의 일거수일투족도 주시하도록."

다음날.

"너희들, 어제 그거 봤냐? 그룬드에 있던 숲이 통째로 날아가는 거 말야. 듣기로는 일본 유저들이 불법 프로그램을 사용해서 운영자들이 체벌한 거라더라? 고 레벨 유저들이 꽤 게임 오버되었나 봐."

용태에게 전해 들은 소식으로 보아 어제의 일은 그렇게 소문이 퍼졌나 보다. 최준 형이 일을 잘 무마시켰나 보군. 어제의 그 전투로 인해 일본 베스트 유저 다섯과 마스터 레벨 2백 명, 그리고 그들을 포함한 인원 2만 명가량이 게임 오버되었다고 어제 최준 형한테서 전화가 왔었다. 그렇게 유저들을 막 대하고서 뒷일은 어떻게 책임지냐고 물었더니 알아서 한다더라. 그래서 이렇게 소문을 퍼뜨렸나 본데, 이렇게 소문이 퍼질 수 있었던 건 카도라스 타임즈가 한몫했으리라.

어제 밤새 게임을 해서 잠이나 잘 생각으로 책상에 엎드리는데 갑자기 교실 문이 벌컥 열리는 소리와 함께 담임 선생님의 목소리가 들려왔다.

"얘들아! 오늘 학부모 총회가 있어서 1교시 수업은 제낀다! 모두 자습하도록!"

그리곤 곧바로 복도 쪽으로 뛰어가는 담임이 아닌가? 반 친구들은 1교시 동안 놀 수 있단 생각에 더욱 날뛰었고, 나는 좀 더 잘 수 있다는 생각에 맘 편히 곯아떨어질 수 있었다.

그전에 세희에게 말했다.

"세희야, 밤새 게임해서 피곤할 텐데 그만 자. 자리가 불편하면 양호실 침대로 갈래?"

세희는 고개를 가로저으며 괜찮다는 미소를 지었다. 그리곤 읽고 있던 책에 다시 시선을 돌렸다. 세희는 원래 잠이 없는 건지 집에선 밤새 게임하고 학교에선 잘도 공부한다. 도대체 잠은 언제 자려고…….

"얘들아! 모여봐 봐! 모여봐! 내가 인터넷 상에 떠도는 카도라스 괴담 이야기 하나 해줄게! 가장 최근의 괴담이야!"

용태가 쓸데없는 주제로 반 친구들을 불러모았다. 카도라스 괴담이라는 게 인터넷 상에 떠돌아다니는 것이 있긴 있지만 대부분 사람들이 지어낸 것이라 믿을 건 못 된다.

한 4년 전쯤에 글쓴이도 모르는 괴담이 카마디 홈페이지 게시판에 올라와서 화제가 되었었는데 IP 추적도 안 먹히고 글도 안 지워져서 정말 귀신이 한 짓일까 생각됐던 사건이었다. 나도 홈페이지에 들어가서 봤었는데 내용이 '이 글을 본 사람은 카도라스의 유령이 그대의 뒤를 따를 것이다' 라는 저주 글이었다. 볼 때 얼마나 허무하던지. 유령이

뒤를 따랐냐고? 매일 소리없이 나타나는 최준 형이 귀신이라면 귀신이
다.

세희는 카도라스 괴담이라는 것에 귀가 솔깃해져 용태의 말에 귀를
기울였다. 물론 그녀도 진짜라고 생각하진 않을 것이다. 그저 재미
로…….

"후후! 이야기에 앞서 이것은 내가 지어낸 이야기가 아니란 걸 알아
주길 바래. 이 이야기는 실화라는 걸 명심해."

보통 괴담 같은 것에서 보면 맨 첫머리에 그런 구절이 나오곤 하지.

용태가 창문 커튼으로 햇빛을 차단하곤 형광등을 모조리 껐다. 그리
어둡진 않았지만 음침한 분위기는 확실하게 나는 것이 분위기가 묘했
다.

다시 제자리로 돌아온 용태가 이야기를 시작했다.

게임(카도라스)에서 처음 만나 사귀게 된 한 커플이 있었다. 그들은
2년간을 게임에서 만나며 서로 사랑하는 사이가 되었다. 너무나 사랑
한 나머지 현실에서 만나 하룻밤을 지낼 정도로…….

그렇게 둘은 아이를 가지게 되었고 혼인까지 다짐한 사이가 되었다.
하지만 둘은 심한 갈등을 겪게 된다. 남자 쪽 부모가 결혼을 반대한 것
이다. 남자 쪽은 돈있고 빽 든든한 대부호로 상류층 사람이었고, 여자
는 고아원 출신의 천애고아였으니 당연 반대하리라. 요즘 세상에 돈없
는 천애고아와 혼인을 하는 대부호가 어디 있겠는가? 부모라면 자식새
끼가 돈 많고 혈통있는 집안과 혼인하는 것을 바랄 테지.

난생처음으로 부모에게 반발까지 하며 결혼을 하겠다고 극구 다짐하
던 남자였지만 1년이란 시간이 흐르자 차츰 그도 지쳐가기 시작했다.

그러던 어느 날.

여자가 만삭(滿朔) 몸으로 남자와 게임에 접속했을 때였다.

남자가 여자에게 고백했다.

'우리 헤어지자.'

결국 남자는 여자를 포기하고 말았다. 곧 자신의 아이를 낳을 건데… 그런데 지금에 와서 헤어지자니.

여자는 그 말을 듣고 큰 충격을 받아 심장 마비로 세상을 뜨고 말았다. 그녀의 뱃속에 있던 아이는 당연히 유산되었고, 그녀의 사망설은 카도라스 타임즈의 기사 한구석에 작게 실렸을 뿐이었다.

하지만 문제는 여기서부터였다. 여자의 몸은 죽었지만 정신, 즉 영혼은 죽었을 당시 게임 속에 남아 있어 카도라스를 떠돈다는 소문이 생긴 것이다. 듣기론 폴로―카밀리베아 군도 3번째 섬―의 어느 던젼에서 그녀의 영혼이 갓난아기를 들고 나타난다는 소문이 있다.

세희는 오싹한 느낌을 받았는지 내 팔에 살짝 달라붙으며 몸을 떨었다. 참내. 하여간 너무 순진하단 말야, 세희는……

"저거 다 뻥이야. 무서워할 거 없어."

그러자 용태가 반발했다.

"시신성! 너 분위기 깰래? 이건 진짜 실화라구! 잠깐만 기다려봐!"

용태가 책가방에서 카도라스 타임즈를 뭉치로 꺼내 그곳에서 뭔가를 찾았다. 저 자식은 가방 속에 저것만 넣고 다니나? 언제나 가방이 두둑하다 했는데 다 저거였어!

잠시 그것을 들춰보던 용태가 카도라스 타임즈를 한 장 꺼내 나에게 내밀었다.

"자, 봐! 이 이야기의 주인공이라구!"

"……?"

용태가 내민 타임즈 기사 한 구석탱이엔 '게임 도중 쇼크사 사망자 X하빈(23세). 당시 만삭의 몸으로 게임을 하던 중 쇼크사. 아이는 유산' 이라는 기사를 볼 수 있었다. 하지만 이것만으론 그 괴담을 사실이라고 단정 지을 수 없잖아? 이 여자가 죽은 기사를 보고 누가 유언비어를 짜맞춘 것일 수도 있으니까. 그치만 이렇게 기사로 보니 좀 안타깝군, 뱃속의 아이와 같이 세상을 뜨다니.

용태가 기고만장해져서 외쳤다.

"자! 이제 믿겠지? 오늘 길드를 이끌고 이 여자 귀신 한번 찾으러 가볼 생각이야. 신성이하고 세희도 같이 가자!"

이 자식은 명복은 못 빌어줄망정.

나는 용태의 대갈통을 시원하게 한 방 후려갈겼다.

학교을 마치고 집에 돌아오자 어머니가 와 계셨다. 심심해서 차라도 마시러 왔나? 그건 아닌가 보다, 어머니의 양미간이 찌푸려져 있는 걸 보면.

"너희들! 도대체 생각있이 사는 거니? 집안 꼴이 대체 이게 뭐니? 매일 게임만 하고 다녀서 그런 거야? 그래도 집안 청소 정도는 해야 하는 거 아니야?"

크으! 저 잔소리. 하지만 반박할 순 없었다. 진짜 집안 꼴은 개판이었으니까.

나와 세희는 어머니의 앞에서 조용히 잔소리를 들어야 했다.

"너희들 이대로 하면 혼인이고 뭐고 없어! 세희도 그래, 매일 신성이
하고 어울려 다니니까 집안일에 소홀하잖니. 그런 건 집안일을 책임지
는 여자로서 바로잡아야 하는 거 아니니? 알고 있지? 아버지의 말씀 말
이야! 너희들의 행실을 보고 혼인 여부를 짓겠다는 거. 이대로 하면 내
가 아버지에게 어떻게 말할지 몰라?"

"어, 어머니! 그러시면 안 되죠! 마침 오늘 학교 갔다 와서 청소하려
고 했다니까요!"

"……!"

나는 세희의 손을 이끌며 황급히 집안 청소를 시작했다. 이거 다 청
소하려면 얼마나 걸릴라나? 오늘 친구들하고 귀신 찾으러 가려고 했는
데. 크흑!

어머님의 불호령이 떨어지고 나는 다시 정신을 차리게 되었다. 신성
이가 날 데려오고부터 너무 기강이 해이해져 있었어. 앞으로는 호통받
지 않게 잘해야지! 이제부터 게임에만 빠질 순 없으니까.

"세희야, 좀 전엔 말이 좀 심했지? 내가 한순간 이성을 잃었었나 봐.
호호! 이해해 주렴."

어머니께서 다가오시며 그렇게 말하자 나는 다급히 고개를 저었다.
오히려 충고해 주셔서 감사한데.

"아, 그 냄비는 철 수세미로 닦아야 한단다. 이리 줘보렴. 내가 도와
줄게."

어머니께서 냄비 하나를 들더니 설거지를 하셨다. 순식간에 냄비가
깨끗한 모습이 되자 나는 놀라 버리고 말았다. 손이… 안 보였어!

"호호! 세희도 숙련되면 이렇게 할 수 있단다. 아줌마 파워랄까?"

신성이 어머님은 아줌마라고 보기엔 아직 너무도 젊어 보이시는데. 맨 처음 어머님을 봤을 때 신성이 누나 내지 신성이 애인인 줄 착각했던 기억이 있었다. 지금도 그렇고. 40대 초반이라는 게 믿어지지 않는단 말야? 젊었을 때는 남자들이 줄을 섰다고 들었는데.

쏴아아―

덜그럭― 덜그럭―

"세희야……."

한창 설거지 중에 어머니께서 물으셨다. 나는 어머니에게 시선을 돌리며 말씀하시길 기다렸다.

"만약 신성이가 세희에게 실망을 주어도 세희는 잘 참아낼 자신 있니?"

"……."

끄덕―

나는 주저하지 않고 고개를 끄덕였다. 신성이는 나에게 실망 주지 않을 거라고 굳게 믿고 있기 때문에 고개를 끄덕인 것이었다.

"그치만 세희는 두렵지 않니? 무엇보다 언어에 장애가 있는데, 신성이가 만약 고무신을 거꾸로 신는다면 아무 반발도 못하고……."

나는 황급히 고개를 가로저으며 그럴 리는 절대 없을 거라고 반대했다. 무엇보다 신성이는 그럴 애가 아니야. 아니란 걸 알고 있으니까…….

"하지만 남자들 속이 워낙에 시커멓잖니? 내 아들이라지만 워낙 제 아비처럼 게임에만 푹 빠져 있으니 나하곤 영 얘기를 하지 않는단다. 때문에 나도 신성이 속은 잘 몰라."

"……."

"만약에… 만약 신성이가 세희를 배신한다면 내가 가만두지 않을 거란다. 같은 여자로서 말이다. 호호! 이런 걸 여자의 우정이라고 해야 하나?"

"……."

한참을 웃으시던 어머님께서 다시 정색하며 말씀하셨다.

"솔직히 나는 처음에 신성이가 세희를 책임지겠다고 했을 때 속으로 반대했었단다. 그래도 아직은 어린 나이니까. 지금같이 수십 평생을 같이하던 사이도 이혼하는 세상에 단 몇 년 사귄 걸로 결혼을 하겠다 니. 그것은 서로의 믿음 없이는 절대 불가능하지."

믿음?

"나는 사랑이란 믿음이 없으면 이뤄질 수 없는 것이라 생각한단다. 세희가 신성이를 얼마나 믿는지는 잘 모르지만 신성이가 잘못된 길로 들어설 경우에라도 신성이를 끝까지 믿어줬으면 해."

"……."

나는 살며시 고개를 끄덕이며 어머님의 말씀을 귀담아들었다. 신성 이에 대한 믿음이라면 얼마든지 있다고 자신하는 나였다. 그리고 신성 이도 날 믿을 거라 생각하고.

"그런데 세희야, 신성이하고 독립하는 데 말이다. 음~ 혹시… 이런 질문 해도 될까 모르겠는데……."

"……?"

무슨 말씀을 하려고 이리 뜸을 들이시는 거지?

내가 말해 보라는 눈빛을 보내자 어머님께서 약간 어정쩡한 미소를 지으며 말씀하셨다.

"설마 신성이하고 같이 자거나 하진 않았지?"

“……”

그, 그런 질문을…….

“에? 얼굴 빨간 거 보니까 진짜로 했니? 했어? 그건 속도 위반인데? 이런! 신성이한테 미리 충고하는 걸 깜박했네!”

나는 황급히 고개를 가로저으며 아니라고 대답했다. 아직까지 신성이는 내 몸을 건드린 적이 없었다. 고작해야 가벼운 스킨십 정도. 설마 어머님께서 이런 질문을 하실 줄은 몰랐는데… 아, 얼굴이 뜨거워.

“그런데 세희는 아이 일찍 가지고 싶니? 신성이의 아이 말이야.”

신성이의… 아이? 우으… 자꾸 이런 질문만 하시면 대답하기 낯뜨거운데.

“상관없잖니? 우리 둘만 있는데.”

“……”

나는 잠시 망설이다 조용히 고개를 끄덕였다. 사실 신성이와 갖는 아이라면 난 이미 결심하고 있었으니까. 아이를 키워보고 싶기도 했고.

“정말? 정말 아이를 갖고 싶어? 대단하구나! 요즘 세대들은 아이 안 가지려 하지 않니? 하지만 한편으론 조금 서운한걸? 내가 그렇게 빨리 할머니 소리 듣길 바라는 거야?”

생각해 보니 어머님은 할머니가 되는구나. 내가 정정하며 고개를 가로젓자 어머님께서 웃으며 손을 내저으셨다.

“사실 나도 빨리 손주 보고 싶거든. 음~ 나는 여자 아이면 좋겠는데, 세희 같은 성격으로. 신성이 같은 성격이면… 어우~ 신성이가 좀 그런 면이 있잖니?”

신성이의 그런 면?

           *   *   *

　방, 거실 청소를 다 마치고 세희의 설거지를 도와주러 부엌으로 내려가던 참이었다.

　어머니의 웃음소리가 들려온 것은 2층 계단을 내려갈 때였다.

　"솔직히 나는 처음에 신성이가 세희를 책임지겠다고 했을 때 속으로 반대했었단다. 그래도 아직은 어린 나이니까."

　참내, 어머니는 20살에 결혼했으면서 누구보고 이르다는 거야?

　끼어들까 했지만 나는 조용히 어머니의 말씀을 엿들었다.

　"지금같이 수십 평생을 같이하던 사이도 이혼하는 세상에 단 몇 년 사귄 걸로 결혼을 하겠다니. 그것은 서로의 믿음없이는 절대 불가능하지."

　어머니께서 세희에게 말을 건네던 중이었나 보다. 무슨 대화를 나누길래 저렇게 진지한 걸까?

　"나는 사랑이란 믿음이 없으면 이뤄질 수 없는 것이라 생각한단다. 세희가 신성이를 얼마나 믿는지는 잘 모르지만 신성이가 잘못된 길로 들어설 경우에라도 신성이를 끝까지 믿어줬으면 해."

　나는 내심 놀랐다. 어머니께서 저런 말씀도 다 할 줄 아시다니? 사랑에 대한 자신만의 의견 고찰 논리를 믿음에 빗대어 철학적으로 분석한 한마디였다. 내심 어머니의 말씀에 감탄사를 보낸다.

　우리 어머니 맞아?

　"그런데 세희야, 신성이하고 독립하는 데 말이다. 음~ 혹시… 이런 질문 해도 될까 모르겠는데……."

"……?"

어머니께서 다시 세희에게 물었다. 나는 부엌 벽 쪽에 몸을 숨기며 그들의 말을 엿들었다.

"설마 신성이하고 같이 자거나 하진 않았지?"

"…….."

……

"에? 얼굴 빨간 거 보니까 진짜로 했니? 했어? 그건 속도 위반인데? 이런! 신성이한테 미리 충고하는 걸 깜박했네!"

충고는 무슨 충고! 날 도대체 어떤 놈으로 생각하는 거야?! 내가 허락도 안 받고 속도 위반할 놈으로 보였나? 왜 잘 나가다가 이야기가 삼천포로 빠져?

어머니의 질문이 이어졌다.

"그런데 세희는 아이 일찍 가지고 싶니? 신성이의 아이 말이야."

이번엔 아이에 관한 문제였다. 아이라… 나야 뭐, 세희가 원한다면 아이를 가질 수도 있고 안 가질 수도 있다. 세희는 어떤 생각일까? 사실 이런 문제를 세희와 대놓고 얘기하긴 좀 낯뜨거운 것이었기에 이번 기회에 귀담아들을 필요가 있었다.

나는 부엌 쪽을 살며시 엿보며 세희의 반응을 살폈다. 세희는 고개를 끄덕이는 긍정의 제스처를 취하고 있었다. 저거… 아이를 일찍 가지고 싶단 뜻이지? 세희가 그렇게 원했으니 뭐, 힘닿는 데까지 낳을 수밖에. 크흐흐! 어쨌든 좋은 참고가 되었다, 그저 어머니와 세희의 대화를 엿듣는 것만으로.

이어지는 어머니의 말씀,

"…사실 나도 빨리 손주 보고 싶거든. 음~ 나는 여자 아이면 좋겠는데, 세희 같은 성격으로. 신성이 같은 성격이면… 어우~ 신성이가 좀 그런 면이 있잖니?"

내가 성격이 뭐 어때서?! 어머니께서 또 무슨 막말을 하려고 저러시나?!

나는 어머니가 뭔 말을 하시기 전에 부엌으로 들어서며 헛기침을 한 번 했다.

"청소 다 했습니다. 무슨 얘기를 그렇게 나누세요?"

"아, 신성이 왔구나? 며느리하고 대화 좀 나눴다. 왜?"

어허! 며느리라니! 속도 위반하시는 건 어머니로군.

[아이디:sss0226/패스워드1:********/패스워드2:******]

[로그인되었습니다]

접속된 곳은 막강이의 선실 안.

"후우~ 어머니한테 욕 많이 먹었지? 청소하느라 피곤하겠다."

"아니야, 난 설거지밖에 안 했는걸. 그것도 어머님께서 도와주셨고. 피곤하다면 네가 더 피곤하지."

피곤하긴 피곤하다. 마포 자루 들고 1층과 2층 사이를 돌아다니며 바닥을 싹싹 닦았으니까. 독립하기 전에 집에 있었을 때는 어머니께서 이걸 혼자 다 하셨었는데. 아줌마들은 원래 무적 체력인가?

여기서 이런 명언이 떠오른다.

여자는 약하지만 아줌마는 강하다.

"그런데 듀라야, 다음 목적지는 어디로 할 거야?"

"다음 목적지라……."

"다음 목적지는 폴로다."

"그래, 폴로로 하자. 그런데 누가 또 대화에 끼어들어?!"

뭣 모르고 폴로로 향하겠다던 나는 목소리가 들려온 쪽으로 고개를 돌렸다. 그리고 선실 침대에 누워 있는 최준 형을 발견할 수 있었다! 귀신 같은 놈!

"최준 형! 또 언제 기어왔어?!"

"한 시간 전부터 와서 기다리고 있었는데 몰랐냐?"

"오빠, 안녕하세요."

"오냐~ 실리."

최준 형이 자리를 고쳐 앉으며 세희와 다정한 인사말을 나눴다. 언제 최준 형하고 세희가 저렇게 다정한 오빠, 동생 사이가 됐지? 설마 세희가 최준 형의 마수에 걸려든 것인가?

"혀어엉~ 실리에게 무슨 짓을 한겨? 뭔 짓을 했길래 '실리' 라는 호칭으로 부르는 거지? 원래는 '세희 양' 이 아니었던가?"

"아우야, 이 형님께서 미래의 제수 씨를 뭐라 부르던 상관없지 않겠니? 원한다면 지금부터라도 제수 씨라고 불러줄까?"

"……."

내가 아무 말도 못하자 최준 형이 승리에 찬 미소를 지으며 본론을 꺼냈다.

"내가 이곳까지 몸소 행차한 이유는 게임 내의 미스터리 버그를 확인하기 위해 온 것이다. 놀러 온 게 아니라 업무 수행 중이란 말이지."

미스터리 버그?

"그게 무슨 소리야?"

나하고 세희가 모르겠단 표정을 짓자 최준 형이 곧바로 설명에 들어가기 시작했다. 전부터 '설명해 주면 대답해 주마' 라는 표정이었기 때문이기도 하다.

"미스터리 버그란 아직 과학적으로 확인되지 않은 카도라스 게임 존 내의 이상 현상을 말한다. 예를 들자면 어느 경우에 로그아웃이 불가능하다든지, 게임 오버되어도 시체가 남는다든지 하는 것."

시체는 본 적 없어도 로그아웃을 불가능하게 만드는 버그는 전에 본 적이 있다. 9개월 전쯤 소더러 A가 고스티스터 패거리들을 이끌고 날린치했을 때.

확장팩 전에 술따러도 로그아웃 불가 프로그램을 사용했었지만 그 것은 버그가 아닌, 단순히 해킹 프로그램을 조작한 것이었다.

"요즘 한창 미스터리 버그에 대한 화제가 늘어나고 있더군. 대부분이 유언비어지만 몇몇 사실일 것이라 예상되는 것 중 가장 유력한 것은 폴로의 어느 한 던전에서 나타난다는 아기를 안고 있는 여자 귀신 이야기다."

"여자 귀신?!"

나와 세희는 서로의 얼굴을 바라보다가 다시 최준 형에게 시선을 돌렸다. 폴로의 어느 던전에 나타난다는 그거, 오늘 학교에서 들은 용태의 괴담과 비슷한데?

"너희 카도라스 타임즈 읽어봤냐? 한 달 전 타임즈에 실린 내용 중에 태아를 가진 여자가 게임 도중 사망했다는 기사가 실렸었다. 그 주인공이 폴로의 어느 던전에서 나타난다더군. 정확히는 폴로의 34.24지점, '어둠 속의 대 던전' 에서."

어둠 속의 대 던전?

"나는 그곳으로 갈 생각이다. 너희는 날 그곳까지 바래다 주면 되는 거야. 어차피 너희도 6검을 찾으러 가봐야 하지 않나?"

"거기! 우리도 가겠어!"

"가겠어요!"

나와 세희는 흥미 반 두려움 반의 마음으로 최준 형이 말한 어둠 속의 대 던전 탐험을 제의했다. 귀신 면상 한번 구경해 보자!

"그치만 괜찮겠냐? 그곳 던전의 몬스터는 위험하기로 소문나 있다. 특히 그곳의 보스 몬스터는 레어 NPC와 맞짱 뜬다는……."

"상관없잖아? 나나 실리나 웬만한 마스터 유저들을 넘어서는 실력이란 말씀! 우리가 그동안 얼마나 강해졌는지 모르지? 설마 그런 몬스터 하나 못 잡겠어?"

"뭐, 그러면 같이 가도록 하고."

"좋아! 그럼 당장 폴로로 출발!"

세 시간의 항해 끝에 우리는 폴로에 도착할 수 있었다. 폴로는 온통 돌로 이루어진 섬으로 크기는 이라스만했다. 풀 한 포기 보이지 않는, 오로지 돌과 동굴밖에 없는 적막한 땅. 하지만 이 적막한 땅에 유저들은 의외로 많았다. 이유는 바로 저 동굴들. 저 동굴들이 던전 터라 유저들이 사냥하러 드나들기 때문이다.

지금 우리가 있는, 곧 '포르티바' 라는 명칭으로 만들어질 이 도시 터는 오픈을 앞두고 있는 상태였다. 아직 NPC들은 보이지 않지만 유저들의 발걸음으로 꽤 붐볐다.

"아직 오픈되지 않은 도시인데도 사람들은 꽤 많네요?"

세희의 질문을 최준 형이 받았다.

"아이템 거래 같은 걸 하려고 모인 거지. 던전 퀘스트를 깨면 아이템을 주는데 그것들이 꽤 비싸게 팔려."

"어떤 아이템인데요?"

"뭐, 특별한 건 없어. 대부분 일회용 아이템이니까."

"우아~ 한번 구경해 봐요!"

그 후에도 세희와 최준 형의 대화는 계속 이어졌다. 그 둘의 다정한 대화 내용을 듣고 있노라면 정말 사이좋은 의남매 같아 보인다. 감히 나조차 끼어들 수 없을 정도로 다정한 그들의 모습에 나는 자리에서 소외된 기분이었다. 아니, 그 정도로는 모자라. 최준 형한테 세희를 빼앗겼단 느낌? 으~ 기분 나빠.

"그런데 최준 오빠, 우리 어디로 가는 거예요? 아이템 거래라도 할 건가요?"

세희의 물음에 최준 형이 뭔가를 찾는 듯 주위를 둘러보며 말했다. 포르티바에 발을 들여놓았을 때부터 뭔가를 찾는 듯한 눈치였다.

"아이템 거래는 아니고 성실이를 찾는데… 아! 저기 오는군."

그가 향하는 시선을 따라 고개를 돌려보자 저 남쪽에서부터 달려오는 선행자가 보였다. 대가리가 파라니까 눈에 확 뜨이는군.

전속력으로 달려오던 그가 우리들 앞에서 급브레이크를 밟으며 나와 세희에게 인사를 건넸다.

"안녕하십네까, 동무들! 하루 만이군뇨! 하하핫!"

"네, 안녕하세요."

"안녕하세요."

인사를 나누자마자 선행자가 아이템 창을 열더니 그곳에서 하얀 천에 싸인 기다란 물건 하나를 꺼냈다. 하얀 천에 포장된 그것은 가운데에 부적 하나가 떡하니 붙어 있었는데, 저 길이로 보아 무슨 무기 같았다. 혹시 초특급 유니크 아이템?

선행자가 그것을 최준 형에게 넘겨주었다.

"준비된 물건 찾아왔시라요. 말씀하셨던 대로 물건은 저얼~ 때루 안 뜯었슴네다."

"오냐~ 봉인부가 멀쩡한 걸 보니까 안 뜯은 거 확실하구나."

"그런데 이게 무슨 보물이기라도 한 겁네까?"

보물(보물=유니크 아이템)?

"글쎄… 보물이라고 할 수도 있고, 아니라고 할 수도 있고. 어쨌든 수고했다. 이젠 너도 네 할 일 하도록."

"알겠슴네다. 그럼 수고하시라요. 됴라 씨와 실리 씨도 즐겜하시라요."

끝까지 됴라라네.

"안녕히 가세요."

그가 로그아웃하며 사라지자마자 나는 최준 형에게 바싹 달라붙으며 하얀색 천에 싸인 그것을 가리켰다.

"이게 뭐야? 설마 운영자에게만 주어지는 특수 아이템? 아니면 초특급 유니크 아이템? 이런 무기가 있었으면 진작에 나한테 줬어야지!"

"이거 너 주려고 갖고 온 거 아니다. 내 거야."

"뭐야? 그럼 이건 뭔데?"

"내 무기다."

"무슨 무기?"

"묻지 마, 다쳐."

"……."

어둠 속의 대 던전은 포르티바에서 그다지 멀리 떨어지지 않은 곳에 있었다. 때문에 그곳까진 걸어서 가게 되었는데 의외로 길이 잘 다져져 있어 걷는 데 그리 불편함은 없었다.

묵묵히 길을 걷는 도중 최준 형에게 물었다.

"형, 만약 그곳에 진짜 귀신이 있다면 어떡할 거야? 귀신 퇴치 방법이라도 있어?"

"아니, 그런 건 없다. 귀신을 만나면 열심히 극락왕생시켜 줘야겠지?"

"그러니까 어떻게?"

"잘~"

저것이 지금 장난하나?

이번엔 세희가 물었다.

"최준 오빠는 실제로 귀신을 본 적 있어요?"

"아니, 없어. 그런 거 다 미신 아니야? 솔직히 이번 미스터리 버그도 유저들이 만들어낸 환상 같은데."

"음~ 그런데 버그가 발견되면 어떻게 처리 수습을 하는 거예요?"

"훗! 실리는 궁금한 게 많구나. 이건 원래 회사 기밀 사항인데 실리니까 특별히 가르쳐 주지."

참내, 왜 세희가 특별한데? 나한텐 성의없이 대답해 주더니. 완전 차별 대우 아니야?

최준 형이 계속 길을 걸으며 말했다.

"우선 나 같은 일반 운영자나 성실이 같은 특수 플레이어가 버그를 확인한 뒤 프로그램 부에 안건을 올리면 프로그램 부가 그 버그의 좌표를 확인해 버그를 락다운(Lock down)한다. 하지만 그 버그를 소더러 A 같은 녀석이 다루게 되면 일 처리 수습이 곤란해지지. 그냥 버그와 버그 플레이어의 차이는 운영자가 행할 수 있는 영향권 범위이냐, 아니냐 차이니까. 뭐, 성실이 같은 특수 플레이어는 그 영향권의 범위가 작아 버그 플레이어 체벌이 가능하지만 회사 내의 특수 플레이어는 성실이 하나뿐인데다가 얼굴이 팔리면 쓸모가 없어지거든. 그렇기 때문에 버그 플레이어를 대비해 만든 것이 바로 레어 NPC다. 실리는 알지 모르 겠는데, 실피르니아드 샤레베를레인저 루스테이시나라는 이름을 가진 레어 NPC가 그 최초 모델로서 마듀라하고는 아주 잘~ 아는 사이란 다."

"에? 처음 들어보는 이름인데요? 그렇게 긴 이름은……."

"……."

세희가 날 돌아보자마자 나는 먼 산만을 향하며 짐짓 딴청을 피웠 다. 거기서 실피 얘기가 나올게 뭐람?

최준 형이 날 돌아보며 홋 하고 한 번 미소 지었다.

"듀라야, 언제라도 필요하면 불러라. 실피는 항상 너와 재회하기만 을 기다리고 있으니까."

"필요없어, 호위 NPC 따위."

"어허! 그렇게 말하면 섭하지. 실피는 진심으로 널 좋아하고 있었다 고. 얼마나 널 주인으로 모시려 했는데? 네가 게임을 접겠다고 했을 때 얼마나 울었는지 알아? 아무리 실피와 함께했던 시간이 적었다지만 좀 심하다."

실피와 함께했던 시간은 고작해야 한 달… 도 조금 못 된다. 그동안 실피에 대해 안 점이라면 그저 발랄하고 착한 아이였다는 거? 싸움도 좀 할 줄 알고 꽤 예뻤지만 그뿐이었다. 그 이상의 감정은 실피에게서 느껴보질 못했으니까.

"뭐, 최준 형이 알아서 해. 난 상관없으니까."

"그래? 그럼 뭐……."

"……."

그 말을 끝으로 우린 다시 묵묵히 길을 걸었다. 거의 한 시간가량을 걸었을 것이다. 드디어 어둠 속의 대 던전 앞에 도착하게 된 우리는 던전 탐험용 아이템을 챙겼다. 최준 형이 알아서 준비하더라, 너무나 소박하게.

"자, 안전모!"

"……."

"……."

최준 형이 넘겨주는 안전모를 받아 들며 나와 세희는 더 없냐는 눈빛을 보냈다. 하지만 최준 형도 안전모 하나만을 착용할 뿐 더 이상의 아이템은 꺼내지 않았다.

뭐가 이래?!

"트랩 포착 레인저 아이(Ranger Eye) 고글이라든가 던전 용 몬스터 탐지 레이더는 없어?"

"그런 아이템은 카도라스에 존재하지도 않는단다. 뭐, 비슷한 것으로 스카우트가 있는데 쓸 테냐?"

"으음~ 어쩔 수 없지. 그거라도 줘."

최준 형이 아이템 창에서 스카우트 세 개를 꺼내 나와 세희에게 나눠 주곤 자기도 하나 썼다. 이거에 맛 들리면 앞으로 싸움하는 데 지장 있을 텐데. 뭐, 이번 던전만 통과하면 다시 돌려줘야지.

그렇게 스카우트를 착용하고 우리는 어둠 속의 대 던전으로 발걸음 했다.

어둠 속의 대 던전은 그저 평범한 동굴에 지나지 않는다. 그저 던전 안이 상당히 넓다는 것 정도? 그런데 누가 어둠 속의 대 던전 아니랄까 봐 되게 어둡다.

"라이트."

라이트 마법을 띄우고서야 주위가 밝아졌다. 허공에 사람 머리통만 한 빛의 구체를 떠올린 우리는 수월하게 발걸음할 수 있었다.

발걸음 소리가 동굴 안을 투명하도록 차갑게 울리는 가운데…

또각— 또각—

피빗—

스카우트가 반응을 했다. 동시에 세희가 날 돌아보았다

"아? 듀라야?"

"나도 알아."

"후우~ 지뢰밭이군. 성실이한테 트랩 좀 제거해 달라고 부탁하는 거였는데."

외관상으론 보이지 않지만 스카우트에 표시된 붉은색 점, 선들은 분명 트랩들이었다. 점은 밟으면 터지는 류로 되어 있고 선은 건들면 화살이나 돌 같은 것이 날아오는 것이다. 이 캄캄한 던전에 라이트도 안 띄우고 들어왔으면 영문도 모른 채 게임 오버당했겠군. 그나저나 발 디딜 틈도 없이 새카맣게 설치되어 있으니 이걸 어찌한다?

"어쩔 수 없군, 트랩들을 제거하는 수밖에."

"어떻게?"

"어떻게요?"

최준 형이 트랩 해체도 할 줄 아나? 그런 건 레인저나 헌터밖에 못하는 거 아니었나(레인저나 헌터가 아니어도 할 수 있다)?

“후후! 사실 내 투 클래스 마스터가 레인저 아니냐? 이 정도야 식은 죽 먹기지. 다만 이 많은 것을 제거하는 데 시간이 조금 걸리겠지만.”

“그럼 빨리 제거해.”

“좋았스! 간만에 실력 좀 보여볼까?”

주머니에서 손가락 굵기만한 나이프를 꺼내며 최준 형이 지뢰 지역 어느 곳으로 다가가더니 쪼그리고 앉아 땅을 살살 파기 시작했다. 나이프로 흙을 살짝살짝 파내서 지뢰를 들어내어 제거하려는 것인가? 역시 20년 연륜으로 쌓아온 경험과 지식이로군… 이 아니잖아!

“하나 파는 데 10분이다. 심심하면 너희도 거들어라.”

“…….”

“…….”

내가 저거 다 파는 걸 기다릴 인간으로 보이나? 당연 그렇게는 못하지! 크으! 무슨 다른 방법이 없을까?

전속력으로 달려나가 트랩들을 폭파시키는 것은 이런 던전 안에서라면 위험할 수도 있다. 무너지니까. 그렇다면 트랩을 피해 다녀야 하나?

“으음~”

저 지뢰 트랩을 밟지 않고 통과하려면 날아야 한다. 하지만 가로막고 있는 건 그것뿐이 아니다. 동굴 이곳저곳을 가로지르고 있는 저 끈 트랩들도 무시할 수 없다. 저걸 건드렸다간 던전 어딘가에서 암기가 튀어나와 대가리를 꿰어버릴 테니까. 하지만 이렇게 멍하니 앉아 있을 수만은 없지 않은가? 이렇게 멍하니 있을 바엔 차라리 한 번에 모든 걸 걸자! 사나이란 자고로 깡이 있어야 하거늘!

“그냥 한번 해볼까?”

“어떻게?”

대답 대신 뒤에서 세희의 허리를 살짝 잡아 레비테이션 마법으로 몸을 띄웠다. 이상한 짓 하려는 게 아니고 트랩을 돌파하기 위한 순수한 마음에서…….

그치만 이런 진지한 상황에서 휘파람을 불며 좋아하는 이가 있다. 최준 형.

“어이~ 그림 좋다.”

애인도 없는 주제에… 흥!

“그치만 저 빽빽한 트랩 사이를 돌파하기가 쉬운 줄 아냐?”

“해봐야지 별수있어? 실리, 준비됐으면 간다.”

“응! 준비 완료!”

나와 세희는 천천히 트랩 지역으로 날아갔다. 뒤에서 들려오는 최준 형의 ‘조심해’ 소리가 동굴 안을 메아리쳐 울렸지만 나는 온몸의 세포를 긴장시키고 있어 그 소리는 그저 소음처럼 들릴 뿐이었다.

그렇게 어느 정도 트랩 지역에 다다랐을 때.

경고. 전방 1m 앞 트랩. 확인. 타입:끈 트랩.

스카우트에 찍힌 경고문을 확인한 나는 끈 트랩 앞에서 잠시 멈칫했다. 잠시 그 자리에 서 있던 나는 스카우트에 보이는 대로 천천히 허리를 숙여 트랩을 지났다. 마치 영화의 한 장면을 재현하는 것 같은 기분. 거의 모든 정신력을 쏟아 부어 겨우 끈 트랩 하나를 통과할 수 있었다. 아직 갈 길이 태산인데 겨우 하나 통과한 걸로 이 정도라니.

턱 선을 타고 흘러내린 식은땀을 닦아주며 세희가 말했다.

"힘들면 다시 돌아가자."

"아니, 괜찮아. 좀만 통과하면 될 걸 뭐."

막 또다시 끈 트랩을 통과하려 할 때였다.

투욱―

"……?"

뭔가가 발에 채여 끊어지는 소리가 들려온 것은. 그때!

"뭐야?!"

스카우트엔 아무 반응이 없었는데?!

쐐액―!

"듀라야! 조심해!"

반사적으로 세희의 손가락이 가리키는 방향으로 시선을 돌렸다. 어디서 튀어나왔는지 모르는 다트가 내 이마를 정면으로 향하고 있는 것을 나는 짧은 순간 안에 파악할 수 있었다!

파악―!

나는 뛰어난 전투 본능으로 다트를 손으로 쳐내었고, 다트는 땅바닥에 떨어지며 큰 폭발과 함께 터졌다. 아마 지뢰 트랩에 걸린 것이리라. 하지만 문제는 그게 아니었다. 손을 휘저었을 때 지나쳐 왔던 끈 트랩을 건드려 버린 것이다! 이번엔 뭐가 튀어나오길래?!

"듀라야! 위!"

세희가 위쪽을 가리키자마자 나는 뭐 볼 거 없이 곧바로 몸을 피했고, 우리가 있던 자리에 원뿔형의 거대한 쇠뿔 수십 개가 떨어져 박혔다! 허억! 대가리에 빵꾸가 날 뻔…

"앗! 또 건드렸다!"

이번엔 몸을 피하면서 끈 세 개를 건드렸나 보다. 던전 벽에서 웬 주먹만한 쇠 구슬이 날아오는 게 아닌가?!

"이런!"

황급히 앞에 검기막을 씌운 나는 그 쇠 구슬을 방어했다. 그것은 검기막에 닿자마자 크게 터졌고, 그 폭발로 인해 끈이 몇 개 더 움직인 것은 말할 필요도 없었다. 연이은 트랩의 폭발로 불꽃이 번져 아수라장이 되어버리고 만 것이다! 순식간에 불바다가 되어버리다니!

"뭔 던전이 이 모양이야?!"

"까아악!"

그렇게 30분 후.

폭발이 어느 정도 잦아들었을 때 나와 세희는 새카맣게 그슬린 채로 최준 형에게 달려들었다.

"이게 어떻게 된 거야! 스카우트에도 포착되지 않는 끈이 있었다니!"

발에 채인 그 끈 때문에 지금 꼴이 이 지경이 된 거 아냐!

세희가 기침을 토하며 옆에서 거들었다.

"너무해요. 그 폭발 속에서 정말 죽는 줄 알았단 말예요. 콜록! 켈록!"

"위험했으면 세이브 아웃해도 됐잖아? 어쨌든 너희들이 힘써준 덕분에 던전 안의 트랩들은 모두 제거되었다. 스카우트에 잡히는 트랩들은 말이다. 설마 스카우트에도 잡히지 않는 트랩이 있을 줄은 몰랐는데… 스카우트에 잡히지 않는 트랩이 게임에 있었나?"

"운영자가 돼서 그런 것도 몰라? 어우! 콜록! 캑!"

연신 검은 기침을 토해내며 불평을 늘어놓는 나와 세희였다. 정말 형만 아니었어도 저것의 목을 수백, 수천 번은 따냈으리라!

"어쨌든 계속 들어가자구."

최준 형이 앞서 발걸음하자 나와 세희도 뒤따라 발걸음을 했다. 쟤 때문에 더러워진 옷은 세희의 신성 주문(퓨리피케이션)으로 깨끗해질 수 있었다.

길을 걷는 도중 최준 형에게 물었다.

"그런데 이 동굴은 얼마나 깊은 거야?"

"얼마 안 된다. 한 5백 미터 정도?"

"그런데 조금 으스스 하네요. 꽤 넓은 동굴인데."

세희의 말대로 던전은 오금을 저리게 만들 정도로 공포 분위기를 연출해 내는 데 충분했다. 나도 그 분위기가 기분 나쁘다고 생각했지만 애써 태연한 척하며 세희의 어깨를 살짝 끌어안았다.

"내가 옆에 있잖아! 우리 무섭지 않게 노래 부르면서 갈까?"

"응! 그거 좋은 생각이다! 그런데 뭘 부르지?"

"……."

그걸 나한테 물으면 어찌하니. 내가 아는 유일한 노래가 뽀뽀뽀밖에 없는데.

옆에 최준 형이 한심하다는 말투로 말했다.

"쟤 아는 노래가 뽀뽀뽀밖에 없어. 유치원 때 배우고 용케도 안 까먹은 노래지."

"호호! 듀라는 노래완 연을 끊었나 보네?"

"그야 못 부르니까."

"그럼 내가 노래 가르쳐 줄까?"

"뭐, 가르쳐 준다면 배워볼게."

　세희는 천상의 목소리 이벤트에서 우승까지 먹었을 정도로 노래를 잘 부르니까 이 참에 배워보는 것도 나쁘진 않겠다.

　한참 길을 걸으며 어떤 노래를 부를까 생각하던 세희가 양손을 마주쳤다.

　"그게 좋겠다! 그럼 같이 불러보자, 듀라야. 따라 해봐."

　"응. 그런데 부르기 쉬운 걸로 좀……."

　"걱정 마. 부르긴 쉬울 거야."

　세희가 먼저 노래를 불렀다.

맑은 물에 물감이 퍼지듯
그대의 눈물은 투명한 피가 되어
대지를 스며드네.
내 안에 녹아드는 그대의
따스한 체온.
그대의 숨결은
세상을 맑게 적시는 공기가 되어
생명들에게 평온을 주네.
그대와 내가 나눈 피와 숨결은
오래도록… 영원히 계속될 것이며,
모든 생명들에게 영원한 안식을 주네…….
그대는 닿을 수 있지만 닿지 않는 곳에서
우리를 언제나 바라보시며 꿈을 선사해 주네.

　…얼핏 들어보면 굉장히 짧은 가사지만 무지 길다. 뽀뽀뽀보다 더

길었다. 그 정도로 노래는 상당히 느렸는데 동굴 안을 메아리쳐 들리
는 세희의 아름다운 노랫소리는 그 노래의 분위기를 한껏 자아내고 있
었다. 정말 뭐라고 말해야 할지.

"노래 실력이 수준급인데, 실리?"

"대단해! 대단!"

나와 최준 형은 칭찬을 아끼지 않으며 세희에게 박수 갈채를 보냈
다. 세희는 약간 부끄러운 듯 얼굴을 붉게 물들이더니 나에게 노래해
보라는 눈짓을 했다. 내가 괜히 나섰다간 이 좋은 노래와 분위기가 깨
질 것 같기에 나서진 않았다.

"괜히 분위기만 더 음침해질라. 부르지 마라."

"…안 그래도 그럴 거네."

최준 형도 동의하는 뜻을 밝혔고 세희는 조금 아쉽다는 표정을 지었
지만 뭐, 다음에 기회가 되면 나하고 세희만 있을 때에 불러보지 뭐.

다시 길을 걸으려는데 갑자기 세희가 앞을 바라보며 흠칫했다. 뭔가
못 볼 걸 봤다는 표정?

"……"

"왜 그래, 실리?"

"…듀, 듀, 듀라야! 나, 나, 방금… 귀, 귀신 봤어!"

"귀신?"

귀신이라니? 세희가 향하는 곳으로 시선을 돌려보았지만 그곳은 그
저 캄캄한 던전 통로일 뿐 아무것도 없었다. 스카우트에도 누가 있다
는 반응은 없었고.

"최준 형은 봤어?"

"아니?"

최준 형도 모르겠단 표정을 지으며 고개를 가로젓자 세희가 나에게 찰싹 달라붙었다.

"분명 봤다니까! 파란색 여자가… 뭔가를 안고……."

"……?"

세희 성격상 거짓말을 할 리 없다. 그럼 착각한 거겠지. 귀신에 대한 환상과 어둠이 만들어내는 공포가 세희를 심리적으로 압박한 것이리라.

나는 세희의 어깨를 토닥이며 무서운 꿈 꾼마냥 겁에 질린 그녀를 안심시켰다.

"귀신이 있을 리 없잖아. 설마 몬스터를 잘못 착각해서 본 거 아냐?"

구우워어어어―!

타이밍 좋게도 던전 통로 속에서부터 괴음이 울려 퍼졌다. 넓은 던전 안을 메아리치며 소름 끼치게 들려온 그것은 분명 몬스터의 소리였다. 바싹 긴장하며 전투 태세를 갖추는 우리들.

검광진을 띄운 나는 최준 형에게 조용히 물었다.

"형, 이곳의 몬스터는 뭐가 있어?"

"데미트가 있다."

"데이트?"

"데이트가 아니고 데미트!"

처음 들어보는 몬스턴데?

내가 묻기도 전에 최준 형이 부연 설명을 했다.

"데미트, 상급 몬스터로 분류되며 마속성을 띠고 있다. 전투 능력은 발록보다 못하지만 AI 지능은 꽤 높게 설정되어 있어서 상대하기 꽤 껄끄러울 거다."

최준 형의 말이 끝나자마자 시커먼 던전 구멍 안에서 붉은색의 번뜩이는 빛들이 새어 나왔다. 마치 어둠 속에서 먹잇감을 갈구하는 맹수들의 눈을 보는 기분. 족히 삼십 마리는 되어 보인다.

선방을 목적으로 검광진 이십 구를 만들어낸 나는 그것을 앞에 방어벽처럼 펼친 뒤 외쳤다.

"광살참!"

동시에 검광진에서 뿜어져 나가는 수천 발의 빛의 화살들, 그것은 마치 기관총에서 쏘아대는 총알같이 날아가 저 어둠을 때렸다. 듣기 싫은 몬스터들의 비명 소리가 던전 안을 메아리쳐 눈살을 찌푸리게 했지만 멈추지 않았다. 동굴은 연속되는 폭발로 먼지가 피어오르고 돌가루들이 우수수 떨어졌다.

그 폭음 속에서 최준 형의 목소리가 어렴풋이 들려오는 것 같았지만 무슨 말인지는 알아들을 수 없었다.

"마듀라! 그만 해!"

두두두쿠쿠쿠쿠쿠콰카카카!

"그만 하라니까!"

"듀라야, 그만 해!"

세희의 외침까지 들리고서야 나는 검광진을 아래로 내렸다. 전방은 먼지로 가득해서 앞을 제대로 구분할 수조차 없었다. 아마 이 정도 위력이면 제아무리 강철 체력이라도 버틸 수 없으리라. 막 손을 뻗어 바람 마법으로 주위를 환기시키려 할 때,

구우워어어어!!

"……?!"

괴성과 함께 먼지 더미 속에서 검은 인영이 튀어나왔다! 아직 살아

남은 녀석이 있었나? 황급히 검광진을 다시 띄우려는데 녀석은 바로 내 코앞까지 와 있었다! 실로 엄청난 스피드?!

퍼억─!

턱 쪽에서 느껴지는 둔탁한 충격과 함께 나는 공중으로 몇 미터나 날아올라 버렸다. 저 데미트! 파워도 장난이 아니야! 젠장! 발록보다 더하면 더했지 덜하진 않잖아!

그어어어!

쿠콰!

허공에 떠올랐던 나는 뒤이어 배에서 느껴지는 충격과 함께 땅바닥에 고꾸라 박히고 말았다. 내장이 다쳤는지 입에선 다량의 피가 쏟아져 나왔고 시야까지 약간 붉어졌다. 정신을 차리려 고개를 흔드는데,

쿠워어!

녀석의 손톱이 나의 목을 향하려 들 때 내 몸 주위에 투명한 막이 씌워지며 그 공격을 튕겨냈다. 세희가 바리어를 펼친 것이 틀림없으리라.

시간이 벌어진 덕분에 나는 오래지 않아 정신을 차릴 수 있었는데, 세희의 바리어에 잠시 멀뚱했던 데미트는 다시 바리어에 주먹을 박았다. 벼락 떨어지는 위력적인 소리가 울렸지만 세희의 바리어는 그리 쉽게 깨지는 것이 아니기 때문에 쫄 필욘 없었다. 어쨌든 놀란 가슴을 진정시키며 자리에서 몸을 일으킨 나는 데미트와 마주했다.

데미트는 얼핏보면 인간의 형상을 하고 있지만 자세히 뜯어보면 완전히 괴물이었다. 관자놀이까지 찢어진 입과 머리에 돋아난 한 쌍의 뿔을 보면 흡사 도깨비로 착각할 정도니까. 게다가 키도 3m는 되어 보인다. 이 자식이 날 피 보게 만들었단 말이지?

검광진을 띄우려는데 타이밍 좋게 붉은색 구체가 날아와 데미트의

옆구리에 쾅 박혀 터져 버렸다. 최준 형인가?

"쯧쯧! 거봐라, 그만두랬잖냐. 녀석들은 동료를 방패 삼으면서까지 자신의 생을 연명할 정도로 잔혹한 녀석들이다. 방금같이 한두 마리 살아서 기습하면 목숨이 왔다 갔다 한단 말이야. 너 정도였기에 망정이지."

"쳇!"

방금 같은 신기종 몬스터들은 상대해 본 적이 없어서 뭘 알아야 말이지. 게다가 방심했다구, 방심! 원랜 한 방감도 안 되는 녀석들인데 이미지만 구겼군. 젠장!

"리스토어!"

세희의 치료 스킬과 함께 내 몸은 빠르게 정상을 되찾아갔다. 겨우 몇 대 맞은 거 가지고 이렇게 고급 치료 스킬까지 쓸 필욘 없는데, 세희는 나한테만은 최고급이란 말야!

"고마워, 실리."

"그보다 괜찮아? 피를 토할 정도라면 한 번 더 리스토어를 해야 하는 거 아냐?"

"아니, 이 정도도 과분한걸. 거뜬해."

나는 멀쩡하다는 듯 팔을 이리저리 휘두르며 세희를 안심시켰다. 이렇게라도 하지 않으면 분명히 치료 스킬을 한 번 더 쓸 세희이기 때문이다.

폭발에 의한 연기가 거의 다 걷혔을 때쯤 최준 형이 어둠 속 동굴을 보며 중얼거렸다.

"또 온다. 이번엔 꽤 숫자가 되는가 본데? 어쩔 테냐?"

"어쩌긴 뭘 어째? 방금처럼 대인 살상 스킬을 퍼부어야지."

"방금 그렇게 혼나보고 또? 그리고 더 이상의 대인 살상 스킬은 안 된다."

뭣?! 그런 게 어딨어?

"전의 공격으로 던전이 약해졌어. 한 번 더 그런 걸 사용했다간 던전이 무너져 버릴 거야."

"그럼 어떡해?!"

"어떡하긴, 육탄전으로 맞짱 까는 수밖에."

육탄전? 방금 내가 그렇게 혼난 걸 보고도 몰라? 저 자식들 의외로 강하단 말야!

이런 나의 속마음을 눈치 챈 것인지 최준 형이 세희를 돌아보며 말했다.

"전에도 말했다시피 녀석들의 속성은 마속성이다. 성속성에 반대되지. 지금으로선 실리를 믿어보는 수밖에……."

"실리?"

문득 세희를 돌아보자 그녀는 이미 마스터 무기를 불러들이고 검에 신력을 주입하고 있었다. 세희는 프리스트니까 분명 마속성을 가진 상대에게 유리할 테지. 마공왕 이상이 아니면 세희를 이길 수 있는 마속성 몬스터는 카도라스에 없다. 지금 상황으론 세희를 믿어보는 수밖에!

구워어어어어—!

데미트들의 높은 으르렁거림이 점차 크게 들려오는 가운데 세희의 목소리가 던전 안을 메아리치며 울렸다.

"블레스!"

"……?"

일시적으로 공격력과 방어력을 증가시켜 주는 축복 마법 블레스. 세희에게 가볍게 고개를 끄덕인 나는 나지막이 입을 열었다.

"그럼 사냥 시작이다."

그위어어어어!!

던전 통로에서부터 데미트들이 달려나왔다. 허공에 라이트 구체를 서넛 더 띄운 뒤 검광진을 겹쳐 무형광검 두 자루를 빼 든 나는 녀석들에게 마주 달려갔다. 이 마듀라님께서 축복 마법으로 파워 업된 쌍칼 이도류 비기를 보여주마!

"차아앗!"

살이 베이고 피 터지는 소리와 함께 내 숨소리도 더욱 거칠어져 갔다. 겨우 10분간의 전투였지만 녀석들은 의외로 질겨서 여간 상대하기 껄끄러운 게 아니었다. 주제에 상급 몬스터라고 질기긴 무지 질기다. 마지막 한 놈까지 상대하고 나자 몸은 천근만근 쇳덩이를 두른 듯 움직이기도 힘들었고 숨도 내뱉기 힘들 정도로 거칠어졌다. 세희도 나와 비슷한 꼴이었지만 최준 형만은 왠지 힘이 넘쳐 보였다. 상처도 별로 없어 보이고.

쓰러진 데미트의 목에 낡아 빠진 검을 박아 넣은 최준 형이 그 피 묻은 검을 땅바닥에 내팽개치듯 버리며 말했다.

"이걸로 대충 끝낸 셈인가? 그런데 너희들, 꽤 지쳤구나? 겨우 데미트 백 마리 정도로 그렇게 지치다니. 지존에 다가서려면 한참은 멀었군."

그래, 계속 무시해라. 크흑! 완전히 마듀라 수난 시대로구만.

"괜찮아, 듀라야. 천천히 강해지면 되는 거니까."

세희라도 없었으면 몇 번이고 주저앉았을지도…….

세희의 체력 회복 스킬로 정상을 되찾은 나는 다시 발걸음을 했다. 던전에 꽤 깊숙이 들어온 것 같은데 언제쯤 이 길이 끝나려나…….

"다 왔다."

생각하는 도중 최준 형의 목소리에 나는 반가움을 감출 수 없었다. 드디어 끝이 보이기 시작했단 말이 아닌가? 바로 앞에다 라이트 구체를 가져간 나는 저 멀리 보이는 원형의 룸을 확인할 수 있었다. 그곳은 상당히 넓은 구조로 되어 있는, 우리가 들어온 쪽을 제외한 모든 곳이 회색의 돌 벽으로 막혀 있는 곳이었다. 뭐 하는 용도로 쓰이는 곳인진 잘 모르겠지만.

"음~ 이곳이군, 던전의 끝이."

스카우트를 조작하던 최준 형이 주위를 둘러보았다.

"별 이상은 없는데? 역시 귀신이 있단 말은 유언비어였나?"

최준 형이 귀신이란 말을 꺼냈을 때 세희가 몸을 떨며 내 팔에 달라붙었다. 하여간 겁 많기는… 이러면 더 보호해 주고 싶잖아.

세희가 떠듬떠듬 기어들어 가는 목소리로 말했다.

"귀, 귀신은 있어요. 분명… 이곳에… 있을 거예요. 전에도 봤으니까."

최준 형은 어깨를 한 번 으쓱하고는 원형의 룸 중앙으로 다가갔다. 룸 안을 훤히 들여다볼 수 있도록 룸 중앙, 허공에 라이트를 띄운 나는 세희와 함께 그곳을 이리저리 둘러보았다. 뭐, 특별한 건 없었다. 룸 안이 지름 50m 정도로 넓다는 것뿐. 이런 곳에 귀신이 있다는 게 솔직히 믿기지 않았다.

"그런데 누군가 우릴 지켜보고 있다는 느낌이 들어. 왠지 소름 끼쳐."

세희가 그렇게 말하자 최준 형이 하하 웃었다.

“기분 탓이겠지. 혹시 밀실 공포증? 아니면 여자만의 과민 반응인가? 도대체 누가 지켜보고 있다는…….”

그때였다! 최준 형의 위로부터 검은 그림자가 뛰어내려 온 것은! 갑작스런 그 상황에 나와 세희는 아무 말도 못하고 그것을 손가락으로만 가리켰고, 최준 형은 직감적으로 살기를 느꼈는지 자리를 피했다.

아슬아슬한 차이로 최준 형이 서 있던 자리에 무언가가 떨어지며 주위 돌들이 튀어 날아올랐고 세희의 비명이 뒤를 이었다! 뭐야?!

“저건?!”

우리 앞까지 달려온 최준 형이 재빨리 스카우트를 조작했다. 나도 따라서 스카우트를 조작해 보자,

“일반 데미트잖아?”

“그렇군. 설마 위에서 기습할 줄이야. 간 떨어지는 줄 알았네. 후우~”

문득 옆을 바라보자 세희가 벌벌 떨며 눈을 질끈 감고 있었다. 이거야 원.

“실리, 저건 귀신이 아니야. 그냥 몬스터야.”

“…저, 정말?”

“그렇다니까. 내가 금방 처리하고 올게. 잠시만 기다려.”

검광진 이십 구를 띄워 겹친 나는 무형참황검을 소환한 뒤 데미트에게로 천천히 다가갔다. 데미트는 별 움직임 없이 우리에게 살기를 내뿜을 뿐이었다.

“훗! 그렇게 노려봐서는 소용없잖아? 조용히 목을 내놓아라.”

구워어어…….

“……?”

데미트가 두 팔을 어깨 넓이로 벌려 땅을 짚었다. 뭘 하려는 생각이지? 아~ 조용히 목을 바치겠다는 소리?

"오냐~ 고통은 없을 것이다."

구어어어어!

퍼걱― 퍼그극―!

순간 데미트의 몸에서 요란한 음이 들려옴과 동시에 근육들이 튀어나오고, 이어서 뼈가 뒤틀리는 음 같은 것이 퍼졌다. 그 소름 끼치는 소리에 양미간을 찌푸렸지만 그것은 곧 놀라움으로 바뀌었다. 저 녀석! 몸이 변하고 있어! 변신인가?

뒤이어 최준 형의 외침이 들렸다.

"마듀라! 떨어져라! 그건 일반 데미트가 아니야! 울트라 데미트다!"

"울트라 데미트?"

그워어어어어어어!!

근육들이 이리저리 뒤틀리며 부풀어오르자 녀석의 몸뚱이는 5m 이상으로 커지고 생김새도 변해 있었다. 머리에 있던 두 개의 뿔은 여덟 개로 늘어났으며 더 찢어진 그 입은 날카로운 송곳니로 가득했다. 게다가 날카로운 손톱이 자라나던 손은 낫이 되고 피부는 비늘이 되어 뒤덮였다.

그 그로테스크한 녀석의 변신에 나뿐만 아니라 자리에 있던 모두가 놀라 버리고 말았는데…

"듀라! 피하라니까!"

그워어어!

콰직!

녀석의 낫 모양 손이 내가 서 있는 땅바닥에 박힐 때를 노려 자리를

피한 나는 무형참황검을 세우며 최준 형과 세희 쪽으로 떨어졌다. 그런데 어이없는 것이,

쿠구구궁—!

"뭐야?!"

녀석이 엄청난 스피드로 내 앞까지 달려와 몸통박치기를 먹였던 것이다! 우와! 스피드는 나도 자신있었는데 어쩜 이리도 빠를 수가?

몸통박치기에 당해 땅바닥을 이리저리 뒹군 나는 세희의 다가옴을 저지하며 자리에서 일어섰다. 그리고 무형참황검을 버린 뒤 마스터 무기를 소환했다.

"소환주의 명에 따라 나타나라, 영검 베도밀!"

네가 몸집으로 맞짱 까겠다면 나도 맞대응해 주마! 대결이다!

녀석의 몸통박치기가 베도밀과 충돌하자마자 나는 가볍게 뒤로 밀려 버리고 말았다. 마치 전속력으로 달려오는 트레일러와 정면충돌한 느낌?!

구구구구구—!

자리에서 계속 밀려난 나는 원형의 룸 벽에 등을 박았다. 데미지가 컸지만 이 정도쯤이야! 오히려 반격할 기회였다!

"죽엇!"

기합과 함께 베도밀을 휘둘러 울트라 데미트의 왼쪽 머리 부분을 가격하자 녀석의 몸체는 엄청난 먼지 더미와 함께 수십 미터 이상을 굴러서 저 반대 편 벽에 몸을 박았다. 감히 이 몸을 벽으로 몰아세운 대가다.

"하하핫! 별것도 아닌 것이!"

"듀라야! 몸은 괜찮아?"

세희가 다가오자마자 치료 스킬을 걸어주었다. 괜찮다고 고개를 끄덕인 나는 다시금 몸을 일으키는 울트라 데미트에게 검을 겨눴다.

최준 형이 다가왔다.

"마듀라, 단방으로 끝내라. 그렇지 않으면 상대하기 곤란할 테니까."

"저런 덩치쯤이야 가볍지."

"그렇게 생각하면 곤란한데……."

퍼걱—! 퍼걱—!

"……?"

최준 형의 말이 끝나기 무섭게 울트라 데미트의 옆구리에서 다리 한 쌍이 더 튀어나왔다. 뭐야, 저건?

"울트라 데미트, 진화하며 점점 강해지는 몬스터다. 상대하기가 상당히 까다롭지. 그럼 수고하도록! 나와 실리는 저 멀리 대피해 있겠다."

"알았어!"

두두두두두—!

달려오는 울트라 데미트의 발걸음 소리가 더욱 요란하게 들렸다. 다리가 한 쌍 더 생긴 것 때문이겠지. 힘으론 안 된다는 것을 안 나는 달려오는 녀석에게서 살짝 옆으로 비켜 옆구리에 베도밀을 박았다!

채카룽—!

"……?!"

하지만 어이없게도 베도밀의 검날은 가볍게 튕겨 나갔다. 당연하기도 하겠지. 베도밀 같은 대검은 찌르기 용이 아니라 베기 용이니까. 게다가 녀석의 몸체, 의외로 비늘이 강하다!

"쳇!"

일 보 후퇴상 자리를 피하며 검광진 열여덟 구를 앞에 띄운 나는 그것들을 하나로 겹치며 외쳤다.

"검뇌격화성!"

레이저처럼 일직선으로 날아가는 검은색 빛줄기가 울트라 데미트의 몸에 명중하자마자 녀석이 그대로 밀려 나가 벽에 처박혔다.

"이긴 건가?"

하지만 울트라 데미트는 지상에 다시 멀쩡히 섰다. 이 정도론 꿈쩍도 하지 않는다는 듯 쿠우— 쿠우— 하는 콧방귀까지 뀌며 말이다. 어디, 그 객기를 언제까지 부리나 보자!

"검뇌격화성!"

다시금 뻗어 나가는 검은빛 빛줄기가 녀석을 덮쳤다! 그것은 녀석의 몸을 정확히 명중시켰지만 녀석은 의외로 꽤 버텼다. 한 방에 날아가 버릴 위력일 텐데?

"……?!"

그워어어어!!

퍼컥— 커컥—!

녀석의 엉덩이 부분에서 다시금 나타나는 다리 한 쌍이 언뜻 보였다. 저것이 지탱해 주는 건가?

얼마 지나지 않아 검뇌격화성의 위력이 점차 약해지자 녀석이 나에게로 달려나왔다! 검뇌격화성을 뚫고서!

황급히 검광진을 거둬들이며 베도밀을 옆으로 비스듬히 세운 나는 녀석이 내 앞까지 다가오기를 노려 힘차게 그것을 내려쳤다!

콰아앙—!

하지만 야구 배트로 콘크리트 벽 내려치듯 그것은 그대로 튕겨졌다. 다행히 울트라 데미트의 진로를 옆으로 꺾어 몸통박치기가 되는 사태는 면했지만.

하지만 이 녀석, 검뇌격화성을 뚫고 베도밀까지 무력화시킬 정도로 강해졌어!

"쳇!"

그렇다면 위에서 상대해 주지! 하늘을 날면서 공격을 퍼부어줄 테다!

"레비테이션!"

천장은 꽤 높았기에 30m쯤 날아올라도 아무 문제가 되지 않았다. 날아오르자마자 베도밀을 돌려보내고 몸 주위에 검광진 이십 구를 띄웠다. 검폭소멸신이나 만륜기격화방성 같은 대인 살상 스킬은 던전 안에선 위험하다. 그렇다면 이거밖에 없지.

"신광격검!"

검광진 하나하나에서 뿜어져 나가는 검은색 빛의 구체들, 그것들이 이리저리 곡선을 그리며 날아가 울트라 데미트에게로 향했다. 속도는 느린 것이기 때문에 녀석도 피할 순 있으리라. 하지만 피해봤자 소용없다는 것을 알겠지. 유도탄이니까!

"하하핫! 꽁지 빠져라 도망쳐도 소용없다, 이놈아!"

울트라 데미트는 몸집에 비해 스피드가 빠른 편이었지만 이리저리 날아오는 이십 개 구체들은 어찌 막을 방법이 없는지 우왕좌왕하며 공격을 받아야만 했다. 진작에 이렇게 할 걸 그랬네? 저 우왕좌왕하는 꼴 좀 봐라. 꽁지에 불붙은 개X끼 같다.

"신광격검."

구체를 몇 개 더 떠올린 나는 그것을 계속해서 울트라 데미트에게로 퍼부었다. 어느새 울트라 데미트의 뒤는 검은 빛 광선들이 오십 구가 넘게 뒤따라오고 있었다. 저거에 맞으면 아무리 강철 방어력이라도 가루가 될 터.

"끝났다."

구워어어어어!!

퍼컥― 파칵―

또다시 소름 끼치는 소리가 들려왔다. 다리 몇 개 더 만들어서 빨리 달리려는 심산인가? 그러면 다리가 꼬일 것 같은데? 그렇게 생각했지만 녀석에게서 돋아난 것은 날개였다. 무려 세 쌍의 날개! 그것을 펄럭이자 녀석의 몸이 서서히 위로 떠오르기 시작했다.

"이런 어이없는?!"

주제에 날아?

휘이이잉―

주위를 원형으로 배회하며 날아오는 울트라 데미트의 뒤로 신광격검의 구체가 언뜻 보였지만 그것들이 따라잡을 수 없을 정도로 녀석의 하늘을 나는 속도는 빨랐다.

잠시 주위를 배회하며 날던 울트라 데미트가 갑자기 방향을 바꾸어 나에게로 돌진해 왔다!

"으아앗!"

설마 녀석이 날 줄은 꿈에도 몰랐기에 무방비 상태였던 나는 황급히 방향을 바꿀 수 없었다! 이대로 몸통박치기당하면 천장을 뚫고 날아갈지도.

반사적으로 양손을 앞으로 가져갔는데,

워어어어!

내 앞까지 다가오던 울트라 데미트가 갑자기 위로 꺾어 날아올랐다!

뭐지? 왜 갑자기 방향을 바꾸…

슈우우우우—!!

울트라 데미트가 사라진 뒤로 오십여 구의 검은색 구체가 날아오는 것을 나는 뒤늦게 포착할 수 있었다. 신광격검?!

내가 쏜 패트리어트 미사일에 내가 당하다니.

"세상에, 이런 경우가 다 있나……."

"꺄악! 듀라야!"

"쯧쯧, 결국엔 그렇게 될 줄 알았다."

걸레가 되어 하늘에서 떨어지는 신성이를 보며 세희는 비명을 질렀고 나는 혀를 찼다. 울트라 데미트는 싸워 나가며 진화를 거듭하는 몬스터. 초전에 처리하지 않으면 점점 강해진다. 미리 경고했거늘, 역시 신성이에겐 무리였나?

스카우트로 울트라 데미트를 확인해 보자 전투력이 6천 정도였다. 그리 강해지진 않았으니 다행이군.

"듀라야! 정신 차려! 듀라야!"

세희가 신성이에게 다가가 치료 스킬을 걸며 이리저리 얼굴을 쳐보았지만 신성이는 반응이 없었다. 한 10분 정도 동작 불능에 빠지겠지.

나는 그 앞으로 텔레포트하며 세희를 안심시켰다.

"잠시 기절한 것뿐이니까 안심해. 곧 정신이 돌아올 거다."

"정말 괜찮을까요? 설마 듀라가 당할 줄은……."

"내 경고를 무시한 탓이지. 녀석은 지능도 높고 일반 드래곤과 견주어도 손색이 없을 만큼 강하다. 지금의 마듀라로는 이길 수 없는 상대였어."

천장을 배회하던 울트라 데미트가 지상으로 착지하며 우리 쪽을 돌아보았다. 결국엔 내가 상대하는군. 이미 신성이와 세희가 상대할 한도를 넘어섰으니.

"실리, 위험하니까 너와 마듀라 주위에 바리어를 펼쳐라."

"알았어요."

세희가 바리어를 펼칠 동안 나는 아이템 창을 열어 그곳에서 무기를 꺼냈다. 물건 중앙에 붙어 있는 봉인부를 찢어내고 무기를 감싸고 있던 천을 풀었다.

드러나는 하얀색 검 한 자루. 유니크 아이템 '제진형영도'. 게임 배경이 판타지인지라 이런 '도' 류의 무기는 없다고 봐야 했지만 운영자의 권력으로 한번 구해봤다. 너무 안 쓰다 보면 녹슬까 봐 한번 꺼내본 건데…….

"초열신검."

검의 절정 스킬, 검기를 주입한 나는 그것을 비스듬히 아래로 숙이며 곧 달려올 자세를 취하고 있는 울트라 데미트와 대치했다. 이 정도 몬스터쯤이야 밥도 안 되지!

"차핫!"

달려오는 녀석의 앞으로 검을 위로 힘껏 베었다. 초열신검의 하얀색 검기는 일직선으로 날아가 달려오던 녀석을 그대로 갈라 버렸고, 반으로 갈라진 울트라 데미트의 오른쪽과 왼쪽 몸체는 운동의 법칙에 따라 내 양 옆으로 갈라지며 나뒹굴었다. 이 별것도 아닌 걸 신성인 얼마나 고생을 했느냔 말인가? 쯧쯧! 아직 멀었어.

날 이 모양, 이 꼴나게 만든 것을 최준 형은 단 4초 33 만에 끝장내

버렸다. 아으! 개망신살 뻗쳐!

“깼냐?”

“보고도 몰라?”

최준 형의 손을 마주 잡고 몸을 일으킨 나는 서서히 가루가 되어 사라지는 울트라 데미트를 바라보았다. 날 영악한 방법으로 땅바닥에 눕힌 녀석의 최후였다. 결국 미스터리 버그의 정체는 저것이었나?

“최준 형, 저게 버그야?”

“아니, 저 녀석에게선 그 어떤 특이 반응도 잡히지 않는 걸로 봐서 미스터리 버그가 아니다. 귀신도 아니고, 그냥 평범한 보스 몬스터에 불과해.”

참내, 저 변신하는 몬스터가 버그가 아니라고? 그럼 저걸 사람들이 잘못 봐서 귀신으로 착각한 거였나?

옆에 있는 세희에게 물었다.

“실리는 저게 전에 봤던 그 여자 귀신 같아 보여?”

“아니, 달라. 그 여자 귀신은 무언가를 안고 있었어. 분위기도 다르고.”

그럼 진짜 귀신은 저게 아닌가 본데?

“그럼 돌아다니면서 확인해 볼까, 진짜 귀신이 있는지?”

“그럼 나는 스카우트를 조작할 테니 너희는…….”

─아우우… 우아우…….

“……?!”

순간 정체 불명의 소리가 공간 안을 메아리치며 울려왔다. 이게 무슨 소리야?

─우우… 아우…….

아기 소리? 이런 곳에 아기가 있을 리 없잖아.

"이게 무슨 소리지?"

"쉿! 목소리 낮춰라."

"듀라야… 혹시 그 여자의 아기가 아닐까?"

"글쎄…….."

최준 형이 황급히 스카우트를 조작해 보았지만 아무 반응이 없는지 원형의 룸을 빙빙 둘러볼 뿐이었다.

"뭐지? 음성 추적을 시도해도 반응이 없다. 이럴 리가 없는데?"

"기계가 고장난 거 아냐?"

"아니, 그건 아니다. 내 목소리와 너희들 목소리는 분명 스카우트가 반응한다."

"그럼 귀신인 거야?"

"아직 단정 짓긴 힘들지만……."

나는 조용히 검광진을 띄우며 만약의 사태에 대비했다. 공포 프로그램 같은 데서 귀신이 사람을 죽인단 소리를 언뜻 들어본 적이 있었기 때문이다. 개인적으론 초자연적인 현상에 의한 사람의 착각 반응으로 쇼크사를 일으켰다고 생각하지만.

—아우우… 우아우…….

"……."

"……."

잠시 후 정체 불명의 아기 소리가 그쳤다. 이대로 끝난 건가?

다시 최준 형을 돌아보며 물었다.

"반응은?"

"없다. 버그 반응도 없었고, 음성 반응도 발견되지 않았다."

"그런가?"

막 안심하며 검광진을 없애려는데 또다시 정체 불명의 목소리가 들려왔다!

─맑은 물에 물감이 퍼지듯 그대의 눈물은 투명한 피가 되어 대지를 스며드네…….

이건 세희가 불렀던 노래의 구절이 아닌가?

옆에 세희를 바라보자 세희는 새하얗게 질린 채로 눈을 질끈 감고 내 팔을 잡고 있을 뿐이었다. 최준 형은 또다시 스카우트를 조작하며 주위를 둘러보았지만 여전히 반응을 찾을 수 없는지 당황한 표정만 짓고 있었다. 도대체 이게 무슨 소리란 말인가? 바람 소리? 아니다, 분명 사람 목소리다. 그렇다고 세희의 목소리가 던전을 울려 일어나는 것도 아니다, 목소리부터가 다르니까.

─내 안에 녹아드는 그대의 따스한 체온, 그대의 숨결은…….

노래는 은은하게, 듣기 좋게 퍼졌지만 오히려 공포감만 더욱 증가시킬 뿐이었다. 아무도 노래를 부르지 않는 공간 안에 노랫소리가 흘러나오다니. 게임이니까 혹시 프로그램의 미스인가?

"형! 아직도 그 스카우트엔 반응이 없는 거야?"

"없어. 그 어떤 반응도 나오지 않아. 아, 노래가 그쳤군?"

"……?"

…….

노랫소리가 언제부터인가 들려오지 않았다. 끝까지 다 부른 것도 아닌데.

노래가 끝나자마자 나는 내 옆에서 벌벌 떨고 있는 세희를 안심시켰다.

"무서워하지 마, 실리. 내가 있잖아."

"으응. 그치만… 그치만……."

"……?"

세희의 표정이 이상했다. 왜 그래? 막 그녀의 어깨를 잡으려는데 세희의 몸이 푹 쓰러져 버렸다! 기, 기절한 건가?!

"실리! 실리! 정신 차려! 세희야!"

"……."

하지만 세희는 반응하지 않았다. 기절한 듯 숨을 고르게 쉬고 있었지만 대체 멀쩡하던 애가 왜 갑자기 기절을 한 거지? 못 볼 걸 보기라도 했단 말인가?

"야, 듀라야! 뒤다! 뒤를 봐!"

최준 형이 손가락으로 내 뒤를 가리켰다. 나는 뭣 모르고 뒤를 돌아보았지만 그곳엔 아무것도 없었다. 우리가 지나왔던 던전 통로가 보일 뿐이었다. 지금 저 형이 장난하나?

"뭐야, 최준 형?!"

"방금 그곳에 여자가 있었단 말이다! 뭔가를 안고 있는 여자!"

"그럴 리가 없잖아? 우리가 지나오는 도중에 여자는 없었다고. 설마 여자 혼자서 그 많은 트랩들과 몬스터들을 돌파하고 왔을 리도 없고. 고 레벨이라면 가능하겠지만, 스카우트에 반응 있었어?"

"아니, 없었다."

있을 리가 없지. 내 스카우트도 아무 반응이 없었으니까.

"그럼 착각한 거겠지. 실리가 깨어나면 로그아웃……."

—가지 말아요.

"……?!"

　방금 무슨 소리가 들렸는데?

　나와 최준 형은 서로 비슷한 표정으로 마주 보았을 것이다. 공간을 메아리치는 목소리가 분명 들렸었다.

　최준 형이 침착히 주위를 둘러보며 말했다.

　"우리 말고 누구 계십니까? 있으면 정체를 밝혀주십쇼."

　…….

　대답은 들려오지 않았다. 대답 대신 그 목소리의 정체가 앞에 나타났을 뿐이었다.

　하얀색 원피스 같은 옷을 입고 양손으로 이불보를 감싼 채 나타난 파란색 여성.

　"귀, 귀신인가?!"

　"귀신이다!"

　나와 최준 형은 소스라치게 놀랐지만 생각보다 그녀의 모습이 무섭지 않아 그리 오버하진 않았다. 그저 스르르— 나타난 그녀의 모습에 놀랐을 뿐이었다.

　내가 놀라는 사이 최준 형은 침착하게 상황을 판단하곤 그녀에게 물었다.

　"당신은… 누구십니까?"

　—저는 이미 죽은 몸입니다. 여러분들이 귀신이라 부르는…….

　"……."

　자기 말로 귀신이란다. 귀신이란 게 실제로 존재했단 말인가?

　나는 믿기 어려워 조심스럽게 다가가 그녀를 만져 보았다. 하지만 잡히지 않았다. 손이 그녀의 몸을 그냥 통과해 버리는 것이다.

　"어떻게 이럴 수가 있지?"

─놀라시는 게 당연하지요. 저도 제가 왜 이렇게 됐는지 믿기 어려우니까요.

게다가 그녀는 말하는 도중에도 입을 열지 않았다. 텔레파시 마법? 아니, 스카우트에 마나도 감지되지 않는 걸로 봐선 마법도 아닌 것 같은데.

─그래도 당신들은 좀 나은 편이군요. 대부분의 사람들은 절 보곤 그냥 도망가 버리던데.

도망가는 게 정상이잖아! 귀신을 봤다는데.

최준 형이 그녀에게 물었다.

"당신이 한 달 전에 심장 마비로 사망한 시하빈 씨 되십니까?"

─네, 그렇습니다. 제 이름을 알고 계시는군요.

하빈, 카도라스 타임즈에서 봤던 기사에 그런 이름이 있었다. 그런데 성이 시씨였나 보군.

"나도 시씬대. 혹시 절강(浙江) 시씨(施氏) 되세요?"

─아, 네! 저 절강 시씨예요! 그쪽도?

"하하! 우리 먼 친척이었네!"

설마 이 귀신이 절강 시씨였을 줄이야. 이런 황당스런 경우를 다 보았나?

최준 형이 다시금 물었다.

"혹시 무슨 사연이라도 있어서 게임에 남아 있는 겁니까? 지금 당신의 이야기가 인터넷 매체를 통해 유언비어로 퍼지고 있습니다. 자세한 내막 좀 설명해 주셨으면 합니다만… 그렇다면 저희도 당신을 도와줄 의향이 있습니다."

─정말입니까? 절 도와줄 수 있어요?

"물론입니다. 유저들의 문젯거리를 풀어주는 것이 저희 운영자들의 일이니까요."

지가 언제 유저들의 문젯거리를 풀어줬다고. 그저 회사에 빌붙어서 월급이나 받아 챙기는 게 일인 줄 알았는데.

최준 형의 입 발린 소리에 하빈은… 아니, 하빈 누나는 잠시 고개를 숙였다. 말하기 싫은 모양인가? 아니면 말하기 껄끄러운 건가?

나는 그녀의 옆으로 다가가 만져지지 않는 그녀의 어깨를 살며시 잡는 척했다. 가까이에서 보니 꽤 미녀다. 세희 정돈 아니지만 순하게 생겼다고 할까?

"고민하지 마시고 말씀해 보세요. 같은 시씨 아닙니까?"

―…그럼 말할 게요, 여러분들을 믿고.

나와 최준 형은 그녀의 이야길 귀담아 경청했다. 귀신과의 대화라 기분은 조금 묘했지만 그리 거부감이 들진 않았다.

그와 만난 걸 우연이라고 해야 할지, 필연이라 해야 할지 모르겠군요. 친구의 권유로 카도라스를 처음 접하게 되었어요. 저는 부모도 없는 고아라 게임기를 살 형편도 못 되어서 동네 인터내셔널 PX방을 이용했답니다. 그날도 PX방에 들러 밤늦게까지 게임을 하고 고아원으로 돌아갈 때였어요. 제가 모르고 그곳에 가방을 놓고 갔었나 봐요. 그 가방에 우리 고아원 아이들의 식비가 들어 있었거든요. 황급히 PX방으로 돌아갔는데 그가 제 가방을 돌려주려고 새벽 3시까지 그곳에서 기다리고 있었어요. 그때 그가 없었으면 다른 누가 제 가방을 채갈지 몰랐지요. 그렇게 저와 그는 처음 만났답니다.

처음엔 단순히 그가 너무 고마웠어요. 그저 그런 마음밖에 없었는데

자주 PK방에 들르는 그와 마주치며 나와 그는 점차 가까워졌어요. 가까워지다 보니 저는 어느새 그에게 사랑하는 마음까지 가지게 되었습니다.

하지만 그와 저는 이어질 수 없다는 걸 알았어요. 저는 천애고아였고 그는 대부호의 아들이었으니까. 그렇게 사랑한다는 마음을 속으로만 품은 채 2년이란 시간을 흘려보냈습니다.

"나, 곧 아버지의 회사를 물려받을 것 같아."

"회사? 아, 그렇겠구나."

"그리고 회사를 물려받기 전에 부모님께서 혼인하라고 하셨어."

"……."

나는 그때 뭐라 표현할 수 없는 느낌을 받았어요. 뭐랄까… 질투심이랄까, 아쉬움이랄까. 그런 복잡 미묘한 기분이 한데 엉켜 있었지요. 결국 이렇게 만나는 것도 얼마 안 있으면 끝이구나. 얼마 안 있으면 그는 다른 사람 곁으로 가는구나… 라는 생각에 그에게 말했습니다.

"그, 그래… 결혼하고 아이 낳고, 그렇게 행복하게 살아야지. 상대는 구했어?"

"응."

"나중에라도 봤으면 좋겠다, 네 아내가 될 사람."

"지금이라도 볼래?"

"에? 지금 있어?"

"있고말고. 자, 봐봐."

그가 꺼낸 건 거울이었어요. 이게 무슨 뜻이지? 거울을 선물하는 건가? 거울을 선물하는 건 주제를 알라는 뜻 아닌가?

"그 거울 속 주인공이 바로 내 아내야."

“……..”

그렇게 말하며 그가 꺼낸 것은 반지였어요. 다이아몬드가 박힌 금반지 한 쌍이었죠. 그는 그중 하나를 내 오른손 약지에 끼워주곤 말했습니다.

“자, 내가 반지 끼워줬으니까 너도 이 반지 내 손가락에 끼워줘.”

“……..”

그때 저는 정말 울고 싶었어요. 설마 그이가 절 이렇게 잡아줄지 몰랐기 때문이죠. 저는 감정에 복받쳐 그이의 품에서 실컷 울었답니다. 그리고 눈이 퉁퉁 붓고 눈물이 다 말랐을 때에야 저는 그이의 약지에 반지를 끼워줬어요. 그렇게 우리 둘은 똑같은 반지를 끼게 되었답니다.

그리고…

“그리고 뭐요?”

—…….

하빈 누나가 말끝을 흐렸다.

뭔가 하기 힘든 말을 하듯 얼굴을 품 안에 안고 있는 이불 뭉치에 파묻으며 말했다.

—그와 하룻밤을 잤어요.

“……..”

“……..”

나와 최준 형은 멀뚱히 그녀를 바라보다가 뭔가 머쓱해짐을 느꼈다. 내가 괜한 걸 알려고 했군.

헛기침을 하며 다시 하빈 누나의 이야길 경청했다.

하지만 이런 우리들의 사랑에 반대하는 사람이 있었어요. 저희 고아원 원장님과 그이의 부모님이었죠. 그이의 부모님은 전에 말했다시피 대부호예요. 당연히 저 같은 천애고아는 미천하게 보였겠지요. 하지만 저희 고아원 원장님께서 결혼을 반대하신 건 정말 의외였어요.

"좀 있는 집안 사람인가 본데, 뭣 때문에 우리 하빈이를 데려가려는 진 모르겠으나 그쪽 신분 좀 생각해 주시지. 당신과 하빈이가 어울릴 거라고 생각합니까?"

원장님께서는 부호들에 대한 편견이 있었어요. 그이가 절 금방 버릴 거라고 생각했나 봐요. 하지만 그이는 포기하지 않았답니다. 원장님의 반대에 그이는 고아원 앞에서 사흘간이나 무릎을 꿇었어요. 물 한 모금 입에 대지 않구요. 물론 저도 옆에서 같이 무릎을 꿇었답니다.

그렇게 사흘째 되는 날 원장님께서 말씀하셨어요.

"그래, 내가 포기했다. 너희들 뜻대로 하거라."

그때 저희는 긴장이 풀려 버려 병원으로 실려갔어요. 하지만 병원으로 실려가는 도중에도 제 기분은 스물둘 평생 최고였답니다. 그때 그이가 절 포기하지 않았단 것에 말예요.

하지만 그게 끝이 아니었어요. 아직 그이의 부모님을 설득하지 못했으니까. 그이 부모님의 반대는 원장 선생님보다 더 심했어요. 제가 그이와 집에 들어오자마자 절 천한 것이라며 내쫓았을 정도니까. 제가 사라지고 나면 집 앞에 소금을 뿌리고 대놓고 손가락질하며 욕을 하는 건 기본이었어요.

"감히 우리 아들에게 꼬리쳐서 집안을 말아먹으려고 해? 당장 꺼지지 못해?! 여긴 천애고아 따위가 올 곳이 아니야!"

그렇게 온갖 수모를 겪었을 거예요. 결국엔 집에서 그이에게 외출 금지까지 내려 저와 못 만나게 하려고까지 했어요. 하지만 저희들은 포기하지 않았습니다.

9개월이란 시간 동안… 말이죠.

저는 점차 배가 불러오기 시작했어요. 그이의 아기였죠. 한편으론 기뻤어요. 그이와의 사랑이 내 뱃속에서 자라난다는 것이니까. 하지만 그이의 가족들이 아직도 반대한다는 것에 한편으론 맘이 편치 않았어요. 그렇게 맘이 편치 않을 때면 가끔 게임에 접속하곤 했답니다.

그이가 사준 PX 게임기로 말이죠. 태아의 문제로 모험 같은 건 가지 못하고 이라스 북쪽 NPC 민가촌에 작은 집을 하나 얻어 그곳에서 음악을 듣는다던가 하는 정도였어요. 조금 심심하긴 했지만 그이가 옆에 있어주기에 그리 무료하진 않았답니다.

평소 때와 같이 그이가 게임에 접속했어요. 그런데 웬일인지 표정이 밝지 못했어요.

"무슨 일이야? 오늘은 표정이 밝지 못하네?"

"부모님께서 너무 완강히 반대하셔서. 곧 아이도 낳을 텐데."

"그 일 때문에 그래? 걱정하지 마. 부모님께서도 언젠가 우리를 꼭 허락해 주실 거야. 우리에겐 사랑이 있잖아. 사흘간 고아원 앞에서 무릎을 꿇을 수 있었던 사랑이……. 3년간 함께 치러왔던 그 고된 길 동안 우리는 지금까지 사랑으로 극복해 왔잖아. 걱정할 건 없어."

"…그래, 그렇지."

"힘내."

그이가 힘들어하는 표정을 지을 때마다 저는 언제나 가슴이 아팠지만 따뜻한 웃음으로 그이와 대화를 나누었어요. 언젠가는 꼭 우리 둘을 인정해 줄 날이 올 거라고.

하지만…

그런 저에게도, 그이에게도 한계가 있었나 봐요.

출산 예정일이 20일 정도 남아 있을 때였죠. 곧 아기를 낳는다는 생각에 가끔 긴장되곤 했어요. 그이의 아기를 낳는다면… 그 아기를 그이의 부모님이 보신다면 날 조금은 다르게 보아주시지 않을까? 하는 기대감도 들었구요.

그렇게 긴장되는 마음으로, 설레이는 마음으로 저는 여느 때와 같이 게임에 접속했어요.

우리들이 구한 작은 집엔 그이가 먼저 게임에 접속해 기다리고 있었어요. 그이는 전보다 더 어두운 표정이었구요.

"아, 먼저 와 있었네?"

"응. 오늘 할 말이 있어서 일찍 왔어."

"응? 무슨 말?"

저는 그때까지 그이가 무슨 말을 꺼낼지 천진난만한 표정으로 그이를 바라보았어요. 하지만 그이의 말을 듣는 순간 저는…

"나, 많이 지쳤어. 미안해. 우리 이만 헤어지자."

"……."

그의 말을 믿을 수 없었어요. 서, 설마… 거짓말이겠지?

"거짓말이지? 농담하지 마. 아기 놀래."

"아니, 거짓말이 아니야. 진심이야. 설사 네가 아기를 낳는다 해도 우리 부모님은 널 허락해 주시지 않을 거야. 미안하다."

"그, 그렇지 않아! 부모님은 허락해 주실… 아!"

하지만 그이는 매정하게 게임을 나갔어요. 그리고 저는 그 자리에서 그렇게 쓰러지고 말았답니다.

―깨어나 보니 저는 핏덩이를 안고 집 바닥에 누워 있었어요. 전 아이를 데리고 나와 이라스 거리를 이리저리 방황했죠. 로그아웃이 안 되어 이상했지만 어느 날 몇몇 사람들이 하는 이야길 들었어요. 뱃속에 태아를 가진 여자가 죽었다고. 그리고 그게 저란 걸 알았을 때는 시간이 얼마 지나지 않았을 때였어요.

하빈 누나는 조용히 고개를 숙였다. 그녀의 얼굴 선을 타고 물방울이 툭툭 떨어졌다. 그녀의 떨리는 어깨를 안아주고 싶었지만 그것이 안 된다는 걸 알기에 내 안타까움은 더 더욱 컸다. 누구나 이런 상황이 되면 그녀를 위로해 주고 싶으리라.

―흑흑! 그렇게 저는 이 아이를 데리고 이곳에 정착하게 되었어요. 이 몸으론 몬스터들도 눈치를 채지 못하기 때문에 이곳을 제집처럼 드나드는 건 어렵지 않았어요. 그치만… 저는 언제까지 이곳에 있어야 될지…….

"흑흑! 너무나… 슬퍼요."

"……?"

어느새 세희가 눈물을 흘리며 자리에 앉아 있었다. 귀신이 무서워 기절했던 건 언제고 귀신과 동병상련(同病相憐)의 마음이라니.

―이게 제 사연의 전부예요. 절 도와주실 수 있겠어요? 제 마지막 소원은 그이를 보는 거예요. 그이와 다시 만나 얘기를 나누고 싶어요. 부탁해요, 여러분들!

"네! 도와줄 거예요. 반드시 그 사람을 찾아주겠어요!"

세희가 그렇게 꼭꼭 다짐했다. 하빈 누나에게 엄청난 동정심을 느끼는 것 같았다. 세희까지 저렇게 나선다는데 나도 빠질 수야 없지.

"좋습니다, 도와드리죠. 반드시 그를 찾아드리겠습니다. 아, 그전에 저희들 소개부터 할게요. 제 닉네임은 마듀라, 저기 저 형은 최준, 그리고 제 애인이자 약혼녀(?) 에실리스입니다. 간단히 듀라, 준, 실리라고 불러주세요."

—감사합니다! 감사해요, 정말⋯ 이제야 제 부탁을 들어줄 사람을 찾게 되어 기뻐요. 정말 감사합니다.

연신 허리를 숙이며 고마움을 표하는 하빈 누나였다.

그런데 하빈 누나를 보다 보니 문득 생각이 난 건데, 언제 한번 하빈 누나하고 마주친 것 같기도 한데?

"저기요, 하빈 누나. 우리 언제 마주치지 않았었나요?"

—글쎄요? 저는 생각이 잘 안 나는데요?

내가 착각한 건가? 데자뷰인가 보지 뭐.

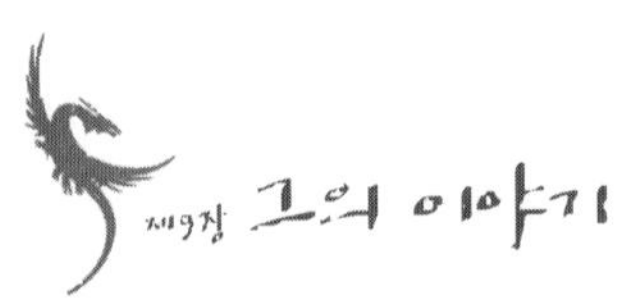

게임 상에서… 아니, 내 19년 인생 중 처음으로 본 귀신, 하빈 누나의 사정이 너무나 안타까워 그녀를 도와주겠다고 나섰다. 그게 어제의 일이다.

—이름은 이세준. 나이는 저와 동갑인 23살이에요.

"이세균? 그럼 병균이 친구?"

—세균이 아니고 세준이요!

"농담 한번 해본 겁니다."

—…그이의 집 주소는 대전광역시 서구 대흥동에 위치해 있어요.

대흥동? 대흥동이라면…….

"우리 학교가 있는 곳인데?"

—아! 그래요? 잘됐네요! 그곳 지리는 잘 아시겠군요!

"네, 그쪽 지리야 훤하지요."
—그치만 그이를 만날 수 있을진… 그이는 워낙 바쁘거든요. 저와 게임에서 만나는 시간도 쪼개고 쪼개서 겨우 냈던 건데…….
"만날 수 없으면 만나게 해야죠. 일주일 안에 세균인가 세준인가를 하빈 누나의 앞에 대령하겠습니다!"
—그럼 부탁드려요, 마듀라 씨.

자신을 차버린 그 남자를 하빈 누나는 죽어서까지 무슨 미련이 남아 있던 걸까? 그렇게도 그가 좋았나? 아니면 그의 아기 때문에? 내가 하빈 누나의 입장이었으면 날 차버린 그 남자를 그냥 깨끗이 포기했을 것이다. 아이는 낳아서 고아원 같은 데다 버리고.
물론 이건 내가 남자의 가치관을 가지고 있기 때문에 한 소리다. 내가 여자였으면 위와는 다른 생각을 가졌겠지.
세희의 예를 들어보자.
"세희가 만약 하빈 누나 같은 입장이었으면 어떻게 할 것 같아?"
"……."
세희는 내 질문을 곰곰이 생각해 보더니 PDA에 글을 적어 보여주었다.

혼자 아이를 낳고 살겠지. 낙태한다거나 아이를 버린다는 건 있을 수 없는 일이니까.

으음~ 가장 기본적인 모법 답안이 아닐까 생각한다. 나 같은 놈은 아이를 버린다 쪽인데. 역시 세희는 천사표 백만 개구나.

그렇게 세희와 대화를 나누는데 용태가 끼어들었다.

"어이~ 신성아! 어제 귀신 찾으러 왜 안 왔냐? 우리끼리 갔잖아."

아, 맞아. 녀석들하고 귀신 찾기로 되어 있었지? 어제 청소하느라 같이 못 갔는데.

"어제 집안 청소하느라 못 갔어."

"아, 그냐? 그런데 세희도 무슨 일 있었어? 왜 못 왔어?"

"그야 세희도 같이 청소… 읍!"

나는 순간 말실수했다는 걸 깨닫고 황급히 입을 틀어막았다! 이런 젠장! 이놈의 입이 방정이지! 내가 지금 무슨 말을 지껄인 거야? 저 대전의 모든 정보망을 가지고 있는 용태 앞에서?

이미 늦었는지 용태의 눈빛이 반짝였다.

"세희하고 같이 청소를 하다니 무슨 소리야? 요즘 너희들 수상쩍었었는데 잘 걸렸다! 너희들 동거라도 하는 거 아냐?! 동거가 아니고서야 같이 청소할 리가 없잖아!"

뜨끔—!

"집에 갈 때도 둘이 팔짱끼면서 가고, 언제나 도시락 반찬도 같았어! 그리고 가장 결정적인 증거가 있지!"

"……?!"

증거?!

어느새 주위엔 반 친구들이 몰려들었다. 나와 세희가 동거한다는 말에 귀가 모인 것이리라.

그들의 기대 어린 시선을 한 몸에 받으며 용태의 말이 이어졌다.

"너희 둘! 둘의 냄새가 같아! 그 샴푸 냄새!"

"……!!"

어, 어찌 이리도 완벽한 추리를 할 수가?! 저 자식이 아이큐 70짜리 단세포 용태가 맞단 말인가? 진짜로 나와 세희의 머리에서 나는 향기는 같았다. 아침에 머리를 감고 나올 때 같은 샴푸를 쓰니까.

"자! 이래도 발뺌하실 거냐? 어서 불으시지! 너희 둘! 정체가 뭐야?!"

"……."

마치 우리가 외계에서 온 커플인 양 말한다?

나는 말없이 세희를 바라보았다. 세희는 나에게 모두 맡기겠다는 눈빛을 전했고, 나는 눈을 질끈 감으며 빠르게 두뇌 회전을 했다. 이 상황을 어떻게 무마시켜야 하느냐?!

하지만 도저히 방법이 떠오르지 않았다. 그냥 발뺌하는 수밖에!

"이, 이놈이 동거는 무슨 동거야! 건전 이성 교제 문화를 이룩해야 할 새시대의 청소년들이 감히 남녀가 한 지붕에서 산다는 게 말이 된다고 생각해?! 그것은 남녀칠세부동석이라는 조상들의 미풍양속을 그르치는 짓으로써 사회 이념 파괴적 행위라고 할 수 있어! 더 이상의 불건전한 생각은 접어주길 바래! 세희야, 우린 이만 가자!"

나와 세희는 수업도 땡땡이친 채 황급히 학교를 나섰다.

"후아~ 들킬 뻔했다. 벌써부터 애들이 눈치 채면 곤란한데. 며칠 후에 있을 졸업식 전까진 어떻게든 비밀을 지켜야 할 텐데 말이야."

"……."

"그나저나 학교 근처랬는데? 그… 세준인가, 세균인가 하는 사람 집 말이야."

하빈 누나가 하는 말이 학교 근처에서 가장 큰 집을 찾으랬다. 큰 집이란 말이렷다?

나는 근처 지나가는 아주머니에게 물었다.

"실례합니다. 이 근처에서 가장 큰 집이 어디 있나요?"

"가장 큰 집? 음~ 여기서 100m 정도 떨어진 곳에 있긴 한데. 저 골목길을 쭉 따라가 보면 있단다."

"감사합니다."

나와 세희는 그 아주머니가 가리킨 골목으로 향했다. 여기서 100m 떨어진 곳이랬지?

길을 가는 도중 세희가 PDA에 글을 적어 보여주었다.

그런데 그 사람이 하빈 언니를 만나려고 할까?

음~ 글쎄다?

"안 만나려고 해도 만나게 해야지. 하빈 누나하고는 이미 약속했으니까."

사나이 시신성! 한 번 한 약속은 반드시 지킨다! 나는 주먹을 불끈 쥐고 다시 한 번 속으로 다짐했다.

어느새 세준의 집에 금방 도착할 수 있었다. 대부호가 맞긴 맞나본지 집은 상당히 컸다. 세희의 외갓집과 견주어도 절대 떨어지지 않을 정도의 크기. 8백 평… 되려나? 도대체 몇 층 집이야? 1층, 2층, 3층…….

4층집이군. 아주 궁전을 세워라.

대체 저런 집은 어떻게 구하는 걸까? 땅을 팔았나? 아님 로또에 당첨이라도 됐나?

질리는 것도 잠시, 나는 대문 옆에 있는 벨을 눌렀다. 누르자…

삐띠띠띠—

요란한 벨 소리와 함께 약 3초 후에야 누군가 인터폰을 받았다.

「누구시죠?」

"안녕하십니까. 이곳이 이세균… 아니, 이세준 씨 댁 맞습니까?"

「네, 맞는데요?」

"실례지만 이세준 씨 안에 계십니까?"

「아니오. 지금은 회사에 계십니다만? 돌아오시는 대로 연락드리겠습니다. 성함이 어떻게 되십니까?」

"아닙니다. 그럼 실례했습니다."

대화가 끝나자마자 나는 세희와 함께 집 앞에서 몇 걸음 떨어졌다. 대문에 카메라가 설치되어 있어서 그곳에서 말하긴 좀 그랬다.

"아무래도 회사에 쳐들어가야겠다. 최준 형한테 전화해 보자."

핸드폰을 꺼내 들고 최준 형의 핸드폰 번호를 눌렀다.

얼마 지나지 않아 최준 형이 금세 전화를 받았다.

「네, 카마디 이벤트 개발부 실장 최준입니다.」

"형! 나야! 시신성!"

「에? 네가 웬일로 전화를 다 했냐? 오늘 세균인가 세준인가 집에 간다며? 일은 잘 풀렸냐?」

"그 때문에 전화 건 건데, 세준이가 지금은 집에 없다네? 회사에 있대. 그 녀석 회사가 어딘지 좀 알아봐 달라고."

「아, 그러냐? 잠시만 기다려 봐라. 이세준 유저의 개인 정보 데이터를 뽑아서 알아봐 줄 테니.」

개인 정보 데이터? 그런 거 운영자라도 함부로 다룰 수 없는 거 아닌가?

잠시 후 최준 형이 말했다.

「찾았다. X진 기업. 외국에서도 알아주는 금품 제조 대기업이로군.」

"금품?"

「그래, 반지나 목걸이 말이다. 녀석이 X진 기업 회장의 아들인데, 지금은 그 빽으로 사장 정도의 위치라는군.」

쳇! 돈은 많이 벌겠군. 집이 4층인 이유가 거기 있었어.

「위치는 대전 유성구의…….」

최준 형이 불러주는 회사의 위치를 머리 속에 저장시킨 나는 핸드폰 플립을 닫고 세희에게 말했다.

"세희는 집으로 돌아가 있을래? 이제부턴 내가 다 알아서 할게. 여자를 추운 데서 고생시키면 안 되지."

끄덕―

세희가 고개를 끄덕이는 걸 확인하자마자 나는 대로가를 향해 뛰었다.

(주)카마디. 회의실 내.

"그 미스터리 버그가 진짜 귀신이라면 어떻게 처리해야 할지 난감하군."

원형의 탁자에 모여 앉아 있는 이들은 각 개발팀의 부장들. 이들 중 부장이 아닌 사람은 최준과 사장뿐이다.

마공왕을 닮은 사장이 그렇게 말하자 최준의 말이 뒤를 이었다.

"원혼을 풀어줘야 하는 게 도리가 아닐까 합니다. 산 사람 소원도 들어주는데 죽은 사람 소원도 못 들어줍니까?"

말이 좀 거꾸로 된 것 같지만…….

사장의 말이 다시 뒤를 이었다.

"그래서… 그 귀신이 원혼을 이야기하든?"

"네. 그 주인공은 한 달 전에 심장마비로 사망한 시하빈 양이 맞습니다, 맞고요. 지금 그녀의 원혼을 풀려는 아이가 둘 있습니다."

사장을 비롯한 모두가 못 믿겠다는 눈치였지만 최준의 말은 계속 이어졌다.

"원혼을 풀면 자기가 알아서 극락왕생하겠죠."

그러자 사장의 옆에 앉아 있는 30대 중반의 사내, 버그 퇴치 담당 부장이 입을 열었다.

"이봐, 최준 군. 지금 문제는 그 귀신이 극락왕생하느냐, 안 하느냐가 아니라 그 귀신의 정체가 무엇이냐 하는 것일세. 그게 만약 치명적인 버그라면 유저들의 손에 들어가선 안 됨이야. 스카우트에도 반응이 없는 버그라면 우리 운영자들도 손놓을 수밖에 없지 않나?"

손 정도가 아니라 밥숟가락 놔야겠지.

최준은 여유있는 웃음을 지으며 반박했다.

"그 말입니다. 스카우트에 잘못이 있다고는 생각 안 해보셨습니까? 제가 트랩 지역을 지나는 중에 스카우트에도 잡히지 않는 끈 트랩을 발견했었습니다. 설마 그 트랩이 버그일지도 모르는데 버그를 잡아내는 용으로 만들어진 스카우트가 그것을 잡아내지 못했다라… 스카우트 프로그램은 그쪽, 버그 퇴치 담당부에서 만드시지 않았습니까?"

뜨끔—!

스카우트에 문제가 있어 버그의 정체를 알아내지 못한 거라면 그것은 전적으로 버그 퇴치 담당부의 책임이다. 버그 퇴치 담당 부장은 아무 말 없이 물러나야 했다.

사장의 말이 이어졌다.

"그래, 그래서 최준 군의 생각은 뭐지? 귀신이 극락왕생할 때까지 두고 보자는 말인가?"

"네, 두고 보자는 말이죠. 하지만 시간은 얼마 안 걸릴 겁니다. 신성이는 껄끄러운 일이 있으면 후닥닥 해치우는 스타일이거든요."

*　　　*　　　*

회사 앞에 들어선 나는 회사 건물을 위로 쭈우욱 올려다보았다. 거의 50층 높이는 되어 보인다. 쓸데없이 건물만 높아가지고…

또박— 또박—

회사 내부로 들어서자 맑은 발걸음 소리가 주위를 울렸다. 신은 신발은 운동화였지만 바닥이 너무 좋은 나머지 이런 구두 소리가 나는 것이다. 바닥뿐 아니라 천장, 벽 할 것 없이 전부 반질반질하고 내부가 무지하게 넓었다. 돈 무지 폈겠군.

"어이~ 이봐, 학생. 여긴 관계자 외 출입 금지이라네."

그때 경비원 두 명이 내 앞을 가로막았다. 어느 회사에나 이런 경비원이 있긴 하지.

나는 내 앞을 가로막은 경비원 아저씨 두 명에게 큰소리쳤다.

"아저씨들, 감히 제가 누군 줄 알고 가로막으시는 겁니까?! 제가 이 회사 사장님의 특별 초청을 받고 온 줄 모르시는 겁니까? 아, 이거야 원, 세준이한테 경비원 훈련 좀 똑바로 시키라고 해야지 안 되겠구만!"

그러자 경비원들의 표정이 일순 뒤바뀌었다. 세준이란 말이 나오자마자 당장에 허리를 숙이는 그들.

"죄, 죄송합니다. 손님인 줄도 모르고 그만… 들어가시지요."

뭐, 길을 알아야 들어가지.

"커흠! 와본 지가 오래돼서 사장실이 몇 층에 있는지······."

"45층에 있습니다, 손님."

45층이란다. 엘리베이터로 반나절 거리구만. 대기업이라는데 어련 하시겠는가마는.

나는 그리 멀리 떨어지지 않은 곳에 있는 엘리베이터를 찾곤 뒤로 돌아섰다.

"그럼 수고하십쇼. 제 넓은 아량으로 이번만은 눈감아 드리겠습니다. 앞으로 손님 대할 때는 정중히 대하십쇼. 아시겠습니까?"

"네네, 죄송합니다."

경비원들은 허리를 연신 굽실하며 내가 엘리베이터로 사라질 때까지 나에게 죄송하다는 말을 연발했다. 엘리베이터 문이 닫히자마자 나는 한숨을 포옥 내쉬었다.

이 엄청난 철판! 난 대단해!

"후우~ 잠입 성공!"

이제 세준이만 데리고 나오면 미션은 끝나는군. 그때까지 얼마나 더 많은 고난이 닥쳐 올까? 경비원 아저씨 둘을 골탕먹인 후로 긴장감보다는 흥미진진함이 앞섰다. 설마 이런 대기업 회사에 들어오는 것이 이리도 쉬울 줄이야.

엘리베이터를 타고 45층에 도착했을 때는 약 50초 정도의 소요 시간이 걸렸다. 엘리베이터의 문이 열리자마자, 순간!

"안녕하십니까."

엘리베이터 문 앞에 서 있는 열 명의 쫙 빠진 미녀들이 나에게 인사를 하는 것이 아닌가?! 속으론 입이 떡 벌어졌지만 겉으론 당연하다는 듯이 입가를 굳힌 나는 그녀들 사이를 황급히 빠져나왔다. 뭐 이딴 회사가 다 있냐? 왜 엘리베이터 앞에 여자를 세워놓냐고! 회사에 여자가 남아도는 나머지 저런 데 세워놓는 건가? 회사 내에선 여자가 마네킹 같은 존재인가?

"그래도 몸매는 좋았으니까."

엘리베이터부터 통로로 이어진 길을 걷던 중,

그 통로 길은 상당히 넓었는데 길이 다 끝나고 보이는 것은 넓은 응접실 같은 곳이었다. 주위를 둘러보는데 한 여성의 목소리가 날 가로막았다.

"안녕하십니까? 무슨 일로 오셨습니까?"

상대는 허리 높이의 벽을 사이에 두고 말을 걸어온 단발의 미녀였다. 엘리베이터 걸들도 그렇고, 이 여자도 그렇고, 미녀들밖에 없는 것으로 보아 이 회사 사장(세준)이란 녀석의 취향을 대충 알겠다. 세준이는 세상 모든 미녀들을 자신의 것으로 만들려는 심산인 것이다!

"무슨 일이십니까?"

그녀가 재차 묻자 나는 헛기침을 한번하며 대답했다.

"이곳의 사장을 만나려고 왔습니다."

"예약은 되셨습니까? 지금 사장님은 회의 중이십니다."

"아, 그렇군요. 회의는 언제쯤 끝난답니까?"

"오후 10시쯤에 끝날 예정으로 되어 있습니다."

그렇게나 오래 걸린단 말인가? 지금 시간이… 6시다. 감히 이 몸께 4시간이나 기다리라는 말이야? 그때까지 못 기다려!

"회의실은 어디 있습니까?"

"바로 저 통로로 들어가시면 되는데 지금은 들어가실 수 없습니다."

"회의 중이라서요?"

“네.”

“들어가면 어떻게 되는데요?”

“쫓겨납니다.”

당연한 대답이시군.

나는 재빨리 회의실 통로로 들어섰다. 이 21세기 희대의 반항아를 누가 말려?!

“꺄아악! 들어가시면 안 돼요!”

그녀가 내 뒤를 쫓아오며 날 말렸다. 지가 말려봤자지!

“가면 안 돼요! 돌아오세요!”

“사장만 데리고 금방 나올 겁니다.”

“안 돼요! 돌아오세요! 아앗!”

쿠당!

“……?”

나는 달리다 말고 자리에서 멈췄다. 그녀의 하이힐 굽이 부러져 넘어져 버린 것이다. 그냥 지나칠 수도 있겠지만 만인이 알다시피 나는 21세기 최고의 매너남이기 때문에 그녀를 그렇게 두고 지나칠 수 없었다. 하여간에 칠칠치 못하기는…….

뒤돌아서서 그녀에게 다가가 물었다.

“괜찮으세요?”

“으으… 발목이 접질렸나 봐요. 그나저나 지금은 들어가시면 안 돼요! 오늘은 중요한 회의가 있단 말예요!”

“저는 그것보다 더 중요한 일이 있습니다.”

“그쪽 사정은 제 알 바 아니에요. 절대 들어갈 수 없어요! 지금 들어가시면 사장님이 절 회사에서 잘라 버릴 거란 말예요.”

“저도 그쪽 사정 알 바 아닙니다.”

“……”

그녀가 무사한 걸 확인하자마자 나는 다시 회의실로 향했다. 막 한 걸음 내디디려는데 뭔가가 내 발목을 붙잡은 것은 그때였다. 이 여자가 매일 독사만 잡아먹고 살았나? 왜 이리 독해?!

“흑흑! 가지 마세요. 저 잘리면 제 아래 동생들은 다 굶어죽어요. 어머니도 병석에 누워 계시는데. 흑흑!”

“이거 놓으세요! 내가 상관할 바 아니잖아! 놔! 놓아라! 바지 벗겨져! 여기 경비원 없어? 당장 이 여자 데려가! 경비원!!”

그렇게 10분 후.

“이런 망할!”

“내 경비원 경력 10년 만에 이런 놈은 처음 보네?! 이게 감히 어디서 사기를 쳐?!”

“다음번에 또 내 눈에 띄었다간 경찰에 신고해 버린다! 학생이니 이번만은 봐주는 거야!”

회사 밖으로 쫓겨난 나는 회사에 욕지거리를 날리며 발걸음을 돌렸다. 젠장! 그 독종 같은 여직원만 없었어도 일이 이렇게 되지는 않았을 것을!

어쩔 수 없지, 다음 작전으로 넘어가는 수밖에.

다음 작전은 잠복 수사다. 세준이 돌아올 때까지 녀석의 집 앞에서 기다리는 것이다. 그냥 무작정 기다리면 되지 않겠냐고 생각하는 사람도 있겠지만 말처럼 쉬운 게 아니다. 집에 누가 출입하는지 고도의 투시 감각을 활용해야 함은 물론이거니와 이 추위(지금은 11월) 속에서 체력을 떨구지 않고 정신력만으로 길거리 한복판에 서 있어야 한단 것이다. 평범한 사람들은 아마 한 시간 견디다 집으로 돌아가겠지만 이 몸은 깡폐인이기 때문에 그것이 가능했다. 이런 추위쯤이야 하루도 우습지.

"호오~ 후아~"

갓 사 온 따끈따끈한 찐빵에 입김을 불어넣고 한입 베어 물자 달콤한 단팥 맛이 입 안 전체에 퍼진다. 내가 이 맛에 겨울을 보내지. 찐빵 맛을 미각학적으로 분석하여 맛보고 싶었지만 잠시라도 한눈을 팔면 안 되기에 시선은 꼿꼿이 대문으로 향해야 했다. 그나저나 내가 몇 시간이나 잠복을 했지? 핸드폰을 꺼내 보자 벌써 10시 30분이다.

때마침 핸드폰으로 세희에게서 문자가 왔다.

신성아, 왜 이리 늦어? 무슨 일 있어?

일은 무슨. 아무래도 걱정이 돼서 문자를 보냈나 보다.
세희에게 답장을 보냈다.

좀 늦어질 것 같아. 먼저 게임하고 있어.

그때였다. 저 오른편 골목길로부터 차가 한 대 나타난 것은! 나는 물고 있던 찐빵을 단숨에 삼켜 버린 뒤 핸드폰 문자를 마저 적었다.

지금 바쁘니까 나중에 연락할게!

후후! 드디어 납시셨군! 저 차는 부호들만 타고 다닌다는 최신형 검은색 차였다. 구체적으론 잘 모르겠지만. 어쨌든 차가 멈추자마자 그곳에서 사람이 내렸다. 그것도 한 명. 남자다. 딱 볼 때 부잣집 도련님 스타일이시군. 예쁘장한 남자애 다음으로 내가 싫어하는 케이스. 외모로 상대를 파악해선 안 된다는 걸 알지만 솔직히 외모 가지고 남녀 구분하는 시대가 지금 시대이니, 그의 첫인상은 내가 볼 때 맘에 들지 않았다.

나는 그에게 종종걸음으로 다가갔다.

"실례하겠습니다. 혹시 이세준 씨 되십니까?"

막 집의 벨을 누르려던 그가 날 돌아보았다.

"네, 제가 이세준됩니다만?"

딱 걸렸다! 하빈 누나가 너무나 좋아한 나머지 심장 마비에 걸려 죽었을 정도의 녀석!

"잠시 저와 같이 가주셔야 되겠습니다. 긴히 할 말이 있어서 말이죠."

"무슨 일이십니까?"

"과거의 일 때문입니다. 조용한 커피숍으로 갈까요?"

"……?"

그는 조금 의심하는 눈치였지만 순순히 내 뒤를 따랐다. 이 녀석은 모르는 사람 뒤는 따라가지 말라는 어른들의 말씀도 못 들은 모양인데?

그와 내가 도착한 곳은 조용한 공사장 터. 으슥한 분위기가 아주 좋다.

"저기… 커피숍이 아니었나요? 이곳으로 절 데려온 이유가 뭐지요?"

우두득─

손가락 관절을 푼 나는 주먹을 쥐었다 폈다를 반복하며 녀석을 돌아보았다. 이쯤 되면 몇 대 까도 되겠지?

세준의 두려운 표정이 눈에 잡혔다.

"네놈 하는 짓이 신경에 거슬려서 말이다."

"……?"

퍽―!

세준의 왼쪽 안면에 주먹을 박아버린 나는 쓰러지며 왼쪽 안면을 부여잡는 녀석에게 다가가 멱살을 쥐어 들었다.

이어서 깐 데 또 한 방 더 가격했다.

"우욱!"

"이 나쁜 놈아! 네가 감히 여자를 버려?! 네가 뭔데 버려? 남자 주제에 여자를 버려? 이런 깐돌이 같은 X끼! 일어나!"

발끝으로 세준의 배를 힘껏 가격한 나는 배를 부여잡으며 숨을 내쉬는 녀석의 머리채를 잡아 들었다.

"네가 감히 우리 시씨를 건드렸어? 네가 죽으려고 안달했구나? 그치?"

"아, 아닙니다! 그것은……."

"닥쳐!"

이번에도 역시 왼쪽 안면에 주먹을 박았다. 왼쪽 면상만 죽어라 패버릴 생각이다. 언제 한번 이런 자식 죽여 버리고 싶었는데 잘됐어! 여자 일생 망쳐 놓고 버려 버리는 자식!

"니가……!"

퍽―!

"뭔데……!"

퍽―!

“하빈이 누나를……!”

퍽—!

“아기까지 만들어놓고……!”

퍽—!

“버려?!”

빠악—!

서 있을 힘도 없어졌는지 녀석은 땅바닥에 쓰러졌지만 숨은 거칠게 몰아쉬고 있었다.

그가 숨을 어렵게 들이키며 힘겹게 말했다. 내 주먹이 솜방망이는 아닐 텐데도 말하는 능력이 가상타.

“어, 어째서! 허억! 하빈이… 를! 허억! 알고 있…….”

“시끄러!”

세준의 턱주가리를 발로 차버린 나는 몇 소리 더 지껄였다.

“네가 하빈 누나 이름을 부를 수 있어? 네놈이 뭔데! 앙?! 하빈 누나는 널 그리워할 자격이 있지만 넌 하빈 누나를 그리워할 자격이 없어! 아니, 넌 하빈 누나의 이름을 부를 자격도 없다고!”

침을 한 번 퉤 뱉은 나는 계속해서 말을 이었다.

“내가 용서하지 못하는 분류가 딱 세 가지 있다. 첫째, 여자 때리는 거(선미는 제외되겠지만)! 둘째, 여자 배신하는 거! 그 다음이 나 무시하는 거다! 남자가 돼가지고 여자에게 잘 대해주지는 못할망정 아기를 만들어놓고 죽여?! 너 같은 놈은 세상을 살아갈 자격도 없어!”

녀석의 갈비뼈를 부숴 버릴 생각으로 발을 치켜들려는 때였다.

세준이 거친 숨을 몰아쉬며 입을 열었다.

“나… 는! 무, 무서… 허억! 워, 허억! 쏩니다. 허윽!”

“……?”

“크흐흑! 우연히… 아, 버지의… 하악! 말을 엿듣게 되었을 때… 저는, 허윽! 그땐 그럴 수밖에… 허윽! 없, 었습니다. 허윽! 허억!”

“그게 무슨 소리야?”

나는 올렸던 발을 내리며 세준의 멱살을 쥐어 들었다. 가까이에서 녀석의 얼굴을 봤을 때 나에게 신나게 맞고도 울지 않았던 녀석이 눈물을 흘리고 있는 것을 볼 수 있었다.

세준이 피 섞인 소리로 말했다. 숨 쉬기가 힘이 드는지 말이 이상했지만 들을 만은 했다.

“아버지께서, 말씀하시더군… 요. 허억! 허억! 하빈이와 내가 헤어지지 않으면… 하빈이를 아기와 함께 죽이겠… 쿨럭! 쿨럭! 다고… 허윽! 무서워서… 저는, 그녀를… 버리게 되었습니다.”

“병신같이! 그럼 진작에 하빈 누나에게 그렇게 말했으면 좋았잖아! 하빈 누나는 죽어서도 널 찾고 있었단 말이다!”

“하윽! 하… 그렇, 다면… 허윽! 잘못했군요. 크흐흑! 제가, 그렇게 말하면 다른 남자를… 찾으, 찾을 줄… 알았는데요. 쿨럭쿨럭! 나 따위를 기다리는 것보단… 다른 남자 찾아보는 게… 허억! 나았을 텐데.”

“…….”

“크흐흑! 죄스러운, 마음에… 처음에는, 아기를 데려다 키우고… 쿨럭! 커흑! 그녀를… 외국으로 피신시키려 했습니다. 쿨럭! 그녀가 죽었다는 소식을 들었을 때는… 이미 때는 늦은 후였죠. 허억!”

“…….”

녀석은 진심을 말하고 있었다. 그의 눈빛이 하빈 누나를 진심으로 사랑했다는 눈빛이었으니까. 하지만 나였다면 그렇게 하빈 누나를 죽이지 않았을 것이다.

"나 같으면 하빈 누나를 데리고 도피했을 거야. 넌 남자가 돼서 그런 깡도 없단 말이냐?"

"크큭! 이제 와서… 뭐라고 해봤자… 변명으로 들릴 겁니다. 쿨럭! 솔직히 말해서, 그런 용기가 저에겐 없었어요. 마지막까지… 그녀를 지키고 싶었을 뿐. 쿨럭!"

"……."

"당신의 가치관은… 모르겠으나, 저는… 쿨럭! 쿨럭! 우어억!"

배를 심하게 다쳤는지 급기야 구토까지 하는 그. 나는 아무 말 없이 그를 지켜보았다. 잠시 토하던 세준이 피 섞인 침을 퉤 뱉으며 말을 이었다.

"저는… 허억! 사랑하는 사람을 지키는 것이 사랑이라고… 생각했습니다."

"……."

말도 안 돼. 그렇다고 그녀를 버린다는 건… 버리지 않고 가까이에서 지키면 안 되는 것이었나?

"어차피 저는, 아버지의 손에서… 벗어날 수 없었을 것이기 때문에… 그녀를 가까이서 지켜줄 수 없었습니다. 비록 헤어지지만… 쿨럭! 그녀가 무사하기만을, 바랬습니다."

"……."

자리에서 일어선 난 그에게 손을 내밀었다. 그는 꼴이 말이 아니었지만(특히 왼쪽 안면) 일어설 수 없을 정도의 치명상은 아니었기에 금방 자리에서 일어설 수 있었다.

처음엔 비틀하던 녀석이 곧 중심을 잡으며 나에게 말했다.

"이건… 무슨 의도입니까?"

"나에게 말했던 그것들, 하빈 누나에게 말해라. 그리고 사죄해라. 하빈 누나는 언제나 널 용서할 준비가 되어 있으니까."

"……"

그런 눈빛으로 보지 말라는 말이야. 실컷 패놓고 이런 짓하는 난 얼마나 더 뭐 팔리겠니?

근처 인터내셔널 PX방을 찾은 우리는 곧바로 카도라스에 접속했다. 인터내셔널 PX방, 2인실 룸을 얻어 게임에 접속한 우리는 그곳에서 만날 수 있었다.

이라스 중앙 광장, 이라스 석 앞.

"하빈이는 어디 있는 겁니까?"

"내 팔을 붙잡아. 그곳으로 워프한다. 이미 워프 포인트는 잡아놨으니."

그가 내 오른팔을 잡자마자 마법 스킬을 발동시켰다. 워프 게이트를 열면서 상당량의 마나가 빠져나가는 것을 느꼈지만 별 무리 없이 우리는 어둠 속의 대 던전 안으로 워프할 수 있었다.

"아기가 정말 귀여워요. 크면 여자들한테 인기 많을 것 같은데요?"

—고마워요, 실리 씨. 하지만 가끔은 이 애를 보며 슬퍼질 때가 있어요. 가끔 칭얼대고 울기만 할 뿐, 내가 하는 일은 그저 노래를 불러주며 이 애를 잠재우는 것뿐이니까. 그러고 보니 실리 씨는 노래를 정말 잘 부르시더군요. 어제 실리 씨의 노랫소리가 너무도 아름다워서 통로로 나와본 거였어요. 그것을 실리 씨가 우연히 발견한 거구요.

"아! 그랬던 거였군요! 어젠 정말 깜짝 놀랐었는데."

―호호! 죄송해요. 저기 실리 씨, 부탁이 있는데요. 노래 한 번만 더 들려주시겠어요? 다시 한 번 듣고 싶어요. 노래가 너무 아름다워서요. 한 번도 들어본 적 없는 곡인데, 혹시 실리 씨가 창작한 건가요?

"네, 제가 창작한 거예요. 나무의 입장에서 자연을 생각하며 부른 곡이랍니다. 그럼 제가 먼저 불러볼 테니 따라 불러보시겠어요?"

던전 중앙으로 워프된 나는 한창 담소를 나누고 있는 세희와 하빈 누나를 발견할 수 있었다.

갑작스레 바뀐 주위에 잠시 멀뚱하던 세준은… 아니, 세준 씨는 하빈 누나를 알아차리곤 그녀에게 달려갔다. 하빈 누나도 그와의 재회가 너무나 갑작스럽고 감격적이었는지 눈물을 글썽이며 그에게 달려갔다. 하지만 껴안지는 못하고 바로 앞에서 멈춰 서야만 했다.

―세준이, 세준이 맞지? 그렇지?

"하빈아!"

―보고 싶었는데… 왜 이제야 나타난 거야? 흑흑!

"미안해, 하빈아. 내가 잘못했어."

―아니야, 그런 소리 하지 마. 네 잘못이 아니야.

"……."

"……."

나와 세희는 그들에게서 떨어진 곳으로 발걸음을 했다. 재회의 순간인데 괜히 분위기 깨고 싶지 않았다. 그것은 뒤에 숨어 있던 최준 형도 마찬가지였는지 조용히 내 뒤를 따라오고 있었다, 분위기 좋을 때 꼽사리 끼던 형이 어울리지 않게도.

나는 던전 통로를 걸으며 많은 생각을 했다, 세준 씨와 하빈 누나에 대해서. 결국 둘은 가정의 반대로 인해 이루어질 수 없었다. 솔직히 사랑만 가지고 결혼하고 아기를 낳을 수 있다면 지금의 연인들이 그렇게 고통받지도 않았지. 물론 나와 세희도.

지금에서 생각해 보니 세준 씨와 하빈 누나의 일이 남의 일 같지가 않았다. 어찌 보면 그들이 겪었던 상황은 지금의 나와 세희의 상황과 엇비슷했다. 아직 세희의 외가 쪽에 허락을 못 받은 것 말이다. 내가 세희를 왜 사랑하느냐에 대한 답을 찾아내지 못하면 세희와는 이어질 수 없고, 그녀는 다시 중국으로 돌아가야만 한다. 그렇게 되면 결국엔 제2의 하빈 누나의 상황까지 가지 않을까? 아니, 그 정도까진 아니더라도 상당히 고통받겠지.

사람은 때에 따라 변하는 모습을 보여준다. 지금은 이렇게 세희를 사랑하고 싶고, 좋아하고 싶지만 나중에 세희의 외할아버지가 세희를 중국으로 데려가겠다고 한다면 나는 세희를 매몰차게 뿌리칠 수도, 아니면 세희를 데리고 저 멀리 사랑의 도피를 할 수도 있다. 지금에서야 생각해 보니 세준 씨가 했던 말… 사랑은 지키는 것이란 그 말이 어느 정도의 무게가 있는 뜻인지 알 것 같았다. 그것은 아무나 다짐할 수 있는 게 아니었어.

하빈 누나와 세준 씨의 대화는 길게 이어졌다. 꽤 오랜 시간이었다.

새벽 5시가 다 되어서야 뭔가를 결심한 듯 굳은 얼굴이었던 하빈 누나가 자리에서 일어났다.

―내가 세준의 입장을 너무 몰랐어. 생각해 보니 내 잘못이었어, 잠시나마 널 의심했던 게. 역시 나는 믿음이 부족했었나 봐. 세준은 날 지키기 위해 날 버린 거였는데.

"아니야! 그렇지 않아! 그것은 내 잘못이기도 해!"

고개를 가로저으며 하빈 누나가 다시 말했다.

―이제 나는 맘 편히 눈을 감을 수 있게 되었어. 이렇게 와줘서 정말 고마워, 세준아.

"……."

이번엔 그녀가 우리를 돌아보며 말했다.

―정말 감사합니다, 듀라 씨, 실리 씨, 최준 씨. 이 은혜를 어떻게 갚아야 할지 모르겠어요. 제가 살아 있는 몸이었더라면 이렇게 가지는 않았을 텐데.

나는 머쓱해하며 대답하려 했으나 가장 한 것이 없는 최준 형이 먼저 끼어들었다.

"조금이라도 도움이 됐다면 된 거죠."

―조금이 아니에요. 정말로 고맙습니다. 그리고 이번 일은 듀라 씨의 도움이 가장 컸다고 들었어요. 세준을 데려온 것, 정말로 감사합니다.

나는 기분 좋게 미소 지으며 고개를 끄덕였다. 이렇게 칭찬받아 보는 건 정말 오래간만인 것 같다. 그것도 죽은 사람한테 칭찬을 받아보는 기분이라…….

하빈 누나가 세희와 최준 형을 돌아보았다.

―실리 씨도 말동무해 주셔서 감사합니다. 노래 꼭 듣고 싶었는데 아쉽네요. 그리고 최준 씨도 감사드려요. 그럼 전 이만 갈게요, 원혼을 푼 영혼은 이치대로 제 갈 길로 가야 하니.

"아, 하빈아!"

그녀를 붙잡으려는 세준 씨의 손은 허공만을 가로저었다.

―세준아, 부디 몸 건강해. 나는 하늘에서 지켜보고 있을게. 그리고 너와 나 사이에 낳은 이 아이, 이 아이도 나 때문에 그동안 많이 피곤

했을 거야. 저세상에선 잘 키울 테니 걱정하지 말고. 아차! 이 아이, 이름 지어줄래? 그동안 이름을 짓지 못했구나.

"하빈아……."

─어서 지어줘.

잠시 뜸을 들이던 세준 씨가 날 한번 바라보더니 다시 하빈 누나를 바라보았다. 아이의 이름이 나오기 전까지 나는 멍하니 있다가…

"이… 신성… 그게 우리 아이의 이름이야."

갑작스레 내 이름이 튀어나오자 나는 깜짝 놀라 버리고 말았다! 내 이름이 거기서 왜 나와?

─이신성… 멋진 이름이야.

하빈 누나의 몸이 흐릿해졌다가 뚜렷해졌다가를 반복했다. 이제 그녀와 헤어질 시간이라는 걸 직감할 수 있었다. 비록 함께했던 시간은 하루도 채 되지 않았지만 그래도 연인이 있는 사람의 입장에서 본 동정심이랄까? 아니면 같은 성씨를 가진 먼 친척으로서? 어쨌건 나는 그녀에게 끌렸었다. 지금 생애는 이렇게 보냈지만 다음 생애라는 것이 존재한다면 그때는 반드시 좋은 사랑을 했으면 좋겠다. 진심으로.

─듀라 씨, 실리 씨, 본명을 가르쳐 주시겠어요? 은인의 이름을 꼭 알고 싶어요.

나와 세희는 그녀가 사라지기 전에 재빨리 대답했다.

"제 이름은 시신성."

"제 이름은 이세희예요."

─시신성 씨, 이세희 씨, 절대 잊지 못할 거예요. 절대 안 잊을 거예요.

하빈 누나의 몸이 서서히 위로 떠올랐다. 그리고 다리에서부터 서서히 가루가 되어 사라지는 그 모습을 우리는 그저 지켜볼 수밖에 없었다.

그 모습을 지켜보며 세준 씨가 그녀에게 손을 뻗었다. 그리고 마지막 한마디가 그의 입에서 떨어졌다. 여느 연인들의 그것과 같은 말… 하지만 그것은 막말 같은 것이 아니었다.

"사랑해… 언제까지나……."

하빈 누나는 밝게 미소 지으며 마주 손을 뻗었다.

─나도…….

하빈 누나의 손이 세준 씨의 손을 붙잡으며 서로의 입술이 가까워지며 마주쳤다. 그리고 그 순간 하빈 누나의 몸은 황금빛 가루가 되어 주위로 산산이 부서졌다.

다음날.

터벅─ 터벅─

학교도 빠지고 우리가 아침부터 향한 곳은 대전의 시립 공동묘지다.

얼굴에 반창고를 더덕더덕 붙인 세준 씨의 모습은 공동묘지에 혹 있을지 모를 귀신들이 놀라 기절할 만했다. 오늘 아침에 로그아웃을 하고 보니 얼굴이 더 부어 있었다.

"도착이군요."

"……."

나와 세준 씨는 하빈 누나의 묘 앞에서 발걸음을 멈췄다. 다른 묘에는 주위에 돌 기둥도 세우고 그랬지만 하빈 누나의 묘에는 비석 하나만이 달랑 세워져 있어 초라하게 보였다.

우선 술병의 술을 술잔에 따른 세준 씨가 그것을 묘 주위에 뿌렸다. 잠시 그것을 뿌리던 세준 씨는 묘 앞에서 절을 했다, 나도 옆에서 같이.

"……."

“…….”

절을 마친 우리 둘은 그 자리에 그렇게 조용히 서 있었다. 할 말은 많았지만 뭐라 말할 수 없는 분위기랄까?

그 분위기를 깬 것은 세준 씨였다. 그가 주머니를 뒤적이며 꺼낸 것은 조그만 상자. 그가 그 상자 뚜껑을 열자 반지 하나가 보였다. 하나는 그의 약지에 끼워져 있었고 상자에 있는 것은 그와 똑같은 모양의…….

“하빈이의 겁니다. 그녀의 사망 소식을 듣고 바로 찾아냈죠.”

“…….”

프로포즈 때 받았다던 그것이로군. 문득 반지를 받고 감격에 겨워 울던 하빈 누나의 모습이 떠올랐다. 세준 씨의 품에 안겨 펑펑 울었다지?

“우리 회사에서 만든 최고의 커플링입니다. 하지만 지금에서는 그 값을 따질 수 없는 진귀한 물건이 되었습니다. 이미 그 주인이 사라졌으니 그 누가 이 물건의 값을 매기겠습니까?”

“…….”

“이 비싼 물건은 다시 주인의 손으로 돌려줘야 하는 게 정석일 텐데. 하빈이가 있으면 손에 끼워주고 싶군요.”

“가능할 겁니다.”

“……?”

진심이었다, 세준 씨가 하빈 누나에게 그 반지를 끼워주는 것이.

나는 세준 씨의 눈을 마주 보았다.

“당신에겐 사랑이 있지 않습니까? 사흘간 고아원 앞에서 무릎 꿇을 수 있었던 사랑이… 그 고된 길을 하빈 누나와 함께 극복해 왔던 사랑이… 그녀를 지키기 위해서 그녀를 버려야만 했던 사랑이… 그리고 그녀와 다시 만날 수 있었던 사랑이… 사랑의 힘으로 무엇인들 못하겠습니까? 언젠가 하빈 누나의 손가락에 반지를 끼워줄 날이 있을 겁니다.”

세준 씨는 내 말에 멍한 표정을 짓다가 이내 웃으며 고개를 끄덕였다.

“사랑의 힘으로 못할 건 없군요.”

사라라락―

저 멀리서부터 바람이 불어와 묘지 풀들을 쓸고 지나간다. 차가운 겨울 아침 바람이라 온몸이 시려왔지만 지금 내 기분은 그런 것을 느낄 수 없을 정도로 녹아내리고 있었다.

2034년 7월 30일. 인터내셔널 PX방.

“야! 당장 세희 집으로 쳐들어가자!”

“세희 집 아는 사람?!”

마공왕 공략의 기쁨도 잠시, 신성이 세희의 집으로 향할 때 둘의 어깨가 마주쳤다.

탁―

“아, 죄송합니다.”

“아니에요, 괜찮습니다.”

그때의 그 짧은 만남이 신성과 하빈의 첫 만남이었다. 하지만 그것을 아는 사람은 신성도, 하빈도, 그 누구도 없었다. 그저 시간의 한 켠으로 스쳐 지나갔을 뿐.

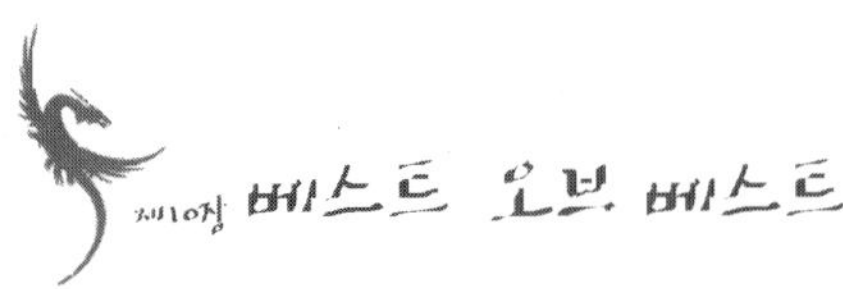

가니아 대륙 벨루니아.

가니아 대륙의 중심지 이라스와 해상 무역 도시 엘가니아의 중앙에 있는 도시로 과거 마공왕 이벤트 당시 막강 길드가 마공왕의 마족군과 피 터지게 싸웠던 장소로도 기억되며 막강 길드와 연합 길드의 길드 전쟁 당시 막강 길드의 피난처(?) 정도로 사용되었던 군사 도시였다. 말로는 군사 도시라지만 이 두 번의 전투 동안 막강 길드가 이곳에서 승전한 적은 단 한 번도 없었다. 막강 길드로선 쓰디쓴 패배가 두 번이나 간직되어 있는 그곳.

벨루니아의 밤거리는 무거운 적막감만이 감돌았다. 벨루니아 주민 NPC들은 짜여진 프로그램대로 모두 자신만의 공간 안에서 휴식을 취하고 있었고, 어쩐 일인지 오늘은 지나가는 유저조차 보이지 않았다.

아니, 아무도 없는 줄로 알았던 벨루니아의 거리 안에 고요함을 깨는 발자국 소리가 들려온 것은 그때였다.

찰가락— 찰가락—

듣기 요상한 소리였으나 그것은 도깨비가면사내가 걸음걸음을 내디
딜 때마다 그에 맞춰 들려오고 있었다. 흉측하게 일그러진 도깨비 가
면과 온몸을 가리고 있다시피 한 검은색 로브, 그리고 등 뒤에 메어져
있는 물음표 모양의 갈고리. 그 갈고리에 연결되어 있는 쇠사슬 부딪
치는 소리가 발걸음 소리와 척척 맞아떨어지고 있었다.

그렇게 한참 벨루니아 대로변을 걷던 도깨비가면사내가 벨루니아의
입구 바로 앞에서 걸음을 멈추었다.

그리곤 몸을 빙글 돌렸다.

"길드에서 파견된 자들인가?"

강약없는 무미건조한 목소리가 그 사내에게서 흘러나왔다. 일본어
를 구사하는 것으로 보아 도깨비가면사내는 일본 유저임에 틀림없었
다. 그가 그렇게 뒤를 돌아보며 말하자 건물 뒤에 숨어 있던 유저들이
하나하나 모습을 들어냈다.

제각기 상급 무기, 방어구를 둘러메고 있는 유저들, 그것도 열 명가
량.

그들 중 대장 격으로 보이는 작은 키의 사내가 앞으로 나섰다.

"기척을 숨긴다고 숨겼는데 금세 알아채는군. 23대 베스트들 중 1인
자라 칭할 만하다."

그도 일본 유저였는지 일본어가 흘러나왔다. 그를 포함한 열 명 전
원도 일본의 23대 베스트들 중 엘리트 급이라 할 만한 실력자들이었
다.

작은 키의 사내 말을 알아들은 도깨비가면사내는 더 이상 말하기 귀

찮다는 듯 등 뒤에 메어져 있는 그것을 꺼냈다. 헌터 마스터 무기 아코롬. 현재 카도라스 최고의 살상 무기라 불리는 마스터 무기였다.

달빛을 받아 반짝이는 그 시퍼런 갈고리의 낫은 너무나 예리해 긁히기만 해도 초죽음, 크기도 지름 1m가량이나 되고 무게도 장난이 아닌지라 건물 하나 무너뜨리는 것쯤은 일도 아니었다.

그가 그것을 꺼내자 열 명의 엘리트 유저들이 잠깐 흠칫했지만 곧 상대에게 적의를 보였다. 그들도 일본을 대표하는 베스트들 중의 엘리트들인 것이다.

"감히 길드를 배신한 죄는 아웃으로써 갚아라!"

작은 키의 사내가 그렇게 외치며 허리춤에 있던 검을 뽑아 들었다. 자신보다 더 커다란 길이의 검은색 검. 분명한 레어 아이템이었다.

"죽엇!"

"죽여라!"

"죽여 버려!"

각각 저주의 말들을 내뱉은 일본 유저들이 도깨비가면사내에게로 달려들었다. 그런 그들을 훌쩍 뛰어넘어 근처 4층 건물로 뛰어오른 도깨비가면사내가 자신의 아코롬을 허공에 던졌다. 그의 손에서 빠져나간 갈고리는 한 일본 유저의 목을 가볍게 스쳐 지나갔다.

퓨슛—

"……?!"

겨우 스쳐 지나간 것뿐인데 잘려 나가는 일본 유저의 머리. 하지만 상대의 목을 베고 지나간 아코롬은 도깨비가면사내와 이어진 쇠사슬에 의해 다시 당겨져 나오며 일본 유저 세 명의 허리를 베고 지나갔다. 순식간에 베스트 엘리트들 네 명이 아웃당한 것이다.

당황한 작은 키의 사내가 나머지 다섯 명에게 작전을 외쳤다.

"모두 아코롬을 막아라! 나는 메킨저 키스를 상대하겠다!"

메킨저 키스는 도깨비가면사내의 닉네임이었다. 작은 키의 사내가 자신의 검은색 검을 바싹 치켜 세우며 건물 벽을 타고 뛰었다!

10m 이상이나 되는 건물을 뛰어 메킨저 키스와 대치하게 된 그!

"차아앗!"

콰아앙—!

검을 내려치자 건물 옥상이 무너져 버렸고, 그 공격을 위로 훌쩍 뛰어 피해낸 메킨저 키스는 양손에 감겨 있는 아코롬의 쇠사슬을 조종했다. 그의 조종에 따라 일본 유저 다섯 명을 도륙하던 아코롬은 곧바로 작은 키의 사내에게로 날아올랐다!

"젠장!"

사내는 아코롬을 튕겨내려 검을 세웠지만 아코롬은 그 검까지 가볍게 잘라내며 이어 그의 목까지 베어냈다. 엘리트 유저를 상대했단 것보다 어린아이를 상대했다는 표현이 더 적절할 것이다. 1분. 그 짧은 시간에 일본의 베스트 열 명을 상대하다니.

타박—

마지막으로 지상에 착지한 메킨저 키스는 쇠사슬을 잡아끌어 아코롬을 회수했다. 아니, 회수하려 했으나 다시 공격 자세를 취했다. 자신의 바로 앞에 또 다른 사내가 나타난 것이다.

안개를 등지며 나타난 그 사내가 굳은 표정으로 입을 열었다.

"무기는 치워라. 난 널 공격하러 온 게 아니니까."

하지만 메킨저 키스는 여전히 공격 자세를 풀지 않고 물었다.

"용건이 뭔가?"

"전해줄 게 있다, 내 위의 사람으로부터."

위의 사람? 메킨저 키스가 의아해하며 고개를 갸웃하는데 정체 불명의 사내가 손에 쥐고 있던 종이 봉투를 메킨저 키스에게 던졌다. 그것을 재빨리 낚아채는 메킨저 키스를 보자마자 그의 앞에 있던 사내는 안개가 되어 사라졌다. 잠시 그 모습을 바라보던 메킨저 키스는 조용히 편지 봉투를 뜯어보았다.

키탄 대륙 중앙 도시 핀저.

연녹색의 단발 머리카락, 자그마한 몸집. 이제 이팔청춘쯤 되어 보이는 앳된 얼굴의 소녀가 도착한 곳은 일본의 2길드 지부 앞이었다. 이곳은 일본의 17대 길드가 가장 넓게 세력을 확보하고 있는 도시 핀저였다.

성당 같은 건축물 담벼락에 더덕더덕 붙어 있는 담쟁이덩굴들, 외관상 이상은 없는 건물이지만 이곳이 길드 지부라는 것은 운영자와 몇몇 길드의 간부들밖에는 몰랐다. 보통은 폐건물로 위장을 하고 있었으니까.

건물 문 앞에 들어선 그녀는 녹슨 쇠사슬에 잠긴 철문 앞에서 조용히 속삭였다.

"열려라 참깨."

앳된 목소리와 함께 굳게 잠겨 있던 쇠사슬이 떨어지고 철문이 양옆으로 열렸다. 끼이익― 하는 기분 나쁜 소리와 함께 어두컴컴한 공간이 모습을 드러냈다.

그 어둠 속으로 몇 발자국 들어선 연녹색 머리카락 소녀는 미소 띤 얼굴로 입을 열었다.

"그리 긴장하실 필요 없어요. 숙녀 앞에서 실례되는 짓 아닌가요?"

"……."

그러자 어두웠던 주위가 밝아지며 세 명의 사람이 나타났다. 한 명은 2길드의 마스터, 나머지 둘은 2길드의 실력 좋은 간부들.

그들 중 마스터란 작자가 연녹색 머리카락 소녀에게 말했다.

"카와이, 약속 시간보다 일찍 왔군."

카와이라 불린 그녀가 싱긋 웃었다.

"일찍 와서 실례가 되었다면 죄송합니다."

"별로 실례가 되지는 않는다. 각설하고 본론으로 넘어가서……."

마스터의 뒤에 있던 간부들이 허리춤의 단검에 손을 뻗었다. 2길드는 어쎄신으로 유명한 길드로써 이곳의 간부급 어쎄신 정도면 일반 마스터 유저들쯤이야 손쉽게 처리하리라.

"리젠 대륙이 운영자에게 넘어가자마자 길드를 배신한 건 너무 불여우 같은 짓이라고 생각하지 않나, 카와이?"

"호호! 이제 저에게 17대 길드는 아무 의미가 없으니까요."

"불여우 같은 계집!"

리젠 대륙이 운영자에게 넘어가자마자 17대 길드는 점차 무너지기 시작했다. 리젠 대륙에서 레벨 업을 하기 위해 길드에 들어왔던 일본의 유저들이 대거 탈퇴를 선언했기 때문이다. 대부분 그런 유저들에겐 보복이 가해졌지만 카와이 같은 23대 베스트였던 자들에게 그런 보복이 통할 리 없었다. 가장 가까운 예로, 메킨저 키스 한 명을 잡기 위해 파견됐던 일본의 엘리트 급 유저들 열 명이 59초 44 만에 다 전멸해 버렸다.

"호호! 당신들이 절 뭐라 부르시든 상관없습니다. 보복도 두렵지 않아요. 자, 어서 그 칼로 제 몸을 꿰뚫으세요, 할 수 있으면.”

말 끝나기가 무섭게 간부 두 명의 단검이 그녀의 머리통과 가슴을 향했다! 하지만 그것은 그녀를 지나쳐 그녀의 뒤 벽에 꽂혔다. 분명 단검은 그녀를 정확히 명중했는데?!

당황하는 마스터와 간부 두 명의 뒤로 그녀의 웃음소리가 들렸다.

“호호호! 왜? 못 죽이겠나요? 당연히 못 죽이시겠지요. 이건 환영 마법이니까요.”

“환영?!”

그렇다! 그제야 자신들이 상대하고 있는 이 여자가 위치 마스터 클래스란 걸 뒤늦게 알아챈 세 명이었다. 이런! 겁없는 계집인 줄 알았는데, 방심했다!

“젠장! 실체를 찾아내!”

상대가 환영이라면 그녀의 진짜 실체를 찾아 죽여야 한다. 이런 환영 마법 따위에 신경 쓸 이유가 없는 것이다.

그들이 황급히 주위를 둘러보며 실체를 찾는데 카와이의 환영이 검지손가락을 펴곤 좌우로 흔들었다.

“소용없어요. 여러분들은 여기서 다 죽으니까요. 그럼 즐~”

“……?!”

그녀의 환영이 사라지자마자 건물 천장에서부터 커다란 폭음이 들려왔다. 갑작스레 떨어져 내리는 거대한 돌덩이! 그것은 그 공간 안을 폭삭 내려앉히며 그 자리에 있는 모두를 압사시켰다.

“아싸! 미션 완료!”

그녀의 진짜 실체는 길드 지부에서 멀리 떨어지지 않은 시계탑 꼭대기에 있었다.

방금 그녀가 시전한 메테오 마법으로 2길드도 망해 버렸으니 그녀가 몸담았던 곳은 이제 사라졌다. 아직은 안심할 수 없지만 지금으로선 한숨 놓은 상태로, 이제 길드에 구속받지 않고 자유의 몸이 된 것이다. 그렇게 자유의 몸이 된 거라고 생각했는데…

"아직 안심하기는 이르지 않아, 카와이?"

"……?!"

순간 들려온 목소리에 놀라 카와이는 시계탑에서 떨어질 뻔했다. 상대는 붉은색 머리카락을 가진 자기 또래의 여자. 고스티스터 가베사와 하쯔미?!

"우에엣?! 당신이 여긴 웬일?!"

"길드의 규칙대로 하자면 이 자리에서 널 아웃시켜야겠지만 옛정도 있고, 명령도 안 받은 상태이니 넘어가겠어. 이거… 받아라."

하쯔미가 쥐고 있던 봉투 한 장을 던지자 카와이가 바람 마법으로 그것을 재빨리 낚아챘다.

"이게 뭐죠? 열어봐도 될까요?"

"열어봐도 상관없다. 그렇지만 이것만은 알아둬라. 2길드가 깨졌다 곤 해도 17대 길드가 사라진 것이 아니니까. 길드를 배신한 이상 게임에 발을 붙일 수 없을 것이다."

하쯔미의 몸이 나선형의 불꽃에 휘감싸이며 자리에서 사라지자 카와이는 한숨 쉬며 식은땀을 훔쳤다.

설마 고스티스터가 직접 납시어 이렇게 선전 포고를 하고 돌아갈 줄은 예상치 못했는데?

잠시 하쯔미가 사라진 자리를 바라보던 그녀가 봉투를 열어보았다.

카밀리베아 대륙 세 번째 섬 폴로.

어느 던전 앞 돌 마당.

찰가랑—

쇳소리와 함께 녹슨 검 한 자루가 차가운 돌 바닥에 떨어졌다. 카이데스는 더 이상 서 있을 힘이 없는 듯 떨어진 검 앞에서 몸을 한 번 휘청했다. 그러자 그의 옆에 있던 신유리, 카도라스 닉네임 엘라가 카이데스의 몸을 황급히 받쳤다.

"괜찮아, 카이?"

애칭을 부르며 묻는 자신의 여자 친구에게 고개를 살짝 끄덕인 카이데스는 크게 숨을 내쉬며 말했다.

"엘라가 도와줘서 천만다행이었어. 하마터면 NPC한테 목을 바칠 뻔했으니까."

6검 이벤트의 레어 NPC는 랭킹 1위의 지존이라도 상대하기 벅찬 것이었다. 레어 NPC 하나와 싸우면서 몇 번이나 죽을 고비를 넘겼던가? 전투 전에 구입했던 초특급 포션과 카이데스, 엘라 팀플의 러브러브 레어 NPC 공략이 없었으면 지금쯤 게임 오버였으리라.

이벤트 공략의 기쁨도 잠시, 카이데스가 녹슨 검으로 시선을 돌렸다. 이로써 막강 길드는 6검 중 두 개의 검을 손에 넣은 것이다.

카이데스가 그 6검을 집어 들려는 순간 카이데스의 손보다 먼저 6검을 가로채는 손! 깜짝 놀라며 그 손이 가는 방향으로 고개를 위로 쳐든 카이데스는 안면에 무언가가 퍽— 하고 떨어지는 것을 느끼곤 땅바닥을 굴렀다.

뒤이어 울려 퍼지는 엘라의 비명.

"까아악! 카이야!"

"크으윽! 뭐야?!"

"뭐긴 뭐야? 물건 회수꾼이지."

엘라의 부축을 받으며 몸을 일으킨 카이데스는 자신을 회수꾼이라 밝힌 그에게 시선을 향했다. 상대는 엘라 정도의 짜리몽땅한 키에 다부진 근육질 몸매를 가지고 있는 사내였다. 나이도 자기보다 어려 보이는데 발로 차?

카이데스가 물었다.

"스틸(Steal) 꾼이냐?"

"음~ 그렇다고 해두지."

그러자 바른 생활 소녀 엘라가 참지 못하고 외쳤다.

"스틸은 나쁜 짓이에요!"

"맞아! 스틸은 옳지 못해! 우리 모두 바른 생활 청소년이 되어 이 시대를 이끌어가는 꿈나무가 돼야지 않겠어?!"

무슨 청소년 스틸 금지 캠페인 찍는 것도 아니고…….

짝짝꿍스런 카이데스와 엘라의 말에 스틸 꾼의 말문이 막혔다.

이내 냉정을 되찾으며 외치는 그,

"이것들아! 지금 내 앞에서 스틸 금지 광고 캠페인 찍냐? 돌려줄 거면 내가 왜 빼앗았겠니?"

그것은 일리있는 말이었다. 돌려줄 거면 왜 훔쳤는데? 지나가는 밤 손님들에게 물어보면 다들 이렇게 대답할 것이다.

말이 통하지 않자 카이데스는 마법을 준비했다. 자기와 엘라가 어떻게 해서 얻은 물건인데 그걸 꿀꺽해 먹으려고 해? 일단은 겁부터 줘보기로 파이어 볼 오십 구체를 주위에 띄웠다. 겁주기 용이라곤 하나 남은 마나는 이걸로 모두 소진해 버렸다.

"자, 조용히 6검을 돌려주시지. 지금이라도 돌려준다면 뒤탈은 없을 것이다."

"하하! 그렇다고 내가 돌려줄 것 같아? 으음~ 어떤 게 좋을까나?"

스틸 꾼은 자신의 아이템 창을 열더니 그곳을 이리저리 둘러보며 중얼거렸다. 뭔가를 찾는 듯 보이는데……?

"이게 좋겠군."

"……?"

"……?"

엘라와 카이데스가 고개를 갸웃하기도 잠시, 스틸 꾼의 양손에 2m짜리 초대형 대검이 하나씩 쥐어졌다. 저 어마어마한 굵기! 엄청나게 무거워 보이는 재질! 보통 투사 클래스나 전사 클래스도 대검 하나를 양손으로 쥐는데 저건 어떻게 돼먹은 거야?

"상대가 랭킹 1위라면 그에 걸맞는 대접을 해드려야겠지? 뒤끝없이 처리해 드리리다!"

카이데스와 엘라는 잠시 패닉에 빠졌다가 곧 깨어났다. 별로 쫄 필요가 없었기 때문이다. 저 무식한 대검을 양손에 한 자루씩 쥐고서 휘두르기도 벅찰 것이고, 설사 휘두른다 하더라도 이 오십 구의 파이어 볼을 막을 순 없으리라.

카이데스는 그렇게 생각하며 파이어 볼을 상대에게 날렸다! 가볍게 다섯 발!

"후후! 소용없을 텐데?"

여유있는 미소와 함께 오른손에 쥐고 있던 대검을 위로 크게 휘젓자 스틸 꾼을 향해 날아가던 파이어 볼 다섯 구체가 옆으로 튕겨 나가 땅바닥에 터져 버렸다. 보통은 대검에 닿자마자 터져야 정상 아닌가?

카이데스가 당황하기도 잠시, 이번엔 이십 구의 파이어 볼을 날렸다.

하지만 역시 나무 막대기 휘두르듯 대검을 휘둘러 가며 파이어 볼을 옆으로 쳐내는 스틸 꾼이었다.

"완전 사기다. 마법에 내성이 걸려 있는 검이 어딨어!"

"여기 있지."

급박한 상황에서도 카이데스와 여유로운 문답을 주고받던 그가 카이데스 쪽으로 달려나왔다. 역시 양손에 들린 대검은 무거운 것인지 웬만큼 스피드를 내지 못하는 것 같았다. 완전 거북이구만.

카이데스는 이때다 싶어 남은 이십오 구의 파이어 볼 구체를 스틸 꾼에게 날렸다. 하지만 그것은 냉정하지 못한 판단이었다.

씨익— 미소를 걸치며 자리에서 흐릿하게 사라진 그는 파이어 볼 세 구를 가볍게 피한 뒤 이어서 엄청난 스피드로 파이어 볼 사이를 뚫고 나왔다! 엄청난 스피드와 반사 능력!

"뭐, 뭐야?!"

카이데스가 당황하기도 잠시, 떨어졌던 거리는 순식간에 좁혀지며 어느새 파이어 볼 이십오 구를 제치고 카이데스의 앞까지 도달한 스틸 꾼이었다. 스틸 꾼이 대검을 뒤로 젖히며…

"나가떨어져랏!"

"……?!"

퍼커컥!

50㎝나 되는 대검의 검등이 카이데스의 가슴을 때리자 갈비뼈 부러지는 요란한 음과 함께 카이데스의 몸뚱이가 공중으로 날아올랐다. 그때까지 아무것도 못하고 있던 유리는 비명만을 질렀고, 카이데스의 몸

뚱이가 지상에 떨어지자마자 스틸 꾼은 씨익 웃으며 발걸음을 돌렸다. 죽일 생각은 없던 것 같았다. 그가 카이데스를 죽이기로 결심했다면 검날로 카이데스를 베었겠지.

조용히 뒤돌아서는데 카이데스가 엘라의 부축을 받으며 몸을 반쯤 일으켰다. 일어설 수 없는 일격이었을 텐데?

"크윽! 너… 정체가 뭐야?"

보통의 정신력이 아니면 캐릭터가 저렇게 정신을 차리진 못할 것이다. 하긴, 저런 정신력이 아니면 지존이 될 수도 없었겠지만.

잠시 카이데스를 보며 감탄하던 스틸 꾼이 그를 슬쩍 돌아보며 대답했다.

"내 이름은 볼. 장차 카도라스 마스터가 될 인물이지."

"……?!"

카도라스… 마스터?

카이데스는 가슴에서 느껴지는 저림과 함께 정신을 잃어버렸다.

비록 카이데스가 많이 지친 상태였다곤 하지만 그래도 그를 이겼다는 것에는 변함이 없었다. 확인 사살까지 했으면 랭킹계 순위는 완전히 뒤바뀌었으리라.

하지만 그에겐 그런 랭킹계 순위보다는 본래의 수확에 더 관심이 있었다. 바로 6검을 얻었다는 것.

"크큭! 이제 이 몸께서 마계의 석만 얻는다면 카도라스 마스터가 된단 말씀이지?"

카도라스 마스터, 게임 상의 흥미성을 위해 운영자들이 퍼뜨린 근거 없는 설이란 말이 있었지만, 그는 그것을 믿는 것 같았다.

회수한 6검을 바라보던 그가 갑자기 발걸음을 멈췄다. 그가 발걸음을 멈춘 곳은 폴로라면 어디든 있는 돌 지대. 이런 곳에서 유저들과 마주치는 것은 다반사였다. 하지만 그가 진짜로 발걸음을 멈춘 이유는 상대가 상대였기 때문이다.

10대 후반쯤의 검은 머리카락 소녀. 볼은 그녀와 마주친 기억이 있었다.

"고스티스터… 인가?"

그러자 상대가 싱긋 웃었다.

"안녕하세요. 와타나베 미카, 인사드리겠습니다."

"무슨 일이지?"

"그리 경계하실 필요 없습니다. 긴장 푸세요."

상대가 일본 최고의 인물이라는 고스티스터라는 데 긴장을 풀 수 있나? 볼은 9개월 전 당시 이들과 마주쳤을 때를 회상했다. 단 세 명만으로 일본의 17대 길드를 풍비박산 냈던 그때, 자신은 괜히 캐릭터만 망가질까 봐 겁먹어서 로그아웃했었다.

"호호! 이거 받으세요. 편지랍니다."

"……?"

미카가 공손히 건네주는 그 편지를 받아 들며 볼이 그녀에게 물었다.

"이게 뭡니까?"

"소더러 A가 당신에게 전하는 편지랍니다. 읽어보세요."

〈3권 끝〉